sonar 3

Edo Popović, geboren 1957, lebt in Zagreb. Er war Mitbegründer einer der einflussreichsten Underground-Literaturzeitschriften des ehemaligen Jugoslawiens, sein erster Roman *Ponoćni boogie* (1987) wurde zum Kultbuch seiner Generation. 1991-1995 war Popović Kriegsreporter. 2003 veröffentlichte er den Roman *Izlaz Zagreb jug*, der 2006 unter dem Titel *Ausfahrt Zagreb-Süd* bei Voland & Quist auf Deutsch erschienen ist. Er gilt als die Stimme des heutigen urbanen Kroatiens.

Kalda wächst in den 60er Jahren in einem Arbeiterviertel Zagrebs auf. Seine Mutter ist vor ihrem Vater in die Ehe geflohen, sein spielsüchtiger Vater verlässt die Familie. Später machen ihm Pubertät und zurückweisende Mädchen zu schaffen. Ein Freund eröffnet ihm die Welt der Musik, der Porno-Magazine und Drogen. Kalda schließt die Schule ab und kauft sich einen Fotoapparat, der sein Leben verändert. Gerade als seine Karriere als Fotograf beginnt, bricht der Krieg aus und Kalda wird Kriegsfotograf. Nach dem Krieg, Kalda ist inzwischen Ehemann und Vater, muss er sich mit den Problemen der neuen Zeit herumschlagen, und auch die Vergangenheit lässt ihm keine Ruhe …

Edo Popović erzählt spannend und humorvoll vom Erwachsenwerden im Kroatien des 20. Jahrhundert und von der gesellschaftlichen und politischen Entwicklung dieses Landes.

Sonar 3

Verlag Voland & Quist, Dresden und Leipzig, 2008

Originaltitel: Oči

Umschlaggestaltung: Mario Helbing und Marcel Theinert
Typographie: Tropen Studios, Leipzig
Druck und Bindung: CPI, Czech Republic
Tonaufnahmen und Mastering: Helicopter Tonstudio, Dresden
CD-Produktion: polycopy, Aachen

www.voland-quist.de

Gefördert mit Mitteln des Kroatischen Kultusministeriums.

Die Reihe Sonar wird herausgegeben
von Christine Koschmieder.

Edo
Popović

Kalda

Aus dem Kroatischen von Alida Bremer

Roman ★ Voland & Quist

1 Ich wurde geboren, das ist alles, was man über den Anfang sagen kann. Auch später gibt es kaum etwas zu sagen, ich meine – kein Mysterium zu entdecken. Es gibt kein Mysterium des Lebens. Es gibt biologische Prozesse, Symptome, Diagnosen, Krankenakten, statistische Daten, Kerzen auf der Geburtstagstorte, Zeugnisse, operative Informationen, Entlassungsbriefe, Mahnungen vor der Anklageerhebung, Protokolle, Aussagen, Anklageschriften, Totenscheine, aber kein Mysterium.

Man könnte sich die Frage stellen, was die beiden im Sinn hatten, als sie deine Zeugung zusammenfummelten. Höchstwahrscheinlich gar nichts. Es ist ziemlich unwahrscheinlich, dass sich eine Frau und ein Mann, wenn sie zusammen ins Bett kriechen, mit philosophischen Fragen befassen oder mit den finalen Folgen dieses Aktes. Das Hirn mischt sich in diese Angelegenheiten nicht ein, das Herz pumpt nur Blut, über die Folgen wird später nachgedacht. Später, das heißt dann, wenn die Situation schon mächtig außer Kontrolle geraten ist. Wenn du schon in Umlauf gekommen bist und daran nichts mehr zu ändern ist. Es gibt kein Zurück. Wir sind die Helden des Lebens, Menschenskinder, dieses schönen, großen Lebens, vergiss das bloß nicht.

Fürs Erste brauchst du etwas Futter, ein bisschen Aufmerksamkeit, eine trockene Windel, vielleicht das eine oder andere Wiegenlied, aber das alles kostet, Gott, was das alles kostet. Am Anfang begreifst du gar nichts, du nuckelst nur so vor dich hin und machst deine Windeln voll, und dann beginnen – ohne jede Vorwarnung – verschiedene Dinge über dich hereinzubrechen. Eine Menge verschiedener Dinge stürzt jeden Tag auf dich ein, jeden verfluchten einzelnen Tag, und du fragst dich, wer hier eigentlich die Situation unter Kontrolle hat, jemand, so denkst du, müsste doch das Steuer in der Hand halten, aber die Dinge stürzen auch weiterhin auf dich ein, ohne jede Ordnung, und wenn du Glück hast, wenn du unglaublich viel Glück hast, wirst du damit schon irgendwie zurechtkommen. Aber es gibt nur wenige Glückspilze, die damit zurechtkommen, einen unter hunderttausend, einen unter einer Million. Deshalb gibt es die Shopping-Center, die Kirchen, die Sozialämter, das Rote Kreuz, psychiatrische Kliniken, Spielkonsolen, Fernseher, Rainbow, den Ku-Klux-Klan, ein riesiges Spinnennetz, in dem all jene zappeln, die kein Glück hatten.

Mal ganz ehrlich, fragst du dich nicht auch schon mal, ob man ein Kind produzieren und dann sagen kann: Es tut uns leid, wir haben uns vertan, wir hätten lieber eine Katze oder so etwas Ähnliches.

Gut, ich rede dummes Zeug, natürlich kann man das. Mehr noch, wir sind alle mehr oder weniger ein Produkt dieser Art. Zuerst das Vergnügen und dann … Es wird uns schon etwas einfallen. Ein Missverständnis, eigentlich handelt es sich immer um ein Missverständnis. Um ein klassisches Missverständnis, zum

Beispiel durch höhlenmenschliche Ängste hervorgerufen. Es fällt mir überhaupt nicht schwer, mir eine stürmische Nacht vorzustellen, in der die Blitze so heftig und nah einschlugen, dass sie die Urangst bei meinen beiden Erzeugern weckten, die sich dann instinktiv aneinanderschmiegten ... Es ist auch möglich, dass meine Mutter sich mit ihren fruchtbaren Tagen verrechnet hat oder dass mein Vater in Fahrt kam und sein Ding zu spät herauszog ...

Wenn ich genauer darüber nachdenke, ist es mir gar nicht so wichtig, was damals geschehen ist. Ich belaste meinen Kopf nicht damit, denn ich habe keinen Einfluss darauf gehabt. Hätte ich wählen können, dann wäre ich nie geboren worden. Ich wurde also gegen meinen Willen geboren, durch fremde Initiative, verantwortlich waren andere. Wenn du dir die Dinge so zurechtlegst, kann dich nur sehr wenig im Leben einengen. Dann bist du frei.

Ich bin im Zeichen des Skorpions geboren. Das war der erste große Reinfall, wenn man die Geburt an sich beiseite lässt. Der Skorpion ist ein Tier wie jedes andere auch, ich habe nichts gegen Skorpione, ganz im Gegenteil, einmal lehnte ich mich in Pakoštane an eine Wand, und da war ein Skorpion, ich habe ihn beinahe berührt, aber er hat mich nicht gestochen, er ist nur weiter seiner Wege gezogen – doch Skorpion als Sternzeichen!

Der Skorpion, das achte Zeichen im Tierkreis, nimmt die Mitte des herbstlichen Quartals ein, wenn die Menschen, Tiere und Pflanzen in Erwartung der Lebenserneuerung zum Chaos zurückkehren. Das Zeichen wird von Mars und Pluto beherrscht, diesen düsteren, unbarmherzigen Mächten der Unterwelt und der inneren Dunkelheit. Klimatisch entspricht ihm am besten das Unwetter, und seine Heimat ist die Tragödie.

Phantastisch, nicht wahr? Und komm mir jetzt bloß nicht damit, dass die Geburt in diesem Zeichen ein Zufall sein könnte. Und zur Krönung schossen die Russen damals am selben Tag eine Rakete ins All, die mit der Hündin Laika. Ich erwähne das hier deshalb, weil wir beide damals ein Ticket ohne Rückfahrkarte bekamen – Laika für den Flug zu den Sternen und ich für das Herumkriechen auf der Erde. Wenn dich schon beim Start eine Hündin abhängt und dir zu allem Überfluss auch noch das Sternzeichen des Skorpions zuteil wird, dann musst du dich wirklich fragen, ob das wohl dein Tag war.

So wurde ich also ins Leben geschossen. In jenen Jahren schwirrten Schwärme von Satelliten durch den Orbit, Astronauten tanzten Pogo auf dem Mond, ganze Cliquen schossen sich mit LSD und heiligen Pilzen in Parallelwelten ... und meine Welt? Meine Welt war eine flache, quadratische Ebene zwischen der Straße der Dezemberopfer im Norden, die wir Hauptstraße nannten, der Eisenbahnlinie im Süden, der Osijeker Straße im Osten und einem Bach im Westen. Der Planet Dubrava in der Galaxie Zagreb, wo nur die Straßen, die im rechten Winkel zur Hauptstraße führten, asphaltiert waren. Das sage ich nicht, um den sozialen Aspekt zu betonen, sondern deshalb, weil die asphaltierten Straßen so etwas wie Arterien waren, die zur Hauptstraße führten, zu ihren Konditoreien, ihren Stehkneipen, Galanterie-, Blumen-, Gemischtwaren- und Textilläden, den Geschäften für Eisenwaren, Schreibwaren, Obst und zur Ambulanz, einem Kiosk und dem Kino Brüderlichkeit – auf dieser Hauptstraße spielte sich die große und aufregende Vorstellung des Lebens ab. Über diese

Straßen kamen Tag für Tag neue Gesichter in unser Viertel, die komplette jugoslawische Armut schwappte in jenen Jahren über Dubrava herein. Von einem Hinterhof zum nächsten konnte man verschiedene Sprachen und Dialekte hören, als wechselte man ständig den Radiosender – auch meine Familie trudelte aus Bosnien hier ein, als ich noch ein Knirps war. Außerhalb dieser Grenzen existierte nur ein undurchdringlicher feindlicher Raum, und es war nicht ratsam, sich dorthin zu verirren. Und so ging es, bis ich ungefähr neun war und mich in meiner besten Hose und einem Hemd (die Hose war kariert, das Hemd grellgrün mit einem riesigen Spitzkragen) und mit einem kleinen Vermögen in der Tasche in die Linie 11 setzte.

Ich war noch nie in der Stadt gewesen. Mit meinen Eltern fuhr ich nirgendwo hin. Es fiel ihnen sogar schwer, mit mir zum Kaufhaus Nama in der Hauptstraße zu gehen, um mir dies oder das zu kaufen. Sie gingen damit offen um, und das war nur fair, ließen mich von Anfang an wissen, dass ich nicht auf sie zählen konnte. Die Geschichten meiner Altersgenossen über die Welt da draußen, über die Panther, Tiger und Löwen im Zoo, über die Stadtkinos mit ihren Plüschsesseln und über die Parks mit Springbrunnen und Teichen waren genauso aufregend wie die Folgen von Bonanza und die Comics über Tarzan, Ray Carson oder Eisenkralle. So saß ich also auf der unbequemen Holzbank, schaute durch das Straßenbahnfenster und hielt die 50-Para-Stücke in meiner Hosentasche fest umschlossen. Die Blechmünzen waren schwer wie Goldtaler, und sie klangen auch so. Und während die Straßenbahn am Dynamo-Stadion und am Kino Partisan vorbeidonnerte – das waren meine ersten beiden Orientierungspunkte –, begriff ich es. Die asphaltierten Straßen meines Viertels waren keine Arterien, die ins Herz der Welt, die Hauptstraße, führten, in Wirklichkeit waren es nur Kapillaren, die zu einer bedeutungslosen Ader führten, von der aus sich die Asphaltblutbahn weiter zur Maksimirska- und Vlaška-Straße bis hin zum Platz der Republik erstreckte, und von dort aus ... Von dort bis hin zur österreichischen und zur italienischen Grenze und weiter in eine Welt, über die ich damals nichts wusste, aber Menschen wie mein Vater, der weggegangen und nicht wiedergekommen war, wussten alles darüber. Er konnte mir zwar nichts darüber sagen, aber es war logisch, dass er etwas über diese Dinge gewusst haben musste, über die damals in unserem Viertel nicht viel bekannt war. Aber was noch wichtiger war – ich begriff, dass ich niemanden brauchte, um irgendwohin zu gehen.

Habe ich von meinem Vater etwas gelernt? Wahrscheinlich ja, aber ich würde es nicht seiner Absicht zuschreiben. Er dachte nicht viel über andere nach. Er war weise genug, um sich nur um sich selbst zu kümmern. Er belastete mich nicht mit Ratschlägen und lehrreichen Geschichten über die bessere Vergangenheit, ein Stoff, den viele Väter und Mütter tonnenweise auf Lager haben. Und überhaupt sprach er selten mit mir, und es ging kaum über eine gewöhnliche Konversation vom Typ: Wie ist es in der Schule? oder Wer hat dir das blaue Auge verpasst? hinaus. Er verschwendete keine Worte, und eben deshalb war es ratsam, aus seinem Gesicht lesen zu können – um ihn zu meiden, wenn er übel gelaunt war. Das war eine vertrackte Aufgabe, denn von dem Gesicht der bronzenen Büste eines Volkshelden in der Vorhalle der Schule konnte man mehr Gefühle ablesen als vom Gesicht meines Vaters.

Sehen bedeutet nicht nur, das, was man sieht, benennen zu können. Sehen bedeutet vor allem, den Gesichtsausdruck, den du vor dir hast, lesen zu können, die Körpersprache zu entschlüsseln, und das habe ich dank meines Vaters sehr früh gelernt. Ich behaupte hier nicht, dass er gewalttätig war. Das nicht. Er hat meine Mutter und mich nicht einmal angeschrien. In unserem Haus hörte man weder Geschrei noch Weinen. Bei uns herrschte immer Stille, jene schaurige Stille, die Katastrophen vorausgeht, diese dichte, beinahe greifbare Stille vor einem Donner und dem vom Sturmwind gepeitschten Regen. Jahrelang achteten meine Mutter und ich darauf, nichts Falsches zu tun und meinen Vater nicht wütend zu machen, was uns auch gelang. Mein Vater blieb ein unausgebrochener Sturm.

Tagsüber schlief er meist, nachts zog er seine besten Anzüge an und ging Karten spielen. Und dann schickte er all das zum Teufel. Das Kartenspielen um wenig Geld, die Mutter, mich, einfach alles.

An einem Frühlingsabend packte er schweigend seine Sachen zusammen, ging ins Theatercafé, wo sich jedes Frühjahr die jugoslawischen Zocker trafen und ihre Feldzüge nach Europa besprachen, und kehrte nicht mehr zu uns zurück. Seitdem erreichten uns nur noch Nachrichten über ihn. Aus Österreich, Deutschland, den Niederlanden … Er war ein Schuft, aber man konnte ihm eine europäische Dimension nicht absprechen. Und um objektiv zu bleiben: Manchmal kam außer einer Nachricht auch Kohle.

Meiner Mutter war das alles schnurzegal. Sie hatte ihn als Mann schon nicht gebraucht, als er noch da war. Ich weiß das, weil sie häufig mitten in der Nacht mit dem Kopfkissen und der Decke in der Hand aus dem Schlafzimmer ins Wohnzimmer geflohen war, wo sie dann auf dem Sofa schlief. Was die Kohle betraf – sie hatte eine sichere Arbeit in einem Schreibwarenladen am Platz der Republik, so dass sie sich nicht darum sorgen musste, ob er ihr etwas schickte oder nicht.

Überhaupt waren das Zeiten, in denen man von der eigenen Arbeit noch leben konnte. Man konnte ganz solide glücklich sein, wenn man nicht zu viel verlangte, und meine Mutter gehörte zu dieser Sorte glücklicher Menschen.

2

Doktor Galin protestierte immer etwas, wenn ich ihn mit Doktor ansprach, denn er sei doch nur Psychiater, sagte er, aber ich spürte, dass es ihm eigentlich recht war, wenn ich ihn so ansprach, so dass ich weiterhin mit ihm per Doktor war. Ansonsten gehörte er nicht so ganz zur alten Schule – Couch, Onanie, Inzest und solche Sachen –, und von Sex hatte er eine sehr sportliche Auffassung. Er dachte, Sexbesessenheit sei ein Zeichen für Gesundheit und nicht etwa ein psychischer Defekt, und das war ganz in Ordnung so.

Dass Freud in seine eigene Mutter und später in die Schwester seiner Frau verliebt gewesen sei, dass er schlief, mit wem er konnte, all das sei völlig okay, sagte Doktor Galin, aber aus dem eigenen Fall eine ganze Wissenschaft zu machen, das ginge doch zu weit.

Das, worin Galin mit der freudianischen Garde einer Meinung war, betraf – soweit ich es begriffen habe – die Ursachen von psychotischen Zusammenbrüchen (so nennt man es wohl fachmännisch, wenn du stolperst und in den Keller deiner Seele stürzt), die irgendwo in der Vergangenheit verborgen waren. Falls du dich also aus dem Dunkel retten willst, gibt es keine andere Wahl, als dich auf die Couch zu setzen und die alten Filme ablaufen zu lassen.

Kein Problem, wenn nötig, werde ich zurückmarschieren, aber es stellt sich die Frage, wie weit zurück der Mensch gehen muss. Bis zur Aufnahme in den Pionierbund, bis zu den Windeln, zur Oktoberrevolution, zum großen Abschlachten der Bisons, zum Boxeraufstand, bis zu Dschingis Khans Feldzügen oder bis hin zum Big Bang?

In der Wohnung neben mir lebt ein junger Mann, der die Antwort auf diese Frage kennt, aber er möchte sie nicht preisgeben. Igor hat an der University of Columbia in Biologie promoviert, dort in den USA leitete er die Entwicklungsabteilung einer Biotech-Firma, Karriere, Kohle, Zukunft, Nobelpreis und all solche Dinge, aber dann kehrte er eines Tages mit diesen Augen nach Hause zurück. Die Diagnose lautete Schizophrenie, man erklärte ihn für unbrauchbar, aber scheiß drauf, wenn er gleichzeitig die Vergangenheit, die Gegenwart und die Zukunft sehen kann. Das erkennt man an seinem Blick, der auf einen Punkt fokussiert ist, derartig eisige, kristallene Augen kann nämlich nur jemand haben, der die Zeit sieht. Wir unterhalten uns gelegentlich im Treppenhaus, wir beide. Dann erzählt er allerlei.

Er sagt zum Beispiel, dass das heutige Wissen vor zehntausend Jahren auf die Erde gebracht worden sei, und dass bloß die damalige Technologie noch nichts damit anfangen konnte. Und dann legt er los: Horus, Sebek, Anubis und andere ägyptische Gottheiten. Einmal holte er eine Zeichnung aus seiner Tasche, auf der ein Wesen mit menschlichem Körper und Schlangenkopf einen Menschen in den Händen hielt.

Wir haben alles falsch verstanden, sagte er. Und heute versucht dieses Etwas, so fuhr er angewidert fort und zeigte dabei auf den Menschen, den Schöpfer zu erschaffen, er zeigte auf den Schlangenmenschen. Das Schaf Dolly, er faltete nervös das Papier zusammen und stopfte es wieder in seine Tasche, ist nur der erste Schritt.

Einmal fragte ich ihn, was er darüber denke, dass die Psychiater gerne in fremden Kindheiten herumstochern.

Ach, was für eine Dummheit und Oberflächlichkeit, zischte er, Die Struktur der DNA-Moleküle, er begann seine Arme ineinander zu winden, ist nur eine primitive Skizze im Vergleich zur Struktur des menschlichen Bewusstseins. Kindheit, Kindheit, schnaubte er verächtlich, diese legendäre Kindheit ist nichts weiter als das Ende eines Prozesses, der vor einer Million Jahren seinen Anfang genommen hat. Die Matrix ist im Gen der ersten Kreatur festgeschrieben, die aus dem Ozean aufs Festland kroch. Alles andere ist eine Frage von Nuancen. Die haben doch keine Ahnung.

Und dann winkte er aufgeregt ab und rannte die Treppe hinunter. Das Herumstochern in der Vergangenheit ist auf jeden Fall ein übles Geschäft. Zu viel Verzweiflung und Leiden sind im menschlichen Gerümpel vergraben. Aus diesem Grund gibt es Doktor Galin und seine Praxis, die in zartgelb gehalten ist und von der aus man schön die Statue des Diskuswerfers in Svetice sehen kann. Es tut gut, sich diese Kraft anzuschauen, diesen athletischen Körper, bei dem alles am richtigen Platz ist, während Doktor Galin dir Fragen an den Kopf wirft und dich wie eine

Orange schält und Tropfen aus dir herauspresst, von denen du nicht einmal wusstest, dass sie existieren, und du dir dabei kleiner als ein Sojakorn vorkommst. Ich sage hier Sojakorn, weil heutzutage die Makrobiotik in Mode gekommen ist und weil der sprichwörtliche Mohn eine gefährliche Pflanze ist, Opium und so weiter, und ich will die jungen Menschen nicht in diese Richtung drängen.

Und so fuhr ich mit der Straßenbahn Richtung Svetice. Ich fuhr selten mit dem Auto dorthin, weil Doktor Galin mich gelegentlich derartig auseinandernahm, derartig tranchierte, dass ich nicht ganz sicher war, ob sich diese verschiedenen Teile meiner selbst am Ende doch noch über so gewöhnliche Dinge wie, ob man zuerst die Kupplung tritt und dann den Gang einlegt, oder welches das Gas- und welches das Bremspedal ist, verständigen konnten. Deshalb fuhr ich lieber gleich mit der Straßenbahn dorthin.

Die Straßenbahnen waren heute anders als in den sechziger Jahren, viel bequemer, es wäre auch blöd, wenn sie es nicht wären, wenn die Menschheit in vierzig Jahren nicht imstande gewesen wäre, bessere Straßenbahnen zu bauen, wie sollte sie dann irgendetwas besser machen. Vor einigen Tagen habe ich in der Zeitung ein Foto der nächsten Generation von Straßenbahnen gesehen. Man kommt aus dem Staunen nicht heraus. Aber scheiß auf die Straßenbahnen, man muss ja nicht drin leben. Genau genommen lebt man nicht mal in der eigenen Wohnung. Man verbringt das ganze Leben in diesem Zelt aus Leder, das über die Knochen gespannt ist, aber überleg doch mal: Fühlst du dich heute etwa besser als gestern? Fühlst du dich besser als im letzten Jahr oder vor zwanzig Jahren?

Ich war nicht gerade super drauf, warum sollte ich sonst zu Doktor Galin gehen, aber es gab noch keinen Grund zur Panik. Warum? Es gibt eine Million Dinge auf der Welt, wegen der du guten Gewissens nicht in Panik zu verfallen brauchst. Du musst sie nur finden. Es ist schlimm, wenn der Mensch anfängt, sich zu fürchten und dann die eigene Angst wittert. Die Sache wird immer größer, und je mehr du deine eigene Angst witterst, desto größer wird die Panik, das reinste Perpetuum mobile.

Ich fuhr also. In meiner Tasche klimperte, wie damals, als ich als Knirps mit dieser Linie fuhr, etwas Kleingeld, aber heute klang es gar nicht mehr wie Goldstücke. Es war nur gewöhnliches Kleingeld für eine Zeitung, für Kaugummis und Pfefferminzbonbons. Und die Straßenbahn fuhr schon über den Kvaternik Platz, doch dort gab es keinen Markt mehr, auch das Kino Partisan war nicht mehr da, nur ich war immer noch da, und der Gedanke daran freute mich irgendwie.

Das Kino Partisan war in dem Haus dort, und erst hat man nur den Namen geändert, weil manche Namen giftig sind, infektiös und todbringend, so dass man sie isolieren und vernichten muss. Dann wurde es geschlossen, denn ein Tyrannosaurus Rex hat eben keine Chance gegen ein Multiplex. Aber selbst wenn man das Kino wiedereröffnen und ihm seinen alten Namen zurückgeben würde, hätte es nichts mehr mit jenem Kino zu tun, in das ich als Kind voller feierlicher und erhabener Gefühle gegangen bin, verstehst du, wovon ich rede? Und an dieser Stelle ging meiner Euphorie die Luft aus, da ich begriff, dass auch ich nicht mehr derselbe war. Na gut, man hatte das Schild mit meinem Namen nicht angerührt, man hatte mich nicht außer Betrieb gesetzt, aber innerlich war ich völlig verfallen, und nun bemühte sich Doktor Galin, mich zu renovieren. Gut.

Doktor Galin lächelte. Es freute ihn, mich zu sehen, wie sollte es ihn auch nicht freuen – zweihundertfünfzig Kuna auf die Hand, jedes Mal, wenn ich mich in seinen Sessel setzte. Daher auch diese feinen Klamotten und sein überheblicher Gesichtsausdruck, seine gepflegte Haut, die manikürten Fingernägel – diese süße, herzallerliebste Schwuchtel. Übrigens nutzte ich ihm im streng professionellen Sinne recht wenig. Mit anderen Worten, ich machte ihn vielleicht reich, aber keinesfalls berühmt, denn mein Fall war wenig originell, nicht so wie diese Fälle von Wolfmenschen, Rattenmenschen oder der von Anna O.. Sie alle wurden, soweit ich es begriffen habe, von ihren Eltern kaputt gemacht. Und ich, ich hatte beinahe mein ganzes Leben außerhalb des elterlichen Glashauses verbracht, sozusagen in einem wilden Garten, wie eine Degenia velebitica, verschont von Pestiziden und der Hand eines Gärtners, so dass ich nichts auf meine Eltern abwälzen konnte, außer natürlich, dass sie mich gestanzt hatten. Mein Vater hatte mich nicht vergewaltigt, ich hatte nicht Nachbars Hund vergewaltigt (ich hatte ihn nur mal mit Schlaftabletten gefüttert), ich hatte nicht einmal meine Mutter vergewaltigt, ich hatte weder Vögel, Katzen, noch irgendwelche anderen Tiere abgefackelt, keine Gouvernante hatte an meinen Nerven gesägt, keine Omas und Tanten hatten mich überschwänglich liebkost und mit Süßigkeiten vollgestopft, keine Schwester hatte mich sexuell missbraucht … kurzum, ich war auf ganz normale Art abnormal, ich hatte diesbezüglich keinerlei Ambitionen, ich war auf bescheidene und selbstlose Weise abgedreht. Und genau das entmutigte Doktor Galin, dass ich eben in kein Raster passte.

Zum Teufel, murmelte er, ich kann Sie nirgendwo zuordnen.

Natürlich können Sie mich nicht zuordnen, sagte ich ihm, wenn man mich zuordnen könnte, säße ich wohl kaum hier.

In dieser ganzen Zeit waren wir nicht viel weitergekommen. Er fand, dass ich nicht hinreichend mitarbeitete, mich sogar verweigerte, dass ich mich verbarrikadiert hätte, und deshalb schoss er aus allen Rohren. Er war überzeugt davon, dass meine Antworten in einem Bunker aus Titan verborgen lagen, und der Schlüssel dazu irgendwo tief in meiner Kindheit vergraben. Aber meine Kindheit war überhaupt nicht spektakulär, es gab da nichts Geheimnisvolles und Düsteres, eine ganz gewöhnliche, lausige Kindheit, die keine Schlagzeilen verdiente. Diese Tatsache war mir oft unangenehm, deshalb bot ich ihm immer wieder frische Geschichten an, es gab da ein paar heikle Dinge, über die es sich nachzudenken lohnte.

Zum Bespiel wirkt sich der Mars sehr negativ auf Skorpione aus, und neulich stand er nah zur Erde, näher als je zuvor in den letzten sechzigtausend Jahren, und es ist normal, dass du dich dann fragst, wie sicher eine solche Entfernung in kosmischen Dimensionen ist und wie sich all das auf uns auswirkt.

Oder diese Unmengen an Meteoriten, die vorbeizischen.

Wenn du ein wenig mehr darüber nachdenkst, dann begreifst du, dass du in einer ähnlichen Situation bist wie in dem Computerspiel, bei dem du in deinem Raumschiff fährst und wie bescheuert herumballerst, die feindlichen Flugkörper stürzen einer nach dem anderen ab, aber auch um dich herum surren Schwärme feindlicher Projektile, und es ist dir vollkommen klar, dass es nur eine Frage von Sekunden ist, wann eines davon dich erwischt und abstürzen lässt. Und dann fragst du dich, wer diese unsere Erdkugel steuert, und wie lange eigentlich eine Sekunde in kosmischen Zeiteinheiten dauert.

Oder, um die Sache wieder auf den Boden der Erde zu bringen, du liest in der Zeitung, dass ein Auto auf der Straße einen Menschen umgenietet hat, und du stellst dir den Typen vor, wie er aus seiner Wohnung kommt, die Straße entlanggeht, in den Bus steigt und Richtung Zentrum fährt, er muss zum Amt, irgendein Formular besorgen. In dem Augenblick, in dem er die Wohnung verlässt, setzt sich am anderen Ende der Stadt ein Mann ins Auto und fährt in Richtung Zentrum zu einer Verabredung, aber die Masaryk-Straße ist wegen irgendwelcher Bauarbeiten gesperrt, und er biegt ab auf den Innenring, wütend, weil er spät dran ist, er sucht auf dem Ring einen Parkplatz, aber jetzt wird es erst wirklich kompliziert, finde mal im Zentrum einen Parkplatz; während er so herumfährt, fängt der Typ innerlich langsam an zu kochen, völlig genervt und – bums!, er fegt auf einem Zebrastreifen den Typen um, der zum Amt wollte. Und dann beginnst du über diese Situation nachzudenken, du legst dir verschiedene Kombinationen zurecht. Der Fußgänger wäre am Leben geblieben, wenn er seinen Bus verpasst hätte, oder wenn die Ampeln anders eingestellt gewesen wären, oder wenn er in der Unterführung einen Bekannten getroffen und sich mit ihm unterhalten hätte, oder wenn der andere einen Parkplatz auf der Gjuro-Deželić-Gasse gefunden hätte.

Du denkst also darüber nach, und dein Mut verlässt dich irgendwann, wenn du begreifst, in was für einem Chaos wir leben, und welche Kleinigkeiten uns an der Oberfläche halten. Je mehr du nachdenkst, desto mehr Gründe gibt es, besorgt zu sein. Logisch, nicht wahr, es wäre total blöd, wenn dich bei dem Gedanken, dass heute früh irgendwo ein Auto aus einer Garage gefahren ist, um dich umzubringen, Euphorie ergreifen würde, der Pfeil ist abgeschossen und so weiter. Du begreifst, dass man nur sorglos und ruhig leben kann, wenn man seine Birne nicht dafür benutzt, die Dinge miteinander in Verbindung zu bringen. Dann braucht man nicht ständig Schiss zu haben, während alle anderen an diversen Ängsten und anderen Syndromen leiden. Du kapierst, dass die Situation verkehrt ist, dass die Irren ganz okay im Kopf sind und dass die Gesunden eigentlich irre sind, verstanden? Aber Doktor Galin würde das nicht ums Verrecken zugeben, dass es eigentlich gar nicht so viele Original-Irre gab, und dass seine Zunft sich mit den falschen Menschen befasste. Und deshalb schüttelte er – wenn ich so etwas andeutete – nur den Kopf und machte einfach weiter.

Doch ungeachtet aller Schwierigkeiten vermutete Doktor Galin, dass es sich in meinem Fall um das Angst-Depressionssyndrom handelte, und was sollte ich dazu schon sagen. Ich war noch gut weggekommen, denn, soweit ich es verstanden hatte, war es ziemlich übel, wenn das Syndrom zu einem Zustand wurde, und bei mir entwickelte sich die Sache noch, alles war noch ganz frisch, mitten im Prozess, man wusste noch nicht, in welche Richtung es kippen würde. Gut.

Wissen Sie, was mir heute morgen in den Sinn gekommen ist?, fragte ich ihn.

Er verzog das Gesicht, er mochte es nicht, wenn ich das Spielchen in die Hand nahm.

Ich habe begriffen, so fuhr ich fort, dass die Buchstaben ihres Namens dieselben sind wie im Namen Laing.

Er konnte ein selbstgefälliges Lächeln nicht unterdrücken. Leute wie er mögen es, wenn man sie mit wichtigen Menschen vergleicht, sie sind auch nicht aus Beton.

Was haben Sie in den letzten Tagen gemacht?, fragte er mich und machte es sich in seinem Sessel bequem.

Nichts Besonderes, sagte ich. Ich habe gegessen, geschlafen, geatmet, was man halt so macht.

Was Ihren Traum betrifft …

Heute Nacht habe ich geträumt, dass ich Tapeten von einer Wand abreiße, unterbrach ich ihn, weil ich nicht wieder über den Traum sprechen wollte, aus dem er schon allerlei Blödsinn abgeleitet hatte.

Über den, wo ich über den LKW-Parkplatz an der Messe gehe, es ist kalt, der Parkplatz ist vereist und anstelle von Lastwagen stehen da Tausende von Kinderwagen mit Babys drin, die brüllen und schreien, das reinste Grauen, ich war den ganzen Morgen neben der Spur.

Doktor Galin sagt, es handle sich um ein stark ausgeprägtes Schuldgefühl, um ein Gefühl schwerer Niedergeschlagenheit, wie er sich auszudrücken beliebt, und zwar, weil ich meinen Sohn und meine Frau verlassen hätte.

Lüge! Der Hurensohn lügt! Ich habe sie gar nicht verlassen, ich bin nur von ihnen weggegangen. Verlassen heißt abhauen, sich verdrücken, desertieren, im Stich lassen. Weggehen ist etwas ganz anderes, man geht weg – in Frieden und nachdem man eine

Vereinbarung getroffen hat, und das ist alles, was ich im Moment diesbezüglich sagen will. Also – die Tapeten.

Was für Tapeten?, Doktor Galin sah mich misstrauisch an.

Tja, irgendwelche dicken, fettigen, glatten Tapeten, wasweißich … Ich konnte sie unglaublich leicht abreißen, und auf jeder konnte ich dann irgendwelche Szenen sehen.

Was für Szenen?

Ganz gewöhnliche Szenen, glaube ich, manchmal vernebelt und verzerrt … wie wenn Sie mit dem Finger einen LCD-Bildschirm berühren.

Was genau stellten diese Szenen dar?

Ich erinnere mich nicht.

Er betrachtete mich und versuchte, den Haken an der Sache zu entdecken, aber es gab keinen Haken, es war an mir zu erzählen, und für die Haken war er zuständig, so sah ich die Angelegenheit.

Hatten Sie in Ihrer Kindheit ein Idol?, kehrte er zu seinem Lieblingsthema zurück.

Idol?

Wollten Sie jemand anders sein?

Damit hatte Doktor Galin ins Schwarze getroffen. Natürlich wollte ich jemand anders sein. Ich wollte alles sein, nur nicht ich, verstehst du, und ich begann aufzuzählen.

Ja, also Tom Sawyer, Huckleberry Finn, Hawkins …

Hawkins?, er zog die Augenbrauen hoch.

Der Doktor war nicht gerade belesen.

Jim Hawkins, der Junge aus der *Schatzinsel*, erklärte ich ihm.

Ich verschwieg, dass ich eine Zeit lang darauf gebrannt hatte, ein Hai zu sein, nachdem ich irgendwo gelesen hatte, dass Haie ununterbrochen in Bewegung sind, dass sie überhaupt nicht schlafen, dass sie ihr Leben lang nur hin- und herflitzen. Wer weiß, was der gute Doktor daraus alles ableiten würde, wenn ich es erwähnte. Ich sah schon die Überschrift in der Zeitung: Hai-Mensch.

Und dann, fuhr ich fort, Larigan, Fantomas, Diabolic, Winnetou, Ray Carson, Alice ... Man sah an seinem Gesicht, dass er nicht die geringste Ahnung hatte, wer Larigan, Ray Carson, Diabolic, ja sogar wer Winnetou war, aber auf Alice reagierte er.

Interessant, er wurde lebendig, Alice, warum Alice?

Warum Alice? Ja wahrscheinlich wegen dem Wunderland. Ich dachte, dass es interessant wäre, den Märzhasen, die Raupe mit der Wasserpfeife, den Hutmacher und all die anderen Gestalten dort zu sehen.

Es hat Sie nicht gestört, dass Alice ein Mädchen ist?

Nein, warum hätte es mich stören sollen? Außerdem stellte ich mir mich in einer Hose vor, als ich herumphantasierte, wie ich durch das Loch falle, und nicht in einem Rock, falls Sie darauf hinauswollen.

Haben Sie sich je gewünscht, jemand aus der wirklichen Welt zu sein?, ignorierte er meine leichte Ironie.

Nein, sagte ich, wissen Sie, damals gab es im Fernsehen noch nicht so viel Sport, Musik und dergleichen.

Vielleicht jemand aus der Nachbarschaft, aus Ihrem Viertel?

Nicht unbedingt, sagte ich, da gab es wohl verschiedene interessante Gestalten, aber ich glaube nicht, dass ich mir gewünscht habe, so zu sein wie sie. Ich habe vielleicht einige von ihnen bewundert.

Warum das?

Sie waren gefährliche Abzocker, sie hatten vor niemandem Angst, keiner konnte ihnen was.

Vor wem hatten Sie denn Angst?

Eigentlich vor niemandem, aber viele waren stärker als ich. Sie konnten mich verprügeln, wann immer sie wollten, verstehen Sie?

Haben Sie jemanden als eine Bedrohung, als eine Gefahr empfunden?

Nein. Ich meine, niemand Bestimmtes. Aber Dubrava war schon so ein Viertel. Kein feines Bonzenviertel. In Dubrava mussten Sie immer damit rechnen, dass Sie jemand aus heiterem Himmel angriff und verprügelte.

Und gab es eine Person, der Sie sehr nahe standen?

Hör mal zu, du Wichser, dachte ich, ich bin vielleicht kein Weltmeister der Intimität, ich hab mich sicher nicht jedem an den Hals geworfen, aber ich bin auch kein beschissener Eisberg.

Kasim, sagte ich.

3

Kasim und ich kamen uns in der Schultoilette näher. Das war so: Irgendwann zu Beginn des fünften Schuljahrs traf ich in der Toilette auf vier oder fünf ältere Jungs, die sich gerade um Kasim kümmerten, einen Jungen aus meiner Klasse, der in diesem Sommer in unser Viertel gezogen war. Sie hatten ihn umringt, schubsten ihn und riefen, komm her Balija, lass dich mal anschauen. Ich stand schweigend abseits und sah zu, wie sie ihn bedrängten, keine Ahnung, worum es ging. Um ehrlich zu sein, hätte ich auch dann geschwiegen, wenn ich gewusst hätte, worum es ging. Ich dachte, Balija sei ein Nachname, und ich fragte mich, wo das Problem war. Sowohl die Jungs, die ihn umringten, als auch Kasim und ich, wir alle in dieser Toilette waren Bosnier, aber nur Kasim – mich hatten sie nicht bemerkt – war aus einem geheimnisvollen Grund anders. Ich dachte, dass dieser Konflikt privater Natur sei, dass Kasim vielleicht der Schwester von einem der Jungs irgendwas zugerufen oder dass er sich abschätzig über die Mutter eines anderen geäußert habe, ein häufiger Anlass für derartige Zusammenstöße und Schlägereien. Doch dann begannen sie über irgendein Schneiden zu sprechen. Hat es wehgetan, als sie dich beschnitten haben?, fragte ihn einer, und ich fragte mich, was das eigentlich sollte. Und dann zwangen sie ihn mit Ohrfeigen, Hose und Unterhose herunterzuziehen und seine Vorhaut nach vorne zu ziehen. Sie gaben sich, wie soll ich sagen, wütend zufrieden mit dem Resultat der Untersuchung. Am Ende vertrieben sie ihn aus der Toilette. Kasim lief weg. Und ich hinterher.

Kurze Zeit darauf platzte mein Vater morgens ins Haus und begann sich wie ein Verrückter aufzuführen.

Na, meine Alte, sagte er, umarmte meine Mutter und küsste sie.

Ihr war es unangenehm, sie wand sich aus seiner Umarmung und wurde rot. Eine solche Behandlung war sie nicht gewöhnt.

Und schau dir ihn mal an, er schnappte mich und kitzelte mich an den Rippen. Es tat weh, aber ich versuchte, mich nicht zu entziehen. Ich fragte mich, was in ihn gefahren war. Und er quatschte und quatschte und lachte, das Haus war erfüllt von Geräuschen. Dann nahm er uns mit in den Hof.

Opel Rekord, sagte er und zeigte dabei auf ein schwarzes, elegantes Auto, das vor unserem Haus parkte.

Wir standen da und glotzten dieses Auto an, ohne zu wissen, was wir tun oder sagen sollten.

Wem gehört es?, fragte Mama endlich.

Jetzt gehört es uns, sagte mein Vater und lud uns ein, uns ins Auto zu setzen.

Wir taten es, sie beide vorne und ich hinten. Papa drehte am Lenkrad und erzählte, wohin wir alles fahren, welche Städte wir besuchen würden. Mama sagte Ja, Drago, ohne einem einzigen seiner Worte Glauben zu schenken, und ich fragte aus heiterem Himmel:

Was heißt beschnitten?

Was?, fragte Papa.

Ivan!, sagte Mama.

Was heißt beschnitten?

Das ist eine beschissene Sache, sagte Papa.

Drago!, sagte Mama.

Schon gut, sagte Papa, beschnitten, das ist, wenn man dir ein bisschen Vorhaut von deinem Pimmel abschneidet.

Ich dachte über die Situation nach.

Warum macht man das?, fragte ich.

Sei still, Ivan, sagte Mama.

Warum man das macht?, sagte Papa. Alles Quatsch. Der eine bekommt kaltes Wasser über den Kopf, bei anderen wird eben der Pimmel beschnitten … lauter Quatsch.

Ich verstand gar nichts.

Und was ist Balija?, fragte ich.

Woher hast du all diese Dinge, fragte meine Mutter.

Lass ihn doch, sagte Papa, Balija ist, kurz gesagt, eine Bezeichnung für einen Moslem, und ein Moslem ist ein Bosnier, der einen beschnittenen Pimmel hat. Aber wenn du einem Moslem sagst, er sei ein Balija, dann kannst du dir leicht eine einfangen, vorausgesetzt, er ist stärker als du.

Das war schon verständlicher, mir war aber immer noch nicht klar, warum diese Bosnier Kasim, der doch auch ein Bosnier war, angegriffen hatten.

Ich bin ein Bosnier, sagte ich.

Ja, das bist du, sagte Papa.

Und ich bin nicht beschnitten.

Nein, das bist du nicht, sagte Papa.

Das heißt, dass ich ein halber Balija bin, stellte ich fest.

So könnte man es auch sagen, sagte Papa.

Die beiden gingen dann ins Haus, und ich saß noch einige Zeit auf der Rückbank des Autos und fühlte mich gut. Ich fühlte mich anders als die Mehrheit der Kinder in der Schule. Ich war ein halber Balija, und das machte mich anders. Anders als die Typen, die Kasim malträtiert hatten, aber auch anders als Kasim selbst. Meine Laune konnte nicht einmal dadurch getrübt werden, dass mir klar war, dass uns Papa niemals auf die versprochene Autofahrt mitnehmen würde und wir auch nie gemeinsam die Städte besuchen würden, von denen er gesprochen hatte.

Und dann noch Timbo und Mirek … Siehst du, wie die Erinnerungen nur so sprudeln, wenn du nur einen einzigen Knoten löst. Timbo und Mirek waren missratene Zwillinge aus der Osijeker Straße. Timbo war riesengroß, aus ihm hätte man zwei machen können, und Mirek war kurz und mickrig. Wie russische

Matroschkas. Du schraubst das Oberteil von Timbo ab und holst Mirek heraus.

Ich mochte die beiden überhaupt nicht. In der Regel tauchten sie ohne Vorwarnung auf, aus dem Nichts, und dann schauten sie einen mit ihren verschlagenen, wässrigen fiesen Augen schief an. Sie erzählten nicht viel, sie tauchten nur plötzlich auf und sahen dich schief an. Ich war immun gegen diese Blicke, aber trotzdem mochte ich es nicht, wenn sie mich so anschauten. Einmal tauchten sie auf der Baustelle in unserer Nachbarschaft auf, wir spielten dort mit Murmeln, und ich war gerade an der Reihe, als die beiden dazukamen. Timbo blieb auf der Straße stehen, und Mirek spaziert zu uns herüber und – hopp – hatte er mir meine letzte Murmel weggenommen. Platzgebühr, sagte er und stopfte sie sich in die Tasche.

Die Taktik der beiden war durchsichtig. Ich sollte so blöd sein und Mirek angreifen, und wenn ich mit ihm beschäftigt wäre, würde Timbo dazustürzen und mich verprügeln. Solche Szenen hatte ich schon viele Male vor dem Kino Brüderlichkeit beobachtet: Die Zigeuner schickten immer erst einen Kleinen in den Tumult, und bei Bedarf sprang ihm ein älterer Bruder bei. Mir war also klar, dass ich entweder die Murmel vergessen und abhauen oder aber gleich Timbo angreifen konnte. Ich blickte ihn an. Er stand auf der Straße und lächelte spöttisch.

Was ist?, fragte er.

Ohne etwas zu sagen, nahm ich einen Ziegelstein von dem Haufen im Hof und ging auf ihn zu. Er stand auch weiterhin ruhig da, mit hängenden Armen und glaubte wohl nicht, dass ich ihn wirklich angreifen würde, aber ich schlug zu. Mit dem Ziegelstein auf seinen Kopf. Er fasste sich an den Kopf und fiel hin.

Mama, Mama!, winselte er, dort am Boden liegend, mit blutüberströmten Händen.

Ich setzte mich rittlings auf ihn und schlug mit dem Ziegelstein auf seinen Rücken ein.

Mama, Mama!

Ich überlegte gerade, wo ich ihn noch hinschlagen könnte, auf die Schulter wäre gut, fiel mir ein und ich holte aus, aber da hielt etwas mein Handgelenk fest und zog mich von Timbo fort.

Langsam Kleiner, du bringst ihn noch um.

Das war die Ungarin. Eine Nachbarin, die von allen Ungarin genannt wurde. Auch mein Vater nannte sie so. Er sah ihr nach, wenn sie die Straße entlang ging, und sagte:

Schau dir mal die Ungarin an, wie sie mit dem Arsch wackelt!

Oder: Schau dir mal die Ungarin an, wie ihre Titten wippen!

Und sie hatte wirklich reichlich, womit sie wackeln und was wippen konnte. Aber jetzt wackelte sie weder, noch wippte etwas, sondern sie zog mich nur von Timbo weg und sah mich interessiert an. Sie schien nicht besonders besorgt um Timbo, der sich am Boden krümmte und herumjammerte: Mama, Mama! Auch ich sah sie an, schweigend, den Ziegelstein noch immer fest in der Hand. Dann schüttelte sie den Kopf und sagte:

Komm, wirf das weg und lauf schnell nach Hause.

Ich ließ den Ziegelstein los, aber ich ging nicht sofort nach Hause. Ich blieb vor Mireks weit aufgerissenen Augen stehen und hielt meine Hand auf. Er gab mir meine Murmel zurück.

Am selben Nachmittag standen Timbos und Mireks Eltern vor unserer Tür. Ihre Mutter schrie: Ein Irrer! Ein Krimineller! Und ähnliche Sachen. Ihr Vater drohte, dass er in die Schule gehen und das Ganze dem Direktor berichten und noch dies und das tun werde. Mama stand im Flur und seufzte, und Papa stand in der Tür und hörte ihnen wortlos zu. Als sie endlich Ruhe gaben, sagte Papa: Auf Wiedersehen, knallte die Tür zu, und die beiden verließen unseren Hof. Dann rief mich mein Vater zu sich. Mama war auch weiterhin verzweifelt, aber mein Vater saß ruhig da und sah mich an. Ich empfand keine Schuld, keine Angst, nichts dergleichen. Ich empfand gar nichts.

Was wollten die beiden?, fragte mein Vater.

Ich weiß nicht, sagte ich.

Was hast du getan?

Ich habe Timbo geschlagen.

Du hast Timbo geschlagen?

Mit einem Ziegelstein.

Mit einem Ziegelstein?

Direkt auf den Kopf.

Warum?

Mirek hat mir eine Murmel weggenommen.

Interessant, sagte Papa.

Ich stand da und erwartete, dass er aufstand und das tat, was Väter in solchen Situationen für gewöhnlich tun. Ich hatte schon viel davon gehört, wozu Väter imstande waren, wenn man etwas ausgefressen hatte. Es gab viele solche Horrorgeschichten aus dem Bereich der Pädagogik. Wenn ich nur daran denke – ich hatte wirklich Glück, dass meine Eltern dafür überhaupt kein Interesse zeigten. Dass sie sich gar nicht um mich kümmerten. Ich interessierte sie nicht die Bohne. Und wenn doch, dann wohl eher wie eine Schwiele, vielleicht nicht unbedingt eine schmerzhafte Schwiele, aber doch eine, die es besser gar nicht hätte geben sollen. Auch an diesem Nachmittag war es nicht anders – mein Vater zeigte nicht die geringste Neigung, etwas mit mir zu veranstalten, er sah mich nur mit seinem Kartenspielerblick an, aus dem man nichts lesen konnte.

Ich glaube, dazu ist nichts mehr zu sagen, schloss er.

4

Ich schlängle mich hier etwas sprunghaft durch meine Geschichte und zwar deshalb, weil die Gesetze der Physik stärker sind als menschliche Vorsätze. Es gibt immer etwas, was dich aus der Bahn wirft, es gibt keine idealen Bedingungen, wir leben nicht in einem Labor. Vor allem wenn du rückwärts marschierst, um – wie Doktor Galin zu sagen pflegt – vorwärtszukommen. Gut. Aber schließlich ist es besser, überhaupt irgendwohin zu gehen als stehen zu bleiben.

Gestern Nacht habe ich wieder von einem Hai geträumt. Also – ich saß unter einer Glaskuppel, die auf dem Meeresboden verankert war, und er zog seine Kreise um mich, schaute mich an und sprach: Du musst dich bewegen, Kleiner, komm raus aus der Scheiße, das Meer ist doch so groß.

Ich war an einem bestimmten Punkt meines Lebens stehen geblieben, so richtig total stehen geblieben, eingefroren. In einer einzigen Millisekunde, in dem Moment, in dem der abgeschossene Ball hoch oben in der Luft zu schweben scheint und dort diesen einen unmessbaren Augenblick lang verharrt, in diesem Moment also fror ich ein, als die Hebamme Tamara und mir zeigte, wie ein Baby gebadet wird und das Pflaster vom Bauch unseres Sohns entfernte und ich seinen Nabel sah, der noch nicht verheilt war. Ich konnte meine Augen nicht von dem Nabel abwenden, ich starrte eingefroren darauf, ohne zu begreifen, dass das, was gerade auf diese frische Wunde tropfte und sie aufweichte, meine Tränen waren – und dann stürzte ich ab. Seitdem sind irgendwas zwischen drei Tagen und zehn Jahren vergangen, keine Ahnung, denn Angst und Sorge lassen die Zeit so schrumpfen, dass nicht einmal der liebe Gott sich zurecht finden würde, falls auch er zuvor über den Wunden seines Sohnes in Tränen ausgebrochen wäre. Ungeachtet dieser zeitlichen Verwirrung war ich noch immer hier, in meiner Wohnung in der zweiten Etage eines Betongebäudes im Süden Zagrebs, in dem mentalen Spalt zwischen Osmanischem Reich und der k. u. k. Monarchie, wie sich der irre Igor über Kroatien zu äußern beliebte.

Er begann mir allerdings langsam auf die Nerven zu gehen. Wir trafen uns ununterbrochen im Treppenhaus, ich hatte das Gefühl, dass er den ganzen Tag über dort hockte und nur darauf wartete, dass ich vorbeikam. Und dann stellte er sich mir in den Weg, fasste mich an, kniff in die Ärmel meiner Jacke und knetete sie zwischen den Fingerspitzen, als wolle er die Qualität des Materials prüfen. Dabei kam er ganz nah an mein Gesicht heran und zischte aus den Tiefen seines Dunkels. Zu allem Überfluss klingelte er heute Morgen an meiner Tür.

Hast du Kaffee?, flüsterte er und schob mir seine Schnute unter die Nase, als wolle er mich küssen.

Ich war ziemlich genervt.

Natürlich hab ich Kaffee, wer hat schon keinen Kaffee im Haus.

Diese Frage raubte mir den letzte Nerv, dieses Flüstern, die Nähe seines Gesichts und schließlich die Tatsache, dass er jetzt sogar schon bei mir vor der Tür stand. Das hatte er bisher noch nie getan.

Kannst du mir einen Kaffee kochen?

Eh ich mich versah, stand er schon in meinem Flur. Was hätte ich auch tun sollen?

Okay, okay, ich koch dir nen verdammten Kaffee.

Meine Familie mag es nicht, wenn ich Kaffee trinke, sagte er, als ich ihm eine Tasse Nescafé in die Hand drückte. Sie sagen, dass Kaffee den Schlaf raubt und dass ich dringend Schlaf brauche, dass er mir helfen wird, aber ich, er blickte mich verstohlen an und lächelte dabei listig, ich schlafe schon seit Jahren nicht, das heißt, ich schlafe ein, zwei Stunden am Tag, mehr nicht.

Super, Mann, murmelte ich.

Sie erlauben mir nicht mal, in der Wohnung zu rauchen, er zog eine Zigarettenschachtel aus der Tasche. Darf ich?

Das hier ist freies Territorium, Alter, sagte ich und nahm die angebotene Zigarette.

Er rauchte Zigaretten, die irgendwo im Ausland oder am Flughafen gekauft worden waren. Auf der Schachtel stand in einem schwarzen Viereck, das an eine Todesanzeige erinnerte und zwei Drittel der Schachtel einnahm, in riesigen schwarzen Buchstaben – Smoking kills. Schwachsinn. Wen wollten sie denn damit abschrecken? Ob Rauchen tödlich war? Natürlich ist Rauchen tödlich. Aber auch Fressen und Rennen, und Arbeit erst, mein Gott! Durch die Straßen laufen, Rechnungen bezahlen, vorm Fernseher sitzen, Sex … alles ist tödlich, na und, kein Grund zur Aufregung, oder?

So saßen wir eine Zeit lang da, schlürften unseren Kaffee und rauchten jeder seinen eigenen Tod, und dann schnaubte Igor:

In einem Spalt, einem tiefen Spalt zwischen den Zivilisationen, genau da befinden wir uns.

Ich sagte nichts. Was gab es da schon zu sagen? Ich wollte nur, dass er schnell seinen Kaffee austrank und verschwand, aber er fuhr fort und starrte mich dabei mit diesen Augen an:

Der Neurozyklon ist auf seinem Weg von Ost nach West hier vorbeigezogen, das ist die Trasse der menschlichen Entwicklung, niemand leugnet das mehr, die Sache ist vollkommen klar. Schau dir das an: Ägypten, Athen, Rom ...

Ich tat nicht einmal so, als hörte ich ihm zu. Ich rauchte nur und wartete, bis er alles abgelassen hatte. Andererseits war es ihm ganz egal, ob ich zuhörte oder nicht, er redete einfach weiter. Hier und da schnappte ich ein Wort auf, aber das reichte nicht, um ein Ganzes zusammenzufügen. Falls es da überhaupt ein Ganzes gab.

Es dauerte noch einige Zeit, bis er endlich einen Punkt machte und sich verabschiedete. Wie auch immer, er schien mir nicht mehr so exotisch wie zu Anfang. Er war nur ein weiterer langweiliger Spinner, wie sie sich schon mein ganzes Leben lang an mich hefteten. In diesem Fall könnte ich aber etwas unternehmen, dachte ich, die Sache in die Hand nehmen, denn der Fall eignete sich nicht für eine öffentliche Diskussion oder ein Expertenteam – aber was?

Es gab einen Voodoo-Zauber gegen langweilige Nachbarn – du nimmst ein totes schwarzes Huhn, wirfst es über sein Haus, und die Sache ist erledigt. Aber diese Methode schien mir doch etwas zu radikal. Und wo konnte man – nebenbei bemerkt – ein totes schwarzes Huhn auftreiben, und wie sollte man es über ein neunstöckiges Gebäude schleudern? In Dubrava gab es damals einen Typen, der seinem Mittagessen den Kopf nicht mit einem Messer oder einer Axt abschlug, wie alle normalen Menschen, sondern das mit bloßen Händen erledigte. Mit einer Hand packte er das panische Huhn an den Beinen und mit der anderen Hand am Kopf, und mit einem Ruck war die Sache erledigt ... Ich will nur darauf hinweisen, dass die Welt früher einfacher war, alles war auf geopferte Menschen, Hühner, Gottessöhne und diverse andere Magien ausgerichtet, und die Dinge fügten sich irgendwie, aber heute?

Heute war Donnerstag, der 13. – nach dem Microsoft-Outlook-Kalender, und es gab keine Post für mich darin, nicht mal irgendwelche Spams. *No new messages.* Was für eine kalte, gefühllose Antwort auf all meine Hoffnungen. Diese Arschlöcher könnten ruhig *Sorry, no new messages* schreiben oder etwas Ähnliches, das würde sie nichts kosten, aber gut. Andererseits schrieb ich schon lange niemandem mehr, warum sollte also mir jemand schreiben, aber man hatte doch wohl das Recht, Post zu bekommen, oder? Das konnte doch nicht verboten sein. Und dann zog ein scharfer Geruch ins Zimmer. Ein metallener Geruch, wie in einer Maschinenwerkstatt, vermischt mit dem Geruch von Sägespänen und Lösungen zum Galvanisieren. Woher kam jetzt dieser Geruch? Ich schnupperte und hörte, wie draußen jemand rief. Ich weiß nicht, in welchem Zusammenhang Doktor Galin mit diesem geruch- und geräuschhaltigen Bild stand, aber mir fiel ein: Ach du Scheiße, jetzt hab ich die Sitzung verpasst. Und Galin bestand auf regelmäßigem Erscheinen, sonst hätte das alles nicht viel Sinn, Kontinuität und so.

Entschuldigen Sie, sprudelte ich ins Telefon, ich hab es einfach verschwitzt, ein Nachbar war zum Kaffeetrinken da, und dann haben wir uns verquatscht …

Wovon reden Sie eigentlich?, Doktor Galin unterbrach mich kalt.

Wovon ich rede?!, wunderte ich mich. Davon, dass ich heute hätte zu Ihnen kommen sollen.

Ich hörte, wie der Doktor aufseufzte.

Hören Sie, Kalda, sagte er, wen wollen Sie an der Nase herumführen? Sie sind schon seit einem Monat nicht mehr hier aufgetaucht, und jetzt …

Ein Monat! Soll das ein Witz sein?

Ich scherze nie, sagte Doktor Galin.

Es stimmte, er scherzte nie, der Kopf ist eine ernsthafte Sache und so weiter.

Ja, was habe ich denn die ganze Zeit über gemacht?, ich war ehrlich erstaunt.

Was haben Sie eigentlich Ihr ganzes Leben lang gemacht?

Gute Frage, dachte ich.

5

Ich komme schon wieder auf meinen Vater zurück, weil ich diese Sache mit ihm ins Reine bringen muss, um zu den wirklich wichtigen Dinge übergehen zu können. Außerdem muss ich mich vor emotionalem Stress hüten, denn dieser hat offenbar jenes einmonatige Zeitloch verursacht, und die sicherste Art, Emotionen zu vermeiden, ist, über meinen Vater nachzudenken. Gut.

Das Weggehen meines Vaters änderte nichts im lokalen Sinne. Es ist gut möglich, dass es anderswo ernsthafte Veränderungen verursachte, dass die Orkane, die großen Überflutungen, Erdbeben und Militärputsche in der Welt mit seinem Fortgehen zusammenhingen, der Flügelschlag eines Schmetterlings und so weiter, aber in Dubrava blieb alles wie es war. Die Straßen, die parallel zur Hauptstraße verliefen, blieben unasphaltiert, das Viertel roch sonntags auch weiterhin nach Hühnersuppe und gebratenen Hähnchen. Auch heute rieche ich sonntags noch häufig diesen Geruch, und vor meinen Augen tauchen dann Bilder von warmen Nachmittagen auf – Männer in weißen Unterhemden sitzen in Gärten, hören Wünsche und Grüße und Fußballübertragungen im Radio, und abends ziehen sie ihre Perlonhemden an, und während die Glocken der Kirche des Heiligen Mihovil zur Abendmesse rufen, gehen sie in die Gaststätten Zu den drei Eichen oder Bosna, um ein Bier zu trinken und eine Runde Karten oder Billard zu spielen. Solche Bilder flößten einem Sicherheit ein. Sie bedeuteten, dass bei uns alles in Ordnung war, dass Unglücke nur anderen passierten, weit entfernt von uns. Der Geruch nach Brathähnchen, die Stimmen der Sportreporter und die Perlonhemden waren ein zuverlässiger Schild gegen alle Katastrophen.

Ich kann nicht sagen, dass mein Vater mir gefehlt hat. Wie hätte mir etwas fehlen können, das ich nie gehabt habe? Vielleicht habe ich am Anfang noch gehofft, sein Gesicht zwischen den Tausend anderen Gesichtern auf der Straße wiederzufinden, und auch heute noch erwische ich mich dabei, dass ich zwischen den Gesichtern im Theatercafé nach ihm suche, obwohl sich die Zocker dort nicht mehr treffen, doch es geht mehr darum, mir meine Kunst des Sehens zu bestätigen, als ihn wirklich sehen zu wollen. Auf jeden Fall habe ich nicht viel über ihn nachgedacht. Ich hatte auch andere Probleme.

Titten, zum Beispiel.

Die Mädchen aus meiner Klasse schmückten sich schon mit solchen Dingern, die ihre Hemden und T-Shirts spannten, und die männlichen Gespräche begannen immer häufiger damit, wer wessen Titten begrapscht hatte, und wie hart und wie groß sie gewesen waren. Zugegeben, ich brachte diese Drüsen noch nicht mit einem bestimmten Genuss in Verbindung, aber sie beunruhigten mich gewaltig. Ich wollte sie unbedingt ein bisschen befummeln. Aber es gab ein Problem dabei: Um an die Titten zu kommen, musst du das Terrain vorbereiten. Sich einem Mädchen nähern, ein Gespräch beginnen, es ins Kino und zum Eisessen einladen, ich meine, du kannst ihr doch nicht einfach so an die Titten packen. Und in diesen Dingen war ich ziemlich schlecht. Ich war eine Null auf dem Gebiet der Konversation. In unserem Haus wurde nicht unbedingt an der Kunst des Gesprächs und an rhetorischen Finessen gefeilt, das sagte ich wohl bereits. Ich hatte also keine Ahnung, wie ich mit einem Mädchen ins Gespräch kommen und darüber zu ihren Titten gelangen konnte. Ich musste also irgendjemanden fragen, wie man das macht, aber wen? Meine Mutter? Die Liste der möglichen Adressaten war völlig leer.

Schließlich wandte ich mich an Zdena, einen Typen aus der Nachbarschaft. Zdena war Automechaniker, er bastelte ständig an Motoren herum, nahm sie auseinander, setzte sie wieder zusammen, polierte sie auf Hochglanz und erprobte sie auf verrückten Fahrten durchs Viertel. Man konnte deutlich hören, dass sie frisiert waren, und wie er immer weiter hochschaltete, wenn er von der Hauptstraße in die Štefanov ečka-Straße einbog, dann beschleunigte und den Motor aufheulen ließ. Er erlaubte mir, in seiner Garage herumzulungern, und als Gegenleistung half ich ihm, reichte ihm Werkzeug und Schrauben oder ging für ihn Bier und Zigaretten holen. Er schien mir genau die richtige Person zu sein. Er schaute nicht von oben auf mich herab wie die Mehrheit der älteren Typen aus unserem Viertel, und was noch wichtiger war – es waren ständig irgendwelche Mädchen zu Gast in seiner Garage. Ich beobachtete Zdena häufig dabei, wie er seine Hände mit einem Hanflappen säuberte, sie unter einer Wasserpumpe im Hof wusch und sich dann mit einem der Mädchen in der Garage einschloss. Wenn ich das so sah, erschien mir alles ganz einfach, so wie man im Fernsehen beim Tennis zuschaut und dann glaubt, dass man so einen Schlag auch selbst problemlos hinkriegen würde.

Eigentlich fing Zdena mit dem Thema Mädchen an. Eines Tages zündete er sich, nachdem er einen Vergaser zusammengesetzt hatte, eine Zigarette an und bot mir auch eine an.

Das ist deine erste, oder?, fragte er, als er sah, wie ich die Zigarette hielt.

Ja.

Dann zieh nur ganz wenig, damit du deine Lunge nicht zu sehr schockst.

Ich nahm den ersten Zug, langsam, und eine prickelnde Süße meldete sich in meiner Brust, ich hustete nicht, aber meine Augen tränten, und ich begriff sofort, dass das echt etwas war. Wir rauchten still vor uns hin, und ein wunderbarer Schwindel erfasste mich, dann stellte Zdena die Frage:

Sag mal, hast du eine Freundin?

Ich blickte zu Boden und starrte einige Zeit auf einen mit Motoröl getränkten Lappen.

Ich weiß nichts darüber, stammelte ich endlich unbehaglich.

Was weißt du nicht?

Na, nichts über Mädchen.

Was gibt es da zu wissen?

Na, zum Beispiel, wie man an sie herankommt, was man zu ihnen sagt und so weiter.

Zdena fasste mir unters Kinn und hob meinen Kopf an, sodass ich ihm in die Augen sah.

Das lernt man nicht, sagte er. Das kannst du nicht so lernen, wie man lernt, einen Motor zusammenzubauen, oder wie eine Erdkundelektion, verstehst du?

Ich verstand nur Bahnhof.

Ja, und wie macht man es dann?, fragte ich niedergeschlagen.

Nichts einfacher als das, sagte er, das wird dir schnell klar. Du schaust einem Mädchen in die Augen, und sofort weißt du, ob du bei ihr Glück hast oder nicht.

Du hast leicht reden, dachte ich.

Und woran sieht man das in ihren Augen?, fragte ich.

Ganz einfach, sagte Zdena, wenn du gut hinguckst, siehst du, dass ihre Augen lächeln, und ihr Gesicht sieht ein bisschen dümmlich aus.

Hm, sagte ich zweifelnd.

Probier es mal aus, du hast ja nichts zu verlieren, sagte Zdena, und sei bloß hartnäckig, wenn es bei der Ersten nicht klappt, dann eben bei einer anderen. Du brauchst dich nicht zu schämen. Kennst du den Spruch: Von nichts kommt nichts. Nicht mal der eigene Pimmel. Aber lass uns weiterarbeiten, gib mir mal den Zehner.

Ich probierte Zdenas Rezept aus. Einige Male, man kann nicht behaupten, dass ich nicht hartnäckig genug war. Jeder nächste Versuch ging mehr in die Hosen als der vorhergehende. Irgendwas stimmte nicht. Es schien, als sähen die Mädchen in meinem Gesicht das, wovon Zdena behauptet hatte, dass ich es in ihren Gesichtern sehen würde.

Was grinst du so idiotisch?, sagte mir mal eine, als ich ihr nach der Schule den Weg versperrte und ihr tief in die Augen blickte. Auch mit den anderen klappte es nicht viel besser. Und falls in ihren Augen zufällig etwas aufblitzte, so war es eher böser Spott:

Was ist, Kalda, was hast du für ein Problem?

Oder: Was glotzt du so, Stummfisch?

Stummfisch – so wurde ich genannt. Ich sagte ja schon, dass Konversation nicht meine Stärke war. In Gesellschaft schwieg ich vorwiegend und speicherte nur all das, was andere erzählten. Ich meine, warum sollst du auch irgendwas erzählen, wenn du nichts zu sagen hast.

Und so gab ich die Titten auf.

Das war ein Problem, das ich damals nicht bewältigen konnte. Ich zog mich zurück auf sichereres Terrain, zu Comics und Büchern. Die verwirrten mich wenigstens nicht. Dort war alles an seinem Platz, und wenn die Dinge kompliziert wurden, gab es immer jemanden, der das Problem lösen konnte.

Ray Carson zum Beispiel. „Aufrecht im Sattel auf einem wunderschönen Schimmel blickte der einsame Reiter über die lodernde Prärie. Er kannte alle ungewöhnlichen und unscheinbaren Eigenheiten der Wildnis. Er war der Beste unter den Kundschaftern der Prärie …" Wenn ich las, hatte ich den Eindruck, dass die Dinge einen Sinn ergaben. Nicht nur jene, über die ich las, sondern auch alle anderen Dinge. Nachbars Hund, der sich über den Postboten ärgerte. Der Nachbar, der sich über seinen Hund ärgerte. Die Würmer in unserem Garten, die von den Vögeln gefressen wurden, und die Katzen, die die Vögel fraßen. Und die Italiener, so las ich in einem Buch, die Katzen aßen. Und die Typen, die vor der Kneipe Bosna saßen, und der eine, der einmal, als ich vorbeiging, fragte: Ist das der Kleine von Kalda, und der andere, der rief: Hey Kleiner, ist dein Vater zurückgekommen? Ich ging weiter, aber dann drehte ich mich um, nahm einen Stein und schleuderte ihn mit voller Kraft in ihre Richtung. Sie sprangen fluchend auf, und der Stein knallte auf den Tisch, und ich stand da und sah ihnen zu, und einer lachte und sagte: Ja, das ist der Kleine von Kalda.

Ray Carson löste jedermanns Probleme, nur nicht meine. Ich war auch weiterhin mir selbst überlassen. Ich kümmerte mich nur um meinen eigenen Kram und perfektionierte die Kunst des Sehens. Ich bemühte mich, Menschen, die mir entgegenkamen, zu erkennen, bevor sie mich bemerkten. Es war wichtig, als Erster zu sehen und in dem fremden Gesicht zu lesen. So konnte man rechtzeitig eine Taktik entwickeln, die nächsten Schritte vorausplanen, sicherer durchs Leben gehen. Die Kunst des Sehens benutzte ich damals vor allem, um mich vor anderen zu schützen.

Vor den Typen auf der Terrasse des Bosna. Oder vor Surla, dem berüchtigtsten Schläger in Dubrava, der wie ein Gorilla durch die Straßen lief, jeden Blick als Herausforderung deutete und sofort zum Angriff überging. Es war ratsam, unauffällig an ihm vorbeizugehen und dabei irgendwo anders hinzuschauen. Okay, Surla ließ Kinder eigentlich in Ruhe, aber besser man trainierte schon mal, um sich auf die Zukunft vorzubereiten. Vor dem Kino Brüderlichkeit lungerten viele Zigeuner und andere Schnorrer herum, und auch da zahlte es sich aus, sie zuerst zu sehen und zu umschiffen, sonst konnte man sich von seinem Geld und auch gleich zum Beispiel von dem Film *Die vier Söhne von Katie Elder* verabschieden. Ich war kein Schisshase, aber ich war auch nicht scharf auf Ärger. Ich bemühte mich, ihn wo möglich zu vermeiden. Ich war ein geborener Beobachter, ich hatte die ausgeprägte Gabe, Dinge sehr schnell zu bemerken, und wenn du so eine Fähigkeit besitzt, dann musst du wirklich verrückt sein, dich auf irgendwelchen Ärger einzulassen.

6

Menschenskind, sagte Tamara, wo steckst du denn? Das war Tamara – kein Hallo, kein wie geht's dir, kein wie geht's deinem Kopf oder deinem Herzen, deinen Zähnen, deiner Leber, sie kommt sofort zur Sache, in medias res. Und was hätte ich ihr schon sagen sollen, wo ich den letzten Monat gesteckt hatte? Die Wahrheit.

Ich weiß es nicht, sagte ich.

Du weißt es nicht? Seit einem Monat bist du abgetaucht, ich hab hundertmal angerufen, bin fast verrückt geworden, du Idiot hättest wenigstens sagen sollen, dass du wegfährst, und im Übrigen – wo warst du denn nun?

Ich weiß es nicht, wiederholte ich kleinlaut.

Tamara ist eine Meisterin, wenn es darum geht herauszuhören, ob du um den heißen Brei herumredest, sie braucht dir dazu nicht einmal ins Gesicht zu sehen, es reicht schon, wenn sie deine Stimme hört, ein unerhörtes Talent. So auch jetzt. Sie hatte gleich geschnallt, dass ich nicht herumredete, und ich hatte sofort gespürt, dass sie es geschnallt hatte. Auf der anderen Seite herrschte Stille, ein Intermezzo vor der Panikattacke.

Ach, es ist nichts, sagte ich, diesmal etwas munterer und bemüht, die Situation zu retten. Auch ich habe bei mir angerufen, ich habe mir Emails geschickt, habe an meiner Tür geklingelt, an die Tür geklopft, aber nichts. Es sieht so aus, als wäre ich wirklich irgendwie weg gewesen.

Erzähl mir doch nicht solche Sachen, sagte sie. Kannst du zu uns kommen?

Aus Tamaras Stimme hörte man keine Bitte heraus, sondern einen Befehl, unaufdringlich, mild intoniert, aber eindeutig ein Befehl, wie es sich für eine Person von ihrem Schlag gehörte.

Jetzt?

Ja, jetzt.

Ich bin mir nicht sicher, dass ich mich in einem repräsentativen Zustand befinde, sagte ich.

Es wäre besser für dich, wenn du es wärst, sagte sie.

Tamara ist eine armenische Prinzessin, aber das würdet ihr sicher niemals von ihr selbst hören, darüber spricht sie nicht. Ihr Vater Adam Atamian gibt sich als Forstingenieur aus, auf dem Grab ihrer

Mutter Kristina, oben auf dem Mirogoj-Friedhof, findet man keine königlichen Attribute, sie wollen halt keine Publizität und all das, und ihr wisst ja selbst, wie die Menschen sind, ewig hungrig nach Sensationen und dergleichen. Auch mir gegenüber hat Tamara es nie zugegeben, aber es ist mir nicht entgangen. Ihre Haltung, ihre Bewegungen und Gesichtszüge, ihre Augen, die Färbung ihrer Stimme – eine armenische Prinzessin wie sie im Buche steht. Außerdem springt einem der Beruf des alten Adam direkt ins Auge – ein Förster! War das nicht der Lieblingsberuf der Habsburger? Und wenn dieser Beruf gut genug war für den österreichischen Adel, warum sollte er es dann nicht auch für den armenischen sein? Mich können sie diesbezüglich nicht hinters Licht führen, nur dass mir nie klar sein wird, warum Tamara mich geheiratet hat. Ich bin überhaupt nicht der Typ, auf den blaues Blut abfährt. Es gibt in mir, auf mir und um mich herum nichts, was eine armenische Prinzessin anziehend finden könnte, ich sage das ganz ehrlich, ich betrachte mich ja jeden Morgen im Spiegel, ich lausche meinen Gedanken, und die einzige gescheite Erklärung, die mir einfällt, ist, dass Prinzessinnen irgendwelche Marotten haben.

Tamara öffnete mir die Tür und musterte mich. Sie schien zufrieden, küsste mich auf die Wange und ließ mich rein.

Papa und David sind draußen, sagte sie, und ich zuckte zusammen.

Aber sie kommen bald zurück, fügte sie hinzu.

Ich verstehe, sagte ich.

Du verstehst gar nichts, sagte sie.

Wir setzten uns auf die Terrasse, die zu einem Wintergarten umgebaut war. Auf dieser Terrasse standen viele verschiedene

Pflanzen, die alle ruhig und zufrieden aussahen, denn der alte Adam begießt sie nicht nur und topft sie um, sondern er pflegt sich auch stundenlang mit ihnen zu unterhalten. Hey, Mädchen, wie steht's zurzeit mit der Liebe, sagt er so zur Yucca, und sie bebt vor Wonne, wer würde das nicht tun. An der Wand hingen eingerahmte Fotos von Bäumen und Pflanzen mit ihren Bezeichnungen. Sommereiche. Artiplex prostrata. Marcanthia polymorpha. Alles wirkte hier so ruhig. Sogar diese hysterisch rote Artiplex prostrata strahlte Ruhe aus. So sah wahrscheinlich das Paradies aus, Mensch, hier fehlten nur noch die Tiere.

Ich habe keine Ahnung, erklärte ich, ich kann dir dazu nichts sagen, ich habe diese beschissenen dreißig Tage einfach übersprungen.

Scheiße, sagte Tamara, willst du ein Glas Wein?

Also Umnachtung, sagte Tamara, nachdem sie den Wein in dickwandige Wassergläser gegossen hatte – weil sie sich an keine Konventionen hält.

Ich weiß nicht, sagte ich. Doktor Galin erzählt irgendetwas von einer Spirale. So etwas wie eine Wendeltreppe, nur dass du weder nach oben noch nach unten gehst, sondern dich auf einer Ebene im Kreis drehst. Du lebst eigentlich normal, aber dein Gehirn registriert das nicht. Er sagt, das sei die Folge eines Angst-Depression-Syndroms. Echt blöd.

Und es ist sicher nicht eines deiner …?

Eines meiner Spielchen?

Tamara nickte. Ich holte eine Metallschachtel aus meiner Tasche.

Fleur de Savane, sagte Tamara mit perfekter französischer Aussprache, denn das ist das Wasserzeichen des Adels.

Seit wann rauchst du die denn?

Noch nicht lange, ich zündete ein Zigarillo an, blies eine Rauschwolke aus und sah zu, wie sich diese zu ihren himmlischen Geschwistern aufmachte ohne zu ahnen, dass ihr ein Glasdach den Weg versperren würde.

Bah, das stinkt.

Wie kannst du so etwas über eine Blume sagen? Ich sah Tamara an, und das ist überhaupt keins meiner Spielchen, außerdem – warum sollte ich mir so etwas ausdenken?

Und was sagt Galin, wird sich das wiederholen?

Er weiß es nicht. Ehrlich gesagt denkt er, dass ich ein bisschen mogle.

Ach du Scheiße, sagte Tamara voller Bewunderung, bei dir geht aber auch nichts ohne Komplikationen. Erinnerst du dich, wie du damals zur Toilette gegangen bist und dieser Schuhschrank aus heiterem Himmel auf dich drauf gekippt ist?

Das stimmte.

Oder als du auf dem Flohmarkt dieses Schächtelchen gekauft hast, und es war ein lebender Skorpion drin?

Auch das stimmte. Tamara kam richtig in Fahrt mit all diesen dummen Situationen, in die ich immer wieder geraten war, und wer weiß, wie lange sie noch welche aufgezählt hätte, wenn nicht der Alte und David aufgetaucht wären.

David hatte kürzere Haare als letztes Mal.

Hallo, Papa, sagte er.

Hallo, David, sagte ich.

Wir sahen uns zurückhaltend an, wie zwei Menschen, die sich schon lange kennen, aber nicht häufig treffen, und die sich nicht viel zu sagen haben. Für ihn war ich mehr eine Person von irgendwelchen Fotos, über die Tamara ihm etwas erzählte, so etwas wie eine Figur aus seinen Comics. Einer von den Guten, vermute ich mal, aber doch nur eine Figur, die Papa heißt. Er war für mich keine Person aus irgendwelchen Comics, sondern eine Quelle des Unbehagens, und deshalb bezeichnete ich ihn nicht als Sohn. Das wäre nicht anständig. Wie konnte außerdem ein verkümmertes Kind – als solches bezeichnete mich Tamara – irgendjemanden seinen Sohn nennen? Ich habe auch Tamara nie meine Frau genannt, aber nicht, weil ich anständig oder verkümmert war, sondern weil das in meinen Ohren primitiv klang. Meine Frau. Mein Auto. Mein Hund. Gut.

Ich sah David an und dachte, was für ein hübsches Kind er geworden ist, vielleicht weil wir das gar nicht beabsichtigt hatten. In dieser Hinsicht hatten wir damals, in jener Nacht, keinerlei Ehrgeiz oder Ähnliches, und er muss genau in jener Nacht gezeugt geworden sein, als der Johannisbrotbaumwald voller merkwürdiger Chemie und die Luft voller Blitze war, Tamara war fließende Seide, und mein Herz schlug hart gegen die Rippen, ich war damals total fertig, ich hatte eine schwere Zeit hinter mir, und es sah nicht so aus, als würde sich irgendwas ändern, aber es gab Momente, in denen ich einige Dinge vergessen konnte, die es verdienten, vergessen zu werden, und noch einige andere Dinge, als würde man mit einem Scheibenwischer die Sicht freimachen, zurück bleibt nur ein milchiger Nebel, und für einen kurzen Augenblick glaubst du an eine Chance, dass etwas Neues, nie Gesehenes auftaucht, eine Aussicht, die das Herz anders schlagen lässt und die Muskeln zu einer neuen Bewegung anregt – und da drängte sich der alte Adam in diese Erinnerung und fragte mich, was ich über die Teilnahme an der Weltmeisterschaft denke.

Was für eine Weltmeisterschaft?, fragte ich, ohne meine Augen von David abzuwenden. Wer geht zur Weltmeisterschaft?

David zuckte mit den Schultern.

Na, unsere Fußballer, sagte der Alte ungeduldig. Gestern Abend haben wir die Slowenen geschlagen, hast du denn das Spiel nicht gesehen?

Ach, deshalb haben sie bei uns im Viertel herumgeballert, sagte ich und fragte David: Und du, hast du das Spiel gesehen?

Natürlich nicht, winkte er ab, ich hab in der Zeit PlayStation gespielt.

Wir haben sie auseinandergenommen, sagte der Alte.

Für einen Nachfahren der armenischen Könige, sagte ich zu ihm, sind Sie ein ziemlich eifriger Kroate.

Nimm es mir nicht übel, Kalda, aber ich hab das nur so dahergesagt, um ins Gespräch zu kommen, damit habe ich dir gegenüber nämlich immer ein großes Problem.

Immer mit der Ruhe, sagte ich, das ganze Leben liegt schließlich noch vor uns.

Außerdem, sagte er, ist das mit den Königen ein ziemlich dummer Scherz von dir. Wirklich langweilig, immer dasselbe.

Reden Sie ruhig weiter, sagte ich, ich weiß sehr gut, wer Sie sind.

Da ist etwas im Hause Atamian, das dir das Gefühl gibt, dir kann da nichts Übles passieren. Alle deine inneren Blockaden lösen sich hier, du beginnst dir selbst ähnlich zu werden, das heißt dem, der du sein solltest. Du sprichst mit Tamara, beobachtest David, der sich in ein Spiel vertieft hat, du veräppelst den alten Adam ein bisschen, fühlst dich gut, und beginnst zu glauben, dass es wirklich eine Chance gibt, all das auch morgen noch einmal zu erleben und übermorgen und am nächsten Tag, verstehst du, was ich sagen will? Aber dann sagt Tamara irgendetwas, etwas, was man keinem von ihnen besonders zu erklären braucht, zum Beispiel: Wie wäre es mit Ligretto? David ist begeistert, auch der Förster lebt auf, und du fragst dich, Scheiße noch mal, was ist denn das – Ligretto, was geht hier überhaupt ab, und du schließt daraus, dass du ausgeschlossen bist, ausgeschlossen aus ihrem Leben, und dass nun die Zeit gekommen ist, sich zu verabschieden. Du stehst auf, und David fragt: Willst du nicht mit uns Ligretto spielen? Ein andermal, sagst du zu ihm, und deine Hand will sich seinem Kopf nähern, aber du steckst schon wieder in deiner alten Haut, in deiner guten alten, beschissenen Haut, bis zum Hals zugeknöpft, und deine Hand bleibt auf halber Strecke stehen, und du denkst darüber nach, dass du eigentlich nie mehr als die halbe Strecke bis zu David geschafft hast, du konntest nicht anders, diese Wege sind dir verschlossen geblieben, und auch wenn du versucht hast, dich ihm zu nähern, hast du dich dabei immer gequält, hast dich verirrt, bist irgendwo angeeckt, irgendwo reingefallen, hast Ängste ausgestanden und am Ende aufgegeben, und während Tamara die Tür hinter dir schließt, ist dir zum Weinen zumute, aber nicht so, als würdest du die Wunden deines Sohnes sehen, dir ist zum Weinen, als würdest du mit einer Musik abstürzen, die dich vollständig ergreift und emporhebt, und du schwebst, wohl wissend, dass die Musik im nächsten Moment aufhören wird, dass mit dem letzten Ton auch du wieder fallen wirst – auf eine solche Art ist dir zum Weinen.

7 Da mein Vater nicht nach Hause zurückkam, verstieß mich die bosnische Clique. Nicht dass ich bis dahin besonders dicke mit ihnen gewesen wäre, aber sie hatten mich zumindest geduldet, nach dem Motto: Wir gehören zusammen. Das, was mein Vater getan hatte, ging jedoch zu weit. Es widersprach ihren Prinzipien, es beleidigte sie. Ihre Väter waren zum Arbeiten nach Deutschland gegangen und kamen im Sommer oder zu Weihnachten ordnungsgemäß nach Hause, aber mein Vater hatte sich verdrückt, und darüber konnten sie nicht so einfach hinweggehen. Es spielte keine Rolle, dass ihre Väter jede Frankfurter oder Berliner Nutte persönlich kannten, denn auf der höchsten Etage ihrer Seele waren sie sorgsame Familienväter und gute Katholiken. Sie kamen zu Weihnachten mit einem Haufen Geschenke und gingen zur Mitternachtsmesse, sie bekreuzigten sich vor dem Essen, während mein Vater einen kilometerweiten Bogen um die Kirche, um Mama und mich machte, er spielte nur Karten und hing in Kneipen herum … Kurzum, sie verstießen mich, und seitdem stand ich etwa auf derselben Stufe wie Kasim. Allerdings kann ich nicht behaupten, dass mir das besonders leidtat.

Seit jener Episode in der Toilette waren Kasim und ich Freunde. Im selben Jahr lud er mich zu seinem Geburtstag ein. Er hatte noch einige andere Kinder aus unserer Klasse eingeladen, aber nur ich war gekommen. Eine Geburtsfeier war für mich ein Novum. Niemand hatte mich je zuvor zu einem Geburtstag eingeladen, und meine Geburtstage wurden nicht gefeiert, falls ich das überhaupt noch erwähnen muss. Ich erinnere mich daran, dass ich Kasim zu diesem Geburtstag nichts schenkte. Ich kannte diesen Brauch nicht. Ich erinnere mich auch daran, dass ich, nachdem ich einen Teller fettiger Hühnersuppe aufgeschlürft hatte, zu Kasims Mutter sagte, dass es mir reiche, weil ich zu Hause zu Mittag – ich zitiere – immer nur eine Mahlzeit esse. Das sollte sich klug anhören. Aber sie sah mich an, lachte und sagte, die Suppe sei nicht die Mahlzeit, sondern nur die Vorspeise, und erst das ganze Mittagessen sei eine Mahlzeit. Ich kam mit dieser Terminologie nicht ganz zurecht, und es war mir ein wenig unangenehm, aber ich gab nicht nach.

An Kasims dreizehnten Geburtstag verzogen sich seine Eltern in die Stadt.

Sind wir denn dann alleine?, fragte ich ihn, da ich wusste, dass Kasim seit jenem Geburtstag außer mir niemanden mehr eingeladen hatte.

Nein, sind wir nicht, sagte er.

Wen hast du denn noch eingeladen?

Jaca.

Jaca war die Schulnutte, das wussten alle. Sie war ein Jahr älter als ich, mit zwölf hatte sie schon überall herumgeknutscht, und mit dreizehn ging sie zu härteren Sachen über. Ihre Eltern waren die berüchtigtsten Säufer in Dubrava, ihrem Bruder war sie egal, von der Seite gab es also keine Probleme. Der Sozialdienst beschäftigte sich nicht mit Jaca, denn im Kommunismus gab es ja keine solchen Fälle. Solche Fälle standen im Widerspruch zum Wesen des Systems, und deshalb existierten sie nicht, und da sie nicht existierten, konnte sich der Sozialdienst nicht mit ihnen befassen. Jaca vögelte eine Zeit lang nach Herzenslust herum, aber dann war Schluss damit. Ihr Bruder mischte sich ein. Er witterte ein Geschäft. Er hatte begriffen, dass dabei etwas Geld für ihn herausspringen konnte, und so wurde er Jacas Zuhälter. Ich wusste das, weil ich einmal gesehen hatte, wie er Jaca mit einem Jungen in dem verlassenen Obstgarten in der Kanarinska, in dem es alle Welt miteinander trieb, erwischt hatte. Jacas Bruder stürzte wie verrückt mitten in die Szenerie und schrie den Jungen an: Du geiziges Arschloch, erst zahlen, dann ficken!

Jetzt kam also Jaca zu Kasims Geburtstag.

Was ist, fragte Kasim, du hast doch wohl keine Angst?

Nein, sagte ich.

Was ist dann, du guckst ja ganz verschreckt?

Ich gucke nicht verschreckt.

Ist es, weil du noch nie …?

Nein, nein, unterbrach ich ihn, deswegen nicht. Hast du das über ihren Bruder geregelt?

Von wegen, Kasim winkte ab. Der kann mich mal. Das ist was anderes, es ist schließlich mein Geburtstag.

Und was, wenn er es spitzkriegt?

Und was, wenn er es spitzkriegt?, ahmte er mich nach. Nichts. Wenn er sich beschwert, kriegt er eine Holzlatte über die Rübe und fertig.

Kasim sagte das nicht einfach nur so. Er war schon ziemlich weit in der Pubertät, er war einen Kopf größer als ich, mit den entsprechenden Muskeln und allem, was dazu gehört. Und er trainierte schon seit zwei Jahren Ringen. Auf jeden Fall ging Kasim längst ohne Angst auf die Schultoilette.

Pass auf, sagte Kasim, ich hab zu ihr gesagt, dass sie ohne BH und Schlüpfer kommen soll, und sie zu mir: Na klar. Hey, was sagst du dazu?

Jaca kam, aufgebrezelt von Kopf bis Fuß, in einem grauen Minirock und einer durchsichtigen Bluse, nach allen Regeln der Kunst geschminkt, mit lackierten Fingernägeln, doch sie war überhaupt nicht begeistert, mich zu sehen.

Was macht der denn hier?, sie zeigte auf mich.

Er ist mein Freund, sagte Kasim. Mein einziger Freund, fügte er hinzu.

Jaca schnaubte kurz, aber sie sagte nichts weiter. Kasim legte eine Platte auf, ich glaube eine von den Beatles, und Jaca begann im Sitzen, ihre Schultern und ihren Kopf zu wiegen. Die beiden saßen auf der Couch und tranken Eierlikör oder so was Ähnliches, und ich saß im Sessel, aß Kekse und tat so, als ob ich mich super amüsieren würde. Danach standen sie auf und begannen zu tanzen. Ich rauchte und sah ihnen zu.

Jaca hatte ganz sicher keinen BH an, und ich glaube auch keinen Schlüpfer. Ich meine, zumindest zeichnete sich nichts unter ihrem Rock ab. Aber dafür bemerkte ich einen fettigen Fleck, genau dort, wo ihr Rock überm Hintern am meisten spannte, und das erheiterte mich. Dieser Fleck zog Jacas Attitüde einer erwachsenen Frau ins Lächerliche. Was bist du denn für eine, mit einem solchen Fleck mitten auf dem Arsch, dachte ich, und dann stand ich auch auf und begann lächelnd mit meinem Kopf und meinen Hüften zu wackeln.

Das blieb nicht unbemerkt.

Was ist, Stummfisch, was grinst du denn so?

Ich schwieg und zappelte im Rhythmus der Musik.

Lass ihn doch, sagte Kasim.

Wie soll ich ihn lassen, wenn er mich so dämlich angrinst?

Er grinst doch nicht dich an.

Wen denn?

Niemanden, sagte Kasim. Es geht ihm gut, und dann lacht er eben.

Dann kam ein Lied zum Schwofen an die Reihe, und die beiden schmiegten sich beim Tanzen ganz nah aneinander. Mein lieber Schwan, das war vielleicht ein Tanz. Jaca hatte Kasim die Arme um den Hals gelegt, und er griff ihr mit einer Hand an eine Titte und mit der anderen an den Arsch. Gleichzeitig schob er sein Knie zwischen ihre Oberschenkel, und sie streckte ein Bein zur Seite, um dem Knie Platz zu lassen – wie bei einer Gymnastikübung. Und so tanzten sie dann. Ich saß im Sessel und stopfte mir meine Faust in den Mund, um mich nicht totzulachen. Jaca, die mich offenbar auf dem Kieker hatte, begriff das. Und sie begriff, dass es etwas mit ihr zu tun hatte, dass ich mir die Faust in den Mund stopfte.

Ich will so nicht mehr, sagte sie und schob Kasim von sich weg. Er drehte sich um und sah mich an.

Sag mal, was machst du da eigentlich?, fragte er.

Nichts, sagte ich, ich bin verrückt.

Ich gehe, sagte Jaca.

Kasim breitete seine Arme aus und blickte erst zu Jaca, dann zu mir. Er wusste nicht, was er tun sollte. Aber ich wusste, was ich tun würde.

Sie braucht nicht zu gehen, sagte ich, ich gehe.

Ich verließ das Haus und ging Richtung Hauptstraße. Es war eine warme Frühlingsnacht, jemand verbrannte irgendwo Unkraut, und es roch nach Rauch und Urin. Ich überlegte, ob ich ins Kino oder in die Stadt gehen sollte. Dann erinnerte ich mich an Jacas Fleck. Der Gedanke daran war nicht mehr lustig. Es war mir nicht mehr klar, warum ich darüber gelacht hatte. Heute weiß ich, dass ich aus Angst gelacht habe. Aus Angst davor, dass ich irgendwie mit Jaca allein bleiben würde. Ich fürchtete mich vor Jaca. Aber Jaca war nur ein armes Mädchen, das nicht wusste, wie es erwachsen werden sollte. Genauso wie ich ein armer Junge war, der nicht mit dem Erwachsenwerden zurecht kam. Ich war ein echter Stummfisch.

8

Gestern haben sie aus der Redaktion vom Starlight angerufen und mir einen Auftrag angeboten. Am Telefon war Daničić persönlich.

Du lässt dich selten in unseren Gefilden blicken, fing er an, geht's dir gut?

Perfekt, sagte ich.

Freut mich, das zu hören, aber ich sehe nicht, dass du in letzter Zeit irgendwas machst.

Ich verbrate mein Geld, Mann, ich lasse es mir gut gehen, komme gar nicht dazu, an Arbeit zu denken.

Er lachte gezwungen.

Wir machen ein großes Interview mit Lulu, kam er endlich zur Sache, und ich denke, dass deine Fotos da ganz passend wären.

Lulu!, wunderte ich mich, wer ist das denn?

Verarsch mich nicht, Alter, Lulu steht in den Charts ganz oben, die Leute schlagen sich um ihre neue CD.

Ich hab keine Ahnung. Ihr produziert so viel von diesem Billigkram, wer kann da noch den Überblick behalten? Eh du dich versiehst, taucht schon wieder der Hintern von irgendeiner neuen Lulu auf.

Schon gut, du brauchst ja nur die Fotos zu machen.

Ich kann nicht.

Warum?

Ich will jetzt nicht darüber sprechen, aber wenn du etwas über Kitaibels Schlüsselblume bringen willst, dann können wir ins Gespräch kommen.

So'n Scheiß, seufzte er, fängst du schon wieder damit an.

Mirko Daničić, der Besitzer der auflagenstarken Wochenzeitschrift Starlight und noch etlicher anderer Dinge, ist ein – wie man so schön sagt – Pragmatiker, der sich bei seiner Arbeit an drei einfache Prinzipien hält.

Erstens: Es existiert nur, worüber im Starlight geschrieben wird.

Zweitens: Im Starlight wird über die interessanten Dinge geschrieben.

Drittens: Was interessant ist, entscheidet Daničić.

Und er kommt damit durch, niemand stellt es in Frage. Lulu ist für die Menschen interessanter als irgendeine Blume, weil Daničić es so will. Kitaibels Schlüsselblume zum Beispiel, diese Blumenschönheit vom Velebit, deren Foto im Wintergarten der Atamians hängt, hat – und dafür verwette ich meinen Kopf – ein originelleres Innenleben als irgendeine Lulu, von ihrem gesellschaftlichen Leben ganz zu schweigen. Erst recht, wenn man sie aus allen möglichen Blickwinkeln betrachtet. Kitaibels Schlüsselblume im Sturm. Kitaibels Schlüsselblume, wie sie die Wolken in der Ferne betrachtet. Der Himmel und die Berggipfel aus der Perspektive von Kitaibels Schlüsselblume. Die Begegnung von Kitaibels Schlüsselblume mit einem Auerhahn. Kitaibels Schlüsselblume und die Hummel. Was für Fotos und was für eine Geschichte könnte das sein, aber Daničić will, dass die Menschen Lulu und andere Hintern wollen, und da kannst du wirklich nur verzweifeln.

Ich fange gar nichts an, sagte ich, ich will nur nicht mehr euren Faschismus füttern.

Was soll das denn heißen?, er tat so, als hätte er keine Ahnung, wovon ich redete. Was für einen Faschismus?!

Natürlich will Daničić das nicht zugeben. Niemand von denen will es zugeben. Sie stellen sich alle dumm, machen alle nur ihre Arbeit, das kennen wir ja nur zu gut. Bisher diktiert dir Daničić bloß, welche Milch du zu trinken hast, welche Klamotten du tragen sollst, mit welchen Waschmitteln du deine Wäsche wäscht, mit welchen Parfum du dich besprühst, mit welchem Papier du deinen Hintern abwischst, welche Binden du in deine Slips stopfst, welches Buch du lesen musst, worüber du nachdenken und wovon du in Gesellschaft erzählen sollst – und ähnliche Belanglosigkeiten. Aber was, wenn Daničić beginnt, darüber zu entscheiden, in welchem Rhythmus du zu atmen hast, wann du ins Badezimmer und wann ins Bett gehen sollst, wann du geboren wirst und in welcher Gestalt, und wann und wie du sterben wirst. Ich höre sie schon: Aber ich war doch nur ein Journalist, ich habe nur meine Arbeit getan. Und ich habe mich nur um den Vertrieb gekümmert, und ich war nur Redakteurin einer Rubrik, verstehen Sie, ich habe doch Familie und Kredite aufgenommen für mein Auto und meine Wohnung. Hitler, Stalin, Pinochet, Milošević, Bush Jr., sie alle hatten ihre Redakteure, Journalisten, Vertriebe, sie alle wurden in Millionenauflagen den Massen untergejubelt, keiner von ihnen war ein einsamer Reiter. Der Weichensteller der Züge nach Auschwitz, Stalins offizieller Fotograf und Miloševićs Barbier – sie alle haben nur ihre Arbeit getan. Und jetzt will mir Daničić weismachen, er verstünde nicht, was ich meine, als würde ich mir das Ganze aus den Fingern saugen.

Welcher Faschismus!? Na dieser Medienfaschismus eben, ich geriet in Rage vor Überzeugung und spürte, wie ich mich in eine weiße Flamme verwandelte.

Alles Parolen, beschissene Parolen, hörte ich ihn sagen.

Gebt Kitaibels Schlüsselblume und der Degenia velebitica eine Chance!, brüllte ich.

Ein Irrer, hörte ich ihn sagen. Melde dich, wenn du wieder gesund bist.

Du faschistisches Arschloch!, ich knallte den Hörer auf.

Ich gerate selten in Rage, aber wenn ich es tue, dann glühe ich richtig. Was können die mir schon erzählen. Sobald du weiter als über deinen eigenen Hintern hinaus schaust, erklären sie dich zum Idioten. Immer will dich jemand …

Scheiße.

Und solche Leute gibt es wie Sand am Meer.

Es gibt hier einen im Viertel, Tunjo heißt der, Mann, der ist echt Fachmann für alles. Ob du etwas über alpines Skifahren, die

Produktion von Kerzen, die germanische Mythologie, gregorianische Choräle, Vergaser oder Peronospora wissen willst, du brauchst es nur zu sagen, der fängt sofort an zu schwadronieren.

Und dabei schaut er dich an, als wärst du ein Rindvieh.

Er ist klug, und du bist ein Rindvieh.

Also wirklich.

Und so leiert er allerlei Unsinn herunter, über George Best, darüber wie Castro an die Macht gekommen ist, wie die Bougainvillea ans Mittelmeer kam, und dann bleibt er mitten in der Geschichte hängen und blickt überheblich in die Runde:

Warum schweigen denn alle, wenn ich spreche?!

Weil sie anständig sind, Mann, die Menschen sind anständig, und deshalb schweigen sie, sie warten darauf, dass du endlich aufhörst, ihnen ist es unangenehm, genau deshalb halten sie den Mund.

Er will dir immer etwas erklären, er will dich belehren, als ob …

Und du fragst dich dann, wann der Typ es schafft, über all diesen Kram nachzudenken. Schläft der überhaupt, oder tut er nur so? … Wen interessiert das eigentlich?

Und dann begann die Glut zu verrauchen, das Gehirn schaltete sich wieder ein, alles war wieder in Ordnung, alles paletti, tipptop. Scheiß auf Daničić, dachte ich, vergiss es, immer ist irgendein Hintern im Spiel, entweder der von Lulu, von einem General, vom Präsidenten, von einer Schauspielerin, von einem Mörder, von einem Boxer, deiner, was macht das schon für einen Unterschied!? Das sind alles nur Allgemeinplätze, nur beschissene Allgemeinplätze, immer die gleiche Leier, du kennst das schon, aber es hilft dir trotzdem nicht, dich besser zu fühlen.

Nicht immer.

Die Sache ist eigentlich ganz einfach: Du kannst entweder mitspielen oder dich vom Tisch verziehen oder den Spieler erschießen, mach irgendwas, nur nicht abseits stehen und dumm daherlabern. Was bringt das ganze Gelaber? Du bist ein geborener Fotograf, das liegt dir im Blut, du willst doch wohl nicht jetzt dein Leben ändern? Mach doch die Fotos, streich das Geld ein, und lass alles andere liegen, warum hältst du dich überhaupt mit diesem Daničić auf? Daničić ist Abschaum, keine Frage, aber was soll's? Mit dieser Information ist dir auch nicht geholfen. Klar, du kannst dich hinsetzen und anfangen zu heulen. Aber entscheidend ist nun mal, dass Daničić das Geld hat und du das Auge. Dass er wöchentlich hunderttausend Exemplare verkauft und du bei Doktor Galin sitzt. Willst du Daničićs Spiel mitspielen, oder willst du am Bahnhof naive Touristen abfangen und vor der König-Tomislav-Statue ablichten? Aber nicht mal damit kommst du heute über die Runden, heute hat doch jeder Schwachkopf eine Digitalkamera.

Was willst du also?

Starlight, Guten Tag.

Guten Tag, hier ist Kalda. Ich würde gern mit Herrn Daničić sprechen.

Einen Augenblick, bitte.

Die zwitschernde Stimme der Silikontussi verschmilzt mit synthetischer Musik. Und dann dauert es, und diese Musik macht dich langsam paranoid, als wärst du in einem Lift stecken geblieben, und du schwitzt und wartest, dass dir jemand die Tür aufmacht. Dann meldet sich die Tussi wieder:

Entschuldigen Sie, wie heißen Sie doch gleich?
Kalda, schreist du in den Hörer.
Nur einen Augenblick, bitte.
Und noch ein bisschen Paranoia.
Herr Daničić ist in einer Sitzung, rufen Sie später noch mal an.

9

Der letzte Umschlag, der uns von meinem Vater erreichte, kam in dem Jahr, als die Studenten in der Stadt Tumult machten. Ein Schmetterling hatte auf Borneo oder in Patagonien oder an einem ähnlichen Ort mit den Flügeln geschlagen, und die Zagreber Studenten drehten durch. Mama sagte, ich solle aufpassen, wenn ich in die Stadt ginge, denn dort schlage sich die Polizei mit den Studenten. Sie hatte es selbst auf dem Hauptplatz gesehen, und einiges hatte sie auch von anderen gehört, auf jeden Fall war die Situation ziemlich übel.

Na und, dachte ich, halb so wild. Wenn ich diverse Banditen in Dubrava überlebt habe, dann werde ich auch das überleben. Außerdem bin ich weder Student noch Polizist. Und deren Probleme interessieren mich überhaupt nicht. Kinder werden da schon nicht verprügelt. Nicht mal Surla schlägt uns, warum sollten sie es dann tun. Das sagte ich auch meiner Mutter.

Sie meinte, das sei nicht so einfach, es wäre schlecht, wenn die Studenten auf die Straße gingen und dass das eine politische Sache sei, dieser Maspok.

Maspok. Das klang ziemlich abenteuerlich in meinen Ohren. Wie eine Geheimorganisation aus meinen Comics.

Ich versuchte, noch etwas darüber in Erfahrung zu bringen,

und soweit ich die Situation verstand, forderten die Studenten irgendwas, aber die Bullen wollten nicht nachgeben. Immer dasselbe. Es geht immer darum. Immer will jemand was, und die anderen wollen nicht nachgeben. Und dann entsteht Scheiße. So ist das Leben, nicht wahr? Wie auch bei uns in Dubrava. Ein Bosnier ging mit einer aus Janjevo, aber ihre Brüder wollten das nicht. Und dann gab es eine Schießerei. Oder mein Fall. Ich wollte Titten angrapschen, aber die Mädchen wollten nicht. Deshalb schlug ich aber doch keinen Krach auf der Straße. Das war nicht meine Art. Ich schwieg und schluckte meine Niederlage herunter.

Uns so ging ich, entgegen der mütterlichen Ratschläge, in die Stadt, es interessierte mich, was es mit diesem Maspok auf sich hatte. Dort war nichts Besonderes zu sehen. Ich war kein bisschen beeindruckt, aber ich war wohl auch erst nach Feierabend dazugekommen. Die Jurišić-Straße, der Platz der Republik und die Ilica lagen voller zertretener Transparente, überall standen Polizeiautos herum und Polizisten mit Pickelhauben. Einige Schaufenster waren zu Bruch gegangen, und die Polizisten standen davor und bewachten sie, damit keiner die Situation ausnutzte und etwas klaute. Ich ging über die Scherben spazieren, und die Bullen sahen mir nur nach. Ich war kaum dreizehn und nicht besonders groß, ungefähr einen Meter fünfzig, so dass mich selbst ein Blinder nicht mit einem Studenten verwechselt hätte. Vor dem Schaufenster der Buchhandlung an der Ecke Ilica und Margaretska blieb ich stehen. Es war zertrümmert, und davor stand ein Bulle. Er sah nicht feindselig aus, fand ich. Er hatte auch nicht so eine Pickelhaube auf dem Kopf, sondern eine normale Polizeimütze. Auf dem Bürgersteig lag ein Buch mit grünem Einband.

Es war zertreten. Wahrscheinlich war es aus dem Schaufenster gefallen, und die Menge war darüber hinweggetrampelt. Ich hob das Buch auf und las den Titel. Ein sehr interessanter Titel. Geheimnisvoll.

Čangi off Gottoff. Ich fragte mich gerade, was das heißen könnte, als der Bulle mich ansprach.

Was willst du hier, Kleiner?

Ich sah ihn an. Auch weiterhin keine Spur von Feindschaft in seinem Gesicht. Vielleicht nur etwas Müdigkeit.

Nichts, sagte ich.

Wohnst du hier irgendwo?, fragte er.

Ich schüttelte den Kopf.

Wo denn?

In Dubrava.

Im oberen Dubrava?

Im unteren.

Sieh mal an, da sind wir ja beinahe Nachbarn. Ich wohne in Pionirac.

Ich nickte.

Ich wollte ins Kino, sagte ich.

Ins Kino? Heute sind die Kinos im Zentrum geschlossen. Probier es mal auf dem Kvatrić. Ich glaube, da läuft ein guter Film.

Ich legte das Buch ins Schaufenster zurück und verabschiedete mich.

Wenn du ein anderes Buch willst, er zeigte auf das zertrümmerte Schaufenster, bedien dich ruhig.

Ich schüttelte den Kopf.

Du hast recht, steht sowieso lauter Blödsinn drin. All das, er zeigte auf die Trümmerhaufen auf der Straße, kommt von den verfluchten Büchern. Die Welt wäre viel friedlicher, wenn es keine gäbe.

Das war meine erste Begegnung mit einer politischen Veranstaltung. Solche Ereignisse machten ansonsten einen Bogen um Dubrava, bei uns geschah nichts Wesentliches, und das war auch besser so. In der Welt ereigneten sich Kriege, Militärputsche, Attentate, die Russen, die Amerikaner, lauter Scheiße, die kein normaler Mensch vor der eigenen Haustür haben will. Dubrava war diesbezüglich also ruhig, den Menschen waren solche bedeutungsvollen Ereignisse völlig egal. Dieses Viertel war resistent gegen Politik.

Dubrava hatte vielleicht für Politik nichts übrig, für andere Dinge aber schon. Muhammad Alis Rückkehr in den Ring zum Beispiel löste wahre Begeisterungstürme aus, als er diesen Typen in drei Runden zur Schnecke machte. Und davor der Minirock, der herumging in Europa wie der Kommunismus und sich sehr bald auch über Jacas Arsch spannte. Oder diese Herzoperation, die unsere Nachbarin Frau Poldrugač so entzückte, doch die Alte hatte sich zu früh gefreut, denn ihr Herz versagte, bevor diese Errungenschaft bis nach Dubrava vordrang. Und noch eine Reihe solcher Dinge lösten in Dubrava Freude oder Traurigkeit aus, je nachdem. Ich will damit nur sagen, dass Dubrava nicht der Arsch der Welt war. Auch wir hatten unsere Lichtblicke.

Inmitten dieser Studententumulte stand eines Tages ein Freund meines Vaters vor unserer Tür und brachte uns einen Umschlag mit Geld und *tanti saluti e mile bace*. Ich erinnere mich nicht daran, was er sagte, was er uns von meinem Vater ausrichtete, wo er war und ob er nach Hause kommen würde, um ehrlich zu sein, interessierte es mich auch gar nicht. Ich brauchte meinen Vater – so wie ich mich damals trübe an ihn erinnerte – nicht mehr. Ich hatte eine neue Beschäftigung gefunden – ich begann zu masturbieren.

Anders als meine gleichaltrigen Mitschüler, erregten mich nicht die Mädchen in den Erotikmagazinen, die in diesen Jahren von den Kioskbetreibern unter dem Ladentisch verkauft wurden. Ich meine, die Körper dieser Frauen waren schon in Ordnung, sie lächelten und leckten sich die Lippen, sie kneteten ihre Titten mit den Händen und reckten sie in Richtung Objektiv, schoben ihre Finger in die Schlüpfer und was nicht sonst noch alles.

Aber die Augen, ich sah in ihre Augen.

Und die waren leer, es lag kein Glanz darin, kein Feuer, kein Leben, du musstest echt ziemlich scheiße drauf sein, um mit solchen Fotos einen hochzukriegen.

Mich erregten lebendige Mädchen. Vesna aus unserer Nachbarschaft zum Beispiel. Die Tochter der Ungarin. Ihre Titten tanzten in einem leichten Sommerkleid durch unsere Straße, fröhlich und fest, und erregten die Wut der Frauen und ein Kribbeln in meinem Körper. Sie war einige Jahre älter als ich und natürlich beachtete sie mich nicht, ich meine, sie betrachtete mich wahrscheinlich als ein uninteressantes Wesen, das mit ähnlichen Wesen auf der Wiese neben ihrem Haus Ball spielte. Dafür beachtete ich sie umso mehr. Ich kannte die genaue Anordnung der Muttermale auf ihren Schultern und Armen. Ich bemerkte die weiße Narbe auf ihrem Oberschenkel, direkt unter dem Saum des dunkelblauen Kleids, dem kürzesten, das sie hatte. Ich sah auch die Karies am Zweier oben rechts und den weinroten Fleck unterhalb ihres Schulterblattes. Ich beobachtete neidisch, wie diese Schwuchtel Goran in seinem eng anliegenden Sportdress sein rotes Rog-Spezial-Fahrrad vor ihrem Haus mit schleifendem Hinterrad zum Stehen brachte. Goran war ein Typ aus der Nachbarschaft, der Rennrad fuhr und dem wahrscheinlich kein bisschen dämmerte, wer ihm regelmäßig die Luft aus den Rädern ließ – und warum. Wenn Vesna die Räder über den Kies schürfen hörte, kam sie aus dem Haus, lehnte sich an den Zaun und lachte über etwas, was er ihr erzählte, während ich, versteckt hinter dem Aprikosenbaum in meinem Garten, eine Krampe zurechtbog, die ich ihm abends, wenn er Vesna in den verlassenen Obstgarten an der Ecke Slavonska und Kanarinska entführen würde, voll an den Kopf katapultieren wollte.

Und dann bemerkte Vesna mich. Ich war schon ein ziemlicher Halbstarker, ich hatte Bier probiert, rauchte Zigaretten ohne Filter, und ich wusste auch schon, wie man an Titten rankam. An diesem Sonntag kam ich mit meinen Kumpels vom Baden im Vierten See. Vesna sah ich schon von Weitem, sie sonnte sich auf der Betondecke eines Rohbaus in der Nachbarschaft. Als wir unterhalb der sich sonnenden Vesna die Straße entlangliefen und darüber stritten, wer wie oft den See durchschwommen hatte, hörte man, wie sie mich rief. Der Streit verstummte sofort. Ich blieb stehen und sah nach oben, Vesna hatte sich auf ihrer Liege aufgerichtet, in ihrem zweiteiligen ziegelfarbenen Badeanzug, und blickte zu mir herunter.

Komm mal kurz her, sagte sie.

Ich blieb ganz ruhig. Solche Szenen hatte ich in meiner Phantasie oft durchgespielt, hatte eine Menge Varianten konstruiert und mir Reaktionen auf jedes ihrer Worte und jede ihrer Gesten zurechtgelegt, ganz egal, was sie sagte. Mein Gesicht zeigte keine Regung, als würde ich seit Jahren tagtäglich nichts anderes erleben. Als wäre die Tatsache, dass Vesna mich ansprach und mich wegen irgendetwas zu sich rief, die normalste Sache der Welt. Mein Gesichtsausdruck wäre der gleiche gewesen, wenn sie mir hier vor allen gesagt hätte, ich solle sie flachlegen, denn – wie gesagt – ich hatte viele Varianten durchgespielt. Mit dem sicheren Schritt eines Mannes, der weiß, was er will, ging ich über den Hof, der voller Ziegelscherben und Zementstaub war, kletterte die noch verschalte Treppe hinauf und blieb vor Vesna stehen. Die Typen standen immer noch unten auf der Straße, völlig sprachlos, und sahen mir nach, als hätte ich gerade beim Bingo gewonnen oder dank eines genialen Bluffs mit einem Paar Siebener meine erste Million abgezockt. Vesna maß mich mit einem Blick, von dem man – ehrlich gesagt – nicht behaupten konnte, dass er vor Begierde glühte. Ich sah ihr direkt in die Augen und las darin.

Ihr Blick war zunächst der überhebliche Blick einer Medizinstudentin, die einer Laborratte den Bauch aufgeschlitzt hat und jetzt deren Organe erkundet. Daraufhin tauchte – da ich meinen Blick nicht abwandte – in ihren Augen ein ungläubiger Ausdruck auf, dann Ärger, und dann bekamen ihre Augen einen schadenfrohen Glanz.

Reib mich ein, sagte sie und legte sich dabei zurück auf die Liege.

Ich schaute mich um, auf der Suche nach einer Sonnencreme, aber da ich nirgendwo eine sah, zeigte Vesna auf einen Blecheimer neben der Liege. Darin war Wasser. Ich nahm den Eimer und trat zwei Schritte zurück, doch Vesna sagte:

Du sollst mich nicht begießen, reib mich ein.

Mit Wasser?

Mit Wasser.

Das hatte ich nicht vorausgesehen. Ich meine, Vesna mit Wasser einzureiben, so dass ich eine Zeit lang verwirrt mit dem Eimer in der Hand dastand. Meine Kumpels hatten beschlossen, dass es hier nichts zu gucken gäbe und gingen weiter, dabei setzten sie den unterbrochenen Streit fort.

Was hast du, sagte Vesna, du wirst dich doch wohl nicht schämen?

Ich hockte mich schweigend neben ihr hin, machte meine Hand nass und begann, an ihren Waden und Knien herumzufummeln.

Reib mich hier ein und hier und hier, sie fuhr mit den Fingern über die Innen- und Außenseite ihrer Oberschenkel und dann über ihren Bauch, reib mich überall ein.

Ich rieb Vesnas Oberschenkel und Bauch ein, das Wasser verdunstete schnell in der Frühlingssonne, meine Finger glitten über ihre Haut, mein Pimmel spannte gefährlich meine rote Sporthose, und als einige Härchen unter ihrem Bikini hervorlugten, zögerten meine Finger verräterisch, doch sie drehte sich auf den Bauch und sagte:

Jetzt ein wenig hinten, du kannst ruhig auch den Po, aber sag mal, weißt du zufällig, wer ständig Gorans Reifen zersticht?

Ich zuckte nicht einmal mit der Wimper, meine Finger glitten ohne Unterbrechung über Vesna, diese Situation hatte ich vorhergesehen, nur dass Goran mich wegen der platten Reifen zur Rede hätte stellen sollen.

Was, jemand zersticht seine Reifen?, fragte ich jetzt schon mit heiserer, zitternder Stimme, was mich in Bezug auf das Fahrrad nicht verraten konnte, aber in Bezug auf etwas anderes schon: Meine Zeige-, Mittel- und Ringfinger waren gerade unter den Bikini gerutscht und ertasteten eine warme, feuchte, von zarten Härchen bewachsene Mulde.

Ich kannte die Feuchtigkeit von Schnecken, Fröschen und Würmern, aber diese Art Feuchtigkeit war mir bisher noch nicht begegnet. Eine warme, klebrige Feuchtigkeit, nicht abstoßend oder ekelerregend, sondern eine, die sich öffnet, die lockt. Vesnas Po zog sich zusammen und entspannte sich wieder, sie rückte einige Zentimeter zurück, nur so viel, dass sie mich mit diesem anatomischen Trick zwang, zu den drei Fingern noch meinen Damen und kleinen Finger zu gesellen und sie sich dann schön auf dem so entstandenen Kegel einnisten konnte.

Ich dachte mir, dass du das sagen würdest, sagte sie mit einer angesichts der Situation erstaunlich ruhigen Stimme. Du weißt, fuhr sie fort, vermutlich auch nichts von den Krampen, die er alle naselang an den Kopf bekommt?

Die Zuckungen von Vesnas Körper waren heftig – so bebte wohl das Innere der Erde vor einem Vulkanausbruch. Und es kam mir blöd vor, dass sie in einem solch feierlichen Augenblick derart nebensächliche Dinge wie die Krampen erwähnte.

Damit spielen die Kinder, sagte ich, ich kriege auch manchmal eine Krampe in den Rücken.

Mit einer plötzlichen Bewegung rutschte Vesna vom Kegel meiner Finger herunter, drehte sich um und sah mich ausdruckslos an.

Ich habe gesagt, du sollst mich nur einreiben.

Ich blickte stumpf auf meine Finger, der feurige Schlag, den ich zuerst in meinem Oberschenkel, dann in meinen Leisten spürte, erstickte in der Wurzel meines Pimmels, und die wachsende Wonne wich einem scharfen Schmerz, als hätte mir jemand ein Messer dorthin gestochen.

Den Rest des Tages verbrachte ich in meinem Zimmer und leckte meine Finger ab. Sie schmeckten nach Vesna, herb, aber angenehm. An diesem Abend rutschte meine Hand, während ich mich fieberhaft im Bett hin- und herwälzte, seufzte und stöhnte, von allein in die Hose, die Finger betasteten zunächst vorsichtig den steifen Pimmel, umarmten ihn dann freundschaftlich, und so begann der Hoch-und-runter-Tanz, erst unharmonisch und dann, als die Grundschritte geschafft waren, immer eleganter und leidenschaftlicher, ein echter Tango. Oben an der Zimmerdecke erschien ein leuchtender Nebel, eine Flamme aus kaltem Feuer verbreitete sich von der Pimmelwurzel bis in die Eingeweide und noch weiter nach oben, bis in die Kehle, aus der auf dem Höhepunkt die Worte einer unbekannten Sprache strömten. So muss wohl, meine ich, der erste menschliche Laut geklungen haben.

10

Was für ein Sauwetter. Ich bezweifle, dass es an jenem Tag vor zweitausend und ein paar Jahren so kalt war, als die berühmteste Maria und der berühmteste Zimmermann ihren Sohn bekamen, aber das tut eigentlich nichts zur Sache. Wichtig ist, dass man sofort sah, dass aus dem Kleinen etwas werden würde. Vom ersten Tag an war er ein potentieller Marketing-Treffer. Die Weisen auf dem Weg nach Bethlehem, von denen man später feststellte, dass sie gar keine Weisen und nicht einmal Männer sondern Frauen gewesen waren, egal, diese drei mussten irgendwo essen und schlafen, ihr versteht schon, was ich sagen will. Gut möglich, dass auch später noch irgendjemand ganz anständig Kohle damit machte, Essen und Getränke an Pilger zu verhökern, die auf den Ölberg oder zu ähnlichen Orten kamen, es wäre schon seltsam, wenn es nicht so wäre. Mit den Jahren florierte das Geschäft, weitete sich aus, ausgehend von der Kreuzigung und dem Leiden Jesu wurde ein mächtiger multinationaler Konzern geschaffen, und so haben wir das bekommen, was wie heute haben, reinstes Business. Die Zagreber Plätze und Straßen waren von Verkaufsbuden überzogen, alle kauften etwas, verkauften, betrogen, logen, stahlen.

Die Stadt stank nach Menschenmassen.

Ich erledigte schnell meine Besorgungen, kaufte einige Kleinigkeiten für David, Tamara und den Alten und ging dann nach Hause. Ich bog gerade aus der Tkalčićeva in den Durchgang zur Radićeva ein, als ein Junge mich fast umrannte. Mit weit aufgerissenen Augen schubste er mich zur Seite und rannte über die Betontreppe hoch zum Markt. Zwei Uniformen liefen hinter ihm her, und einer der beiden, der Stämmigere mit einem von Pockennarben massakrierten Gesicht, bremste vor mir ab und stammelte: Hallo Kalda.

Hallo, Alter, hallo.

Ich wich zurück, es war mir unbehaglich, dass sich ein Bulle so vertraut an mich wendete, aber dann begriff ich, dass es der Mündliche war, der Bulle, der dort am Blumenmarkt Dienst schiebt.

Er wird der Mündliche genannt, weil er sich am Ende der Masaryk-Straße zu postieren pflegt und dann vor der Konditorei die Autofahrer anhält, um ihren Kofferraum zu filzen. Keine Chance dich rauszureden, immer fehlt irgendetwas, die Reserveglühbirne, das Warndreieck, dein Blinker ist kaputt oder irgend so eine Schote. Dann fragt er: Soll ich eine Anzeige schreiben, oder wollen wir das mündlich regeln?

Scheiße, ich geh kaputt, sagte der Mündliche und hielt sich dabei die Seite.

Na, specken wir gerade ab?, fragte ich ihn, nur um irgendwas zu sagen.

Von wegen, sagte er, wir sind gerade im Einsatz.

Es stellte sich heraus, dass der Kleine unten bei Benetton etwas hatte mitgehen lassen, ein T-Shirt oder irgend so was. Und jetzt heftete sich die kroatische Polizei an seine Fersen.

Und deswegen macht ihr einen solchen Aufstand, wunderte ich mich, wegen eines stinkigen T-Shirts?

Verbrechen ist Verbrechen, sagte der Mündliche.

Weihnachten steht vor der Tür, erwiderte ich ihm, gilt für Bullen etwa nicht die Losung: Friede allen Menschen guten Willens?

Scheiß drauf, mein Freund, sagte der Mündliche, wir können ihn doch nicht einfach so abhauen lassen. Du weißt selbst, dass die multinationalen Konzerne uns ernähren, und wenn die pleitegehen, gehen wir auch zum Teufel.

Etwas später stieß ich in der Bogović-Straße auf Daničić. Er stützte sich auf den Tresen einer Holzhütte mit Glühwein und Bratwürsten und grinste vor sich hin. Bei ihm stand eine Feuerrothaarige in einem Mantel aus künstlichem Leopardenfell und gefährlich spitzen Schuhen, mit einem Gesicht, auf dem sich kein Anzeichen von Leben, Intelligenz und dergleichen fand.

Ich weiß nicht, ob ich schon erwähnt habe, dass Daničić zu denen gehörte, deren Stern im Krieg zu glänzen begann. Der Krieg erwischte ihn als Fahrer von Ranko Burić, dem Chefredakteur der Tageszeitung Stimme des Volkes, und dann wendete sich das Blatt für ihn. Zuerst ging Burić in die Politik und wurde Informationsminister, was Daničić sehr gelegen kam, weil er gut über Burić informiert war. Er wusste zum Beispiel von seiner Liebe zum weißen Pulver und zu Mädchen von dreizehn, maximal vierzehn Jahren, wie auch von verschiedenen anderen Pikanterien, die einen gewissen Marktwert hatten. Deshalb konnte Burić seinen treuen Fahrer nicht abservieren, er musste ihn vielmehr mitschleppen, eine Hand wäscht die andere, aber da tauchte schon das Problem auf – Daničić hatte die Schnauze voll von der Fahrerei und sah sich nach einer Beförderung um, etwas präziser: Er verlangte nach dem Posten des stellvertretenden Ministers.

Der Krieg war noch gar nicht richtig in Fahrt gekommen, und der Brauch, dass Kellner, Bäcker, Fahrer und ähnliche Typen über Nacht zu Generälen, Ministern und Geschäftsleuten wurden, hatte sich noch nicht etabliert, so dass Burić Daničić nur die Stelle des Chefredakteurs der neu gegründeten, regierungstreuen Wochenzeitung Das kroatische Heim anbieten konnte.

Das ist ein Superjob, redete ihm Burić ein, wenn du eine Ahnung hättest, was man mit Informationen alles bewirken kann.

Daničić sagte zu. Er brauchte nicht lange, um zu begreifen, was man mit Informationen und vor allem mit Desinformation alles bewirken kann, und vor allem, dass die Dinge nicht so sind, wie sie sind, sondern so, wie es in der Zeitung steht. Heute war er also stolzer Besitzer der Wochenzeitung Starlight, der Tageszeitung Tages-Starlight und der Musikagentur, natürlich – Starlight-Music, und da stand er nun mit einem weihnachtlichen Lächeln, trank Glühwein in der Bogović-Straße und winkte vorbeigehenden Bekannten zu.

Hey Kalda, er winkte auch zu mir herüber. Ich habe gehört, dass du mich vor ein paar Tagen angerufen hast.

Stimmt, ich habe einen Fahrer gesucht, sagte ich.

Er war ein guter Fotograf, bis er durchgedreht ist, sagte Daničić zu dem Mädchen. Und fügte hinzu: Er war wie ein Sohn für mich.

Ich blickte ihn aus toten Augen an. Das hätte er nicht sagen sollen. Die Menschen schmeißen ohnehin schon mit Worten um sich wie mit Spucke. Er war wie ein Sohn für mich! Wie konnte er wissen, was es für jemanden bedeutet, ein Sohn zu sein? Indem er jemanden einen Sohn nannte, beleidigte er ihn möglicherweise aufs Schlimmste, kratzte an einer Wunde, spritzte ihm Gift ins Gesicht, das verfluchte Schwein könnte sich wenigstens danach erkundigen, bevor er so etwas sagt. Ich sah das Mädchen an.

Du bist sicher Lulu, sagte ich.

In ihren Augen blitzte Hass auf.

Lulu ist eine Anfängerin, die …, sie suchte nach den richtigen Worten, die hat doch nur ihre Titten, sie blickte zu Daničić, als erwarte sie Hilfe von ihm.

Daničić sah mich wütend an.

Das ist Korina, sagte er, jeder kennt doch Korina, fügte er hinzu.

Nie gehört, sagte ich.

Korina schnaubte verächtlich und murmelte etwas vor sich hin.

Ach, lass ihn doch, sagte Daničić, ich hab dir doch gesagt, dass er durchgeknallt ist.

Und wie lange hält Korina sich noch?, fragte ich.

Dir reicht es wohl noch nicht, oder?, sagte er.

Wovon redet der denn?, fragte Korina nervös.

Von Champagner, sagte ich und sah dabei Daničić an. Du wirst ihr wohl kaum beim Glühwein sagen, dass das Märchen vorbei ist? Vor ein paar Tagen, ich blickte nun ihr in die Augen, hat er mich angerufen, damit ich Lulu fotografiere. Und das heißt, dass es mit dir aus und vorbei ist, Mädchen. Ich zog den Zeigefinger quer über meinen Hals.

Fick dich ins Knie, Kalda, sagte Daničić heiser und griff nach Korinas Arm. Du weißt, dass ich dich fertigmachen werde.

Und so gingen sie fort. Ich schaute ihnen nach und dachte über seine interessante Drohung nach. Wie wollte er das wohl machen? Irgendwelche Schläger auf mich hetzen? Eine üble Geschichte über mich bringen? Keine Chance. Wenn du nichts hast, und wenn dir alles scheißegal ist, kann dir keiner was. Du bist unantastbar. Das erheiterte mich. Ich bestellte ein Glas Glühwein, trank und beobachtete die Menschen, die vorbeigingen. Einige hatten diesen Glanz im Gesicht, als hätte sie gerade der Stern von Bethlehem gestreift, aber eigentlich waren sie nur besoffen. Ein dicker Zigeuner spielte vor dem Schaufenster einer Buchhandlung eine russische Melodie auf seiner Ziehharmonika, und wenn er lachte, konnte man einen Goldzahn sehen. Ein Glas Glühwein kostete sieben Kuna. Ich zündete mir einen Zigarillo an und betrachtete ein großes Poster, auf dem Maria und Jesus abgebildet waren. Der Kleine sah eher wie ein Mädchen aus.

Herzlichen Glückwunsch zum Geburtstag, Kleine.

11

Die Liebe ist der Biss einer tollwütigen Frau, sagt ein altes Dubrovniker Lied. Seit der Episode auf der Terrasse hatte Vesna nicht mehr mit mir gesprochen, obwohl ich den ganzen Sommer auf der Straße verbrachte. Einige Male lief sie an meinem Haus vorbei, aber ich habe nicht bemerkt, dass sie zu meinem Fenster hinaufgeblickt hätte. Sie ignorierte mich, so kann man das wohl sagen. Das war ein schlimmer Schlag für mich. Dass Vesna nicht an meiner Tür auftauchte, sich meine Hand schnappte und mich in den Obstgarten an der Kanarinska zerrte. Ich erlebte es als Niederlage, und nächtelang heulte ich vor Traurigkeit und Wut. Ich war verliebt, aber ich hatte keine Ahnung, wie ich mit diesem unglaublich üblen und zähen Gefühl umgehen sollte. Ich wollte dieses Gefühl unbedingt mit Vesna teilen, es sie irgendwie wissen lassen, aber wie? Unter vier Augen hatte ich keine Chance, ich wäre sicher vor Angst und Scham gestorben. Deshalb versuchte ich es mit Briefen.

Liebe Vesna, so begann ich, ich liebe dich mehr als meine Eltern …

Und dann zerriss ich wütend das Papier.

Was ich geschrieben hatte, war eine ausgesprochene Dummheit. Ich liebte meine Eltern überhaupt nicht. Und was hätte dann dieses mehr als nichts bedeuten können? Als ob ich geschrieben hätte, dass ich sie mehr als eine tote Ratte liebte. Ich habe Vesna nie einen Brief geschrieben. Ich hatte nichts, mit dem ich meine Liebe zu ihr vergleichen konnte. Und diese war schrecklich. Monströs. Mir war übel vor Liebe. Ich wollte meinen Kopf unter Vesnas Rock schieben und weinen. Ich wollte ihre Körpersäfte ausschlürfen. Ich wollte mich vor ihrem Haus verbrennen. Ich wollte sie vor irgendeiner Riesengefahr retten. Ich wollte, dass sie mich in Stücke zerreißt und aufrisst … Ich wollte ihr gehören.

Vesna ahnte noch nicht einmal, was mit mir los war. Eigentlich war es auch besser so. Hätte sie es gewusst, wäre sie vor Angst vor so viel Liebe erstarrt. Sie hätte sie nicht annehmen können, soviel steht fest. Wo hätte sie sie hintun sollen? Meine Liebe hätte sie erschlagen. Glücklicherweise war es nicht immer so schlimm. In ruhigeren Stunden malte ich mir Szenen aus vom Typ „Vesna und ich pflücken Äpfel in dem Obstgarten an der Kanarinska und küssen uns."

Vesna: Ivan, bei dir fühle ich mich so sicher. Du darfst mich nie verlassen. (Sie beißt in einen Apfel.)

Ich: Nein Vesna, ich werde dich nie verlassen. (Ich ziehe sie an mich, stelle mich auf die Zehenspitzen, strecke meine Zunge raus, sie schiebt mit ihrer Zunge ein bisschen von dem durchgekauten Apfel in meinen Mund, hinter dem Baum taucht Jane Birkin auf und singt *Je t'aime*.)

Oder wir liegen eng umschlungen unter einem Baum und beobachten das Spiel des Lichts in der Baumkrone.

Vesna (sie dreht sich auf die Seite, Sonnenstrahlen dringen durch die Apfelbaumkrone und verwandeln ihr Haar in leuchtenden Honig): Ivan, bei dir fühle ich mich so sicher. Du darfst mich nie verlassen.

Ich (ihr Gesicht streichelnd): Nein Vesna, ich werde dich nie verlassen. (Ich küsse den leuchtenden Honig, Vesnas Augen füllen sich mit Tränen, hinter dem Baum taucht Jane Birkin auf und singt *Je t'aime.*)

Also – ich war wirklich verrückt.

Und dann betrat meine Mutter die Szene. Eines Nachmittags kam sie in mein Zimmer, was sie sonst selten tat, höchstens um meine Bettwäsche zu wechseln, sie setzte sich also auf meinen Bettrand, wand sich nervös und beobachtete mich lange, ohne etwas zu sagen. Ich dachte zunächst, sie hätte geblickt, dass ich masturbiere, dann dass sie schwer krank sei oder dass sie Geld auf der Arbeit geklaut hätte und nun ins Gefängnis müsse, weiter dass mein Vater gestorben sei – was ging mir nicht alles durch den Kopf. Endlich begann sie zu sprechen. Vorsichtig, beinahe mit zartfühlender Aufmerksamkeit, die ich nicht gewöhnt und die vollkommen unnötig war, sagte sie mir, dass sie das Haus verkaufen würde, dass wir umziehen und sie heiraten werde. Genau in dieser Reihenfolge. Ich hörte mir an, was sie mir zu sagen hatte, dachte kurz darüber nach, und dann begann ich, mich vor Lachen zu krümmen. Die Gute begriff gar nichts mehr, sah mich eine Zeit lang erstaunt an, und brach dann selbst in Lachen aus. Wie lachten wie bescheuert, jeder aus seinem eigenen Grund, und Lachen war – wenn ich bislang vergessen haben sollte, das zu berichten – ein selten gehörtes Geräusch in unserem Haus.

Einige Tage darauf brachte sie den Typen zum Kennenlernen mit. Er schenkte mir Schokolade, so ein Täfelchen mit Sammelbildern drin, und das, wo ich schon eine verrauchte Stimme bekam und Sperma spuckte wie ein Hydrant. Es war ihm unangenehm, als ich mit Daumen und Zeigefinger dieses armselige Schokolädchen annahm und es auf den Tisch legte. Er murmelte etwas, und ich sagte: Ist schon okay, mein Herr, weil man sich Unbekannten gegenüber anständig benehmen soll. Einen auf fein machen. Er hieß Pero, in Anbetracht der Schokoladengröße musste er ein übler Geizkragen sein, sein Gesicht hatte den Ausdruck eines besorgten Huhns. Ich war ein wenig enttäuscht, ich dachte, meine Alte hätte auch einen Besseren finden können. Aber andererseits, was hatte ich schon mit ihm zu tun? Gar nichts. Und dass er mich als Doppelpack zusammen mit meiner Alten bekam, das war nun wirklich sein Problem, in das ich mich nicht einmischen wollte. Hauptsache, er lässt mich in Ruhe, dachte ich, und fängt nicht an, sich hier aufzuspielen. Dass er auf meiner Alten die Aufgaben eines Ehemanns praktiziert, muss ja nicht heißen, dass er an mir irgendwelche väterlichen Kunststücke ausprobiert. Ich hoffte, dass er helle genug war, um das zu begreifen.

Am Anfang war meine Alte nervös. Die Ärmste, sie hatte nicht die geringste Ahnung, was mit meinem Vater los war, sie wusste nicht einmal, ob er noch lebte, aber sie konnte nicht beweisen, dass er tot war, deshalb stockte es mit der Scheidung, aber dann schmierte ihr Typ jemanden beim Standesamt, und schon ging es, sie heirateten. Und wenn sie nicht gestorben sind, dann leben sie noch heute.

Wir zogen um zu meinem Stiefvater nach Zapruđe. Das war ein Viertel nach meinem Geschmack. Hier gab es keine Vesna, keine Bosnier und ähnliche lästige Dinge. Hier entwickelten die Menschen keine gutnachbarschaftlichen Verhältnisse wie in Dubrava.

Hier scherte sich niemand einen Deut um dich. In unserem Gebäude lebten keine Nachbarn, sondern Menschen, deren Gesichter so ausdruckslos waren wie leere Formulare. Keiner kannte mich, und keiner wollte mich kennenlernen. Ich war absolut anonym, das reinste Vergnügen. Zu meinem Stiefvater hatte ich eine perfekte Beziehung aufgebaut. Wie übrigens auch zu meinem Vater. Wir kommunizierten nur dann, wenn wir mussten, die üblichen Tischgespräche, und sonst ging er seiner Wege und ich meiner. Meine Alte war in ihrer gewohnten Form. Alles in allem waren wir eine richtige kleine, unglückliche Familie.

12

Früher, als die Zigeuner noch Regenschirme reparierten, Töpfe flickten und Scheren und Messer schärften, als die Pioniere revolutionäre Lieder sangen und mein Vater noch mit uns zusammen in Dubrava lebte, bohrten sich die Weibchen der Sarkoptes-Milbe in die menschliche Haut, verschanzten sich darin und legten fleißig Eier. Aus den Eiern schlüpften dann Larven, die durch kleine Tunnel in der Haut nach außen krochen, wo sie sich in erwachsene Tiere verwandelten. Und das juckte erbärmlich.

Ich weiß nicht, wer mir diese Würmchen untergejubelt hatte, es ist auch nicht wichtig. Wichtig ist, dass ich nachts meine Oberschenkel bis aufs Blut aufkratzte und dass ich das meinen Eltern nicht sagte, da ich dachte, warum unnötig Panik verbreiten, wenn es sich um ganz normale Pickel handelt. Aber dann ging es auf mein Gesicht über, und da konnte ich nichts mehr machen.

Was hast du denn da im Gesicht?, fragte mich meine Mutter eines Nachmittags.

Nichts, sagte ich, das kommt von der Kälte.

Ich war gerade vom Schlittschuhlaufen nach Hause gekommen. Wir in Dubrava hatten keine Eisflächen, sondern schlitterten auf der Straße. Man wartete darauf, dass ein Auto auf der Kreuzung auftauchte, hängte sich an die hintere Stoßstange und rutschte mit über die vereiste Straße, bis der Fahrer einen bemerkte oder bis ein Gully kam und man loslassen musste. Das nannten wir Schlittschuhlaufen.

Lass mich mal sehen, sagte meine Mutter und untersuchte mein Gesicht.

Das kommt nicht von der Kälte, sagte sie, hast du so was noch irgendwo am Körper?

Ich nickte.

Wo?

Hier, ich kratzte mich am Oberschenkel.

Juckt es?

Ja.

Zieh dich aus.

Ich zog meine Hose aus.

Krätze, sagte sie. Rühr dich nicht aus dem Haus, ich gehe zur Apotheke.

Es war schon Nacht; meine Mutter hatte mich mit einer stinkenden Creme eingerieben und meine ganze Kleidung und Bettwäsche gewaschen, als Vater ins Haus polterte. Er zog eine Kältewolke hinter sich her und hatte einen Weihnachtsbaum in der Hand.

Was ist das denn?, fragte meine Mutter.

Er rümpfte die Nase und schnupperte.

Was stinkt hier so?, fragte er.

Ich habe Ivan mit einer Creme gegen Krätze eingerieben.

Warum?

Weil er die Krätze hat.

Ach du Scheiße, hast du auch die Krätze?

Meine Mutter schüttelte den Kopf.

Und, wie geht's dir?, fragte er mich.

Ich saß eingewickelt in ein Bettlaken auf einer Couch. Meine Oberschenkel und Wangen juckten und brannten gleichzeitig. Ich stank nach Schwefel, so musste der Teufel höchstpersönlich stinken. Wegen der brennenden Haut und auch wegen der Schwefeldämpfe liefen mir die Tränen über die Wangen und tropften auf das Laken.

Gut, sagte ich.

Recht so, sagte er.

Meine Mutter starrte auf den Tannenbaum, den mein Vater noch immer in der Hand hielt.

Was willst du denn damit?, fragte sie.

Was ich mit einem Tannenbaum will?! Heute ist doch Heiligabend, oder nicht?

Schon möglich, sagte meine Mutter.

Ich dachte, sagte mein Vater, dass wir auch mal einen Tannenbaum schmücken könnten. Das gehört sich doch so. Warum sollen all diese Schwuchteln da draußen besser sein als wir? Er zeigte aus dem Fenster.

Die Rollos waren heruntergelassen, und dahinter lagen die Häuser unserer Nachbarn, alle Häuser der Stadt, alle Häuser der

Welt, in denen sich in diesem Moment die Bewohner mit Tannenbäumen beschäftigten.

Na gut, sagte meine Mutter, aber wir haben keinen Tannenbaumschmuck.

Ist doch egal, schmück ihn einfach mit irgendwas.

Wir haben auch keinen Ständer. Wo wollen wir ihn denn hinstellen?

Mein Vater stellte den Tannenbaum in eine Ecke.

Er kann doch einfach so stehen, sagte er. Wichtig ist nur, dass er steht, oder etwa nicht?

Meine Mutter schmückte den Tannenbaum mit bunten Stoff- und Papierbändern, und um die Spitze band sie ein breites goldenes Band. Zugegeben, es war ein sehr schöner Tannenbaum. Dann setzten sich die beiden zum Abendessen. Sie hörten irgendwelche Schlager im Radio und aßen schweigend. Ich hatte keine Lust auf Essen oder irgendetwas Ähnliches. Ich saß auf der Couch und schwelte im Schwefeldunst.

Was will ich mit dieser Weihnachtsgeschichte sagen? Ich will sagen, dass nicht die geringste Chance bestand, dass meine Mutter und mein Vater sich von mir die Krätze holten. In den medizinischen Handbüchern stand ganz eindeutig geschrieben, dass die *Infestation mit Krätze üblicherweise durch direkten persönlichen Kontakt übertragen wird,* und ein persönlicher Kontakt wurde bei uns Zuhause nicht gepflegt. Ich will weiter sagen, dass Glück nichts mit Singular oder Plural zu tun hat. Damals waren wir zu dritt, und es war trotzdem eine sehr traurige Nacht. Diese Weihnachtsnacht war unser Käfig, und jeder saß in seiner eigenen Ecke, mit seinen eigenen Milben, seiner Krätze und seinem Schwefel. Ich will letztlich sagen, dass ich die Menschen nicht verstehe, die Panik kriegen, wenn sie alleine bleiben. Die sich dann womöglich noch umbringen oder ähnlichen Blödsinn veranstalten. Völlig daneben.

Tamara und ich haben versucht, zusammen glücklich zu sein, aber es ist uns nicht gelungen. Das Glück begann uns erst in dem Moment wieder zu lächeln, als wir uns trennten. Und deshalb, weil wir klug genug waren und uns rechtzeitig getrennt haben, können Tamara und ich uns heute ein wenig gemeinsames Glück gönnen, aber nicht zu oft. Einige Tage im Jahr etwa. Dieses Weihnachtsfest gehörte nicht zu diesen Tagen. Im letzten Jahr waren wir Weihnachten zusammen, und alles war picobello, aber mit solchen Dingen darf man es nicht übertreiben. Alte Tricks sollte man nicht wiederholen, sie gelingen nicht immer.

Wenn wir schon bei Weihnachten sind – ich weiß gar nicht, ob die Atamians gläubig sind, und wenn ja, welcher Sorte von Glauben sie angehören. Keine Ahnung, wie solche Dinge bei den Armeniern laufen. Ich habe Tamara nie gefragt, und sie hat sich nie dazu geäußert, aber am katholischen Weihnachten ging es bei ihnen immer lustig zu. Wenn es euch interessiert, ich selbst bin nicht ernsthaft und unerschütterlich genug, um an etwas zu glauben. In dieser Geschichte über den Allmächtigen stimmen zu viele Dinge nicht. Irgendwas aus dem Nichts erschaffen! Aus dem leeren Dunkel ein Universum machen. Versucht mal, heutzutage einen Finanzbeamten davon zu überzeugen, dass euch die Kohle aus dem leeren Himmel zugeflogen ist – ihr werdet schon sehen, was er euch sagt. Das Einzige, was mir realistisch erscheint, ist die Geschichte, wo Jesus gekreuzigt wird, und sein Vater krümmt keinen Finger, um ihn zu retten. Das passt. Ich kenne einige solcher Väter.

Unerschütterlich bin ich also nur in meiner Erschütterlichkeit in Bezug auf den Schöpfer, doch die guten alten Bräuche schätze ich schon. Tamaras Punsch und den Weihnachtskuchen mit Rosinen oder Adams Rinderbraten mit getrockneten Pflaumen, da floss mir schon jetzt das Wasser im Munde zusammen. Doch diesmal würde ich – wie gesagt – nur auf eigene Kosten glücklich sein.

Zuerst fand ich im Radio einige feierliche Lieder. Dann wickelte ich die Geschenke für David, Tamara und den alten Förster ein. Und schließlich saß ich da und hörte den Chören beim Singen zu. Ich zuckte nicht einmal mit der Wimper, als es an der Tür klingelte.

Du kannst mich mal, Igor, sieh zu, wie du allein zurechtkommst.

Ich legte getrocknete Feigen, zwei Pizzastücke von gestern, Chips und spanische Kapern in eine Holzschüssel. Diese Kombination haben sich mit Sicherheit nicht die Dominikanerinnen aus Bad Wörishofen ausgedacht. Ich erwähne die guten Dominikanerinnen aus Bad Wörishofen, weil das dieser Nacht einen heiligen Touch verleiht. Ich knabberte also an meiner Weihnachtskombination, rauchte die große Blume der Savanne und tankte Bier. Nach jeder Bierflasche kippte ich ein Gläschen Jamaika-Rum.

Sehr gut.

Im Radio bretterten die Chöre und Orchester auch weiterhin durch die Oratorien und Messen, und das passte gut zur Zigarre, zu Rum und zum Bier. Aber irgendwann um Mitternacht erwischte mich die Traurigkeit, und ich wünschte mir, mit jemandem zusammen glücklich und ihm der Nächste zu sein. Deshalb rief ich diese Nummer an. *Kleine süße Gespräche. Liebeselixier.* Oder: *Wähle mich – ich bin deine Nummer,* ihr versteht schon, was ich meine.

Eine professionell-geile Stimme meldete sich. Aber ich hatte keine Lust, darüber zu reden, was wir jetzt miteinander tun würden und was wir gerade mit einander machen oder wohin ich ihr was schieben würde oder wie heiß wir seien. Ich wollte mich ganz anders entspannen, und so schlug ich ihr vor, dass wir uns über irgendwelche gewöhnlichen Dinge unterhalten.

Wie meinst du das?, fragte sie mich argwöhnisch. Über was für gewöhnliche Dinge?

Zum Beispiel darüber, was du heute gemacht hast, schlug ich vor.

Ich habe den ganzen Tag an diesem verfluchten Telefon verbracht, sagte sie, das ist es, was ich getan habe.

Gut, sagte ich, dann darüber, welcher Film dir in letzter Zeit gefallen hat oder über ein Buch, das du gelesen hast, irgendwie so was.

Wie bist du denn drauf?, sagte sie mit einem etwas panischen Unterton in der Stimme. Bist du ein Perverser?

Und dann legte sie auf.

So tief bin ich schon gesunken, dass auch die letzte Nutte mir einen Arschtritt verpasst, dachte ich. Zuerst Daničić und jetzt die … aber scheiß drauf, das ist überhaupt nicht wichtig. Letztendlich, wenn man alles addiert und subtrahiert, zählt doch nur, ob man jemanden hat, dem man zu Weihnachten ein Geschenk einpacken kann. Alles andere ist, wie es so schön heißt, schnuppe.

13 Es war die Idee meines Stiefvaters, dass ich auf die Technische Schule gehen sollte.

Damit kannst du dir auf der ganzen Welt dein Brot verdienen, sagte er.

Dieses gute alte Brot, um das sich alles dreht. Ich hatte diesbezüglich gar keine Vorstellung, ich hatte keine Ahnung, wie ich an dieses Brot kommen sollte. Ich hätte Drechsler, Mechaniker, Waffenschmied, Handelsreisender, Uhrmacher, Angestellter in einem Büro werden können, ich hätte kellnern oder Devisen auf der Straße verticken können wie viele Jungs aus Dubrava, ich hätte LKW fahren, vielleicht ein Studium abschließen und mein eigener Herr werden können, oder einfach zocken – so wie mein Vater …

Es gab noch viele andere Berufe, die mich genauso gleichgültig ließen, außerdem schien mir die Zukunft, in der ich um dieses legendäre Brot kämpfen würde, derart fern, dass es sich überhaupt nicht lohnte, darüber nachzudenken.

Dafür – ich sagte es schon – hatte aber mein Stiefvater eine Vision. Er sah mich ganz deutlich, in Technicolor und auf Großleinwand, als aussichtsreichen Techniker, der in derselben Firma arbeiten würde wie er. Seiner Vorstellung nach würden wir mit seinem Auto zur Arbeit fahren, er hatte so einen beschissenen Fiat 750, und die Monatskarte für die Straßenbahn, die ich von der Firma bekommen würde, könnte ich an jemanden verkaufen – ein ganz anständiges Sümmchen, außerdem könnte ich neben der Arbeit noch studieren, wenn ich nur ausreichend …

Der Typ war vollkommen verrückt. Er plante sogar, wofür ich mein Urlaubsgeld ausgeben würde, denn ich sollte selbstverständlich nicht in Urlaub fahren, das sei dummer Luxus. Anfänglich überlegte er noch, ob die elektrotechnische oder die Maschinenbau-Richtung vielversprechender sei, und er wog lange das Pro und Contra ab, aber dann kam er zu dem Schluss, die Zukunft der Welt seien – Schrauben.

Der Typ hatte sich ein wenig verrannt, denn zu der Zeit, als er den Schrauben huldigte, komprimierten die Freaks in Palo Alto gerade zweitausend Transistoren auf einer Fläche, kaum größer als der Nagel eines kleinen Fingers. Dieses Ding wurde als Nummer 4004 bezeichnet. Dreißig Jahre später würde man eine Million Transistoren auf eine Nadelspitze packen, die amerikanische Zeitschrift Forbes würde die Nachricht bringen, dass ein gewisser Bill Gates mit 46 Milliarden Dollar, die er durch Transistoren auf einer Nadelspitze abgesahnt hat, der reichste Mensch der Welt ist – und trotzdem setzte mein Stiefvater im Frühling 1972 auf Schrauben.

Bei einem sonntäglichen Mittagessen laberte er über irgendwelche Bons oder Bonusse in irgendeiner Fabrik, und dabei schlug er vor, dass ich mich an der Technischen Schule mit Schwerpunkt Maschinenbau einschreiben sollte – und dabei blickte er mich vielsagend an.

Ich kaute auf dem herum, was es zu essen gab, wahrscheinlich gebratenes Huhn und Kartoffelpüree wie jeden Sonntag, und sagte gar nichts.

Und, was sagst du?, seine Stimme hörte sich dramatisch an, als würde man gerade eine Entscheidung über den Abschuss von strategischen Raketen mit nuklearen Sprengköpfen fällen.

Ist mir egal, sagte ich.

Damit traf ich einen blanken Nerv. Meine Wortwahl war beabsichtigt. Ich hätte genauso gut sagen können: In Ordnung, das mache ich. Aber ich sagte es nicht. Ich war vierzehn, aber ich war so ein Ekelpaket, als wäre ich fünfzig. Pero legte die Gabel hin und stand auf.

Wie um Himmels willen kann dir das egal sein!, er lief im Esszimmer auf und ab und plusterte sich auf. Hast du das gehört, Maria? Es ist ihm egal. Wie kann ihm das egal sein? Es geht um seine Zukunft, ich kann das wirklich nicht verstehen.

Meine Alte warf mir einen verärgerten Blick zu. Ich zuckte mit den Schultern und sagte:

Was kann ich dafür, wenn es mir egal ist.

Da explodierte Pero:

Willst du dich jetzt an dieser verdammten Schule einschreiben oder nicht?

Solche Arschlöcher, die ihren Mangel an Autorität durch Lautstärke ausglichen, waren mir zuwider, vor allem dann, wenn sie gegen mich gerichtet wurde. Deshalb kaute ich sehr lange an meinem letzten Bissen, schluckte ihn runter und spülte gut mit Wasser nach, erst dann blickte ich Pero in die Augen.

Von mir aus, sagte ich.

Und so schrieb ich mich also an der Schule für Maschinenbau ein. Eine blöde Schule, wie auch alle anderen Schulen, wenn man mich fragt. Kein Unterschied, es geht nur darum, dass man dich irgendwo sechs, sieben Stunden täglich einsperrt, dass man dir Gehorsam und Disziplin einbläut, damit du nicht etwa vergisst, in welcher Welt du lebst. Ein großer Vorteil war, dass mir sofort klar wurde, dass ich eher im Rahmen eines NASA-Programms ins Weltall fliegen würde, als jemals als Maschinenbauer zu arbeiten. Das war ein gutes Gefühl, vier Jahre Ruhe vor sich zu haben. Zum ersten Mal in meinem Leben war ich privilegiert.

Eigentlich betrachtete ich die Schule als ein weiteres Hindernis auf dem Weg zum Ziel, über das ich noch nichts wusste, außer dass ich sein Vorhandensein spürte. In dem Alter hast du keinen Kompass in deinem Kopf, kein Gyroskop, du schwirrst nur so herum und suchst nach etwas, hast aber keine Ahnung wonach. Übrigens – wie viele Menschen haben überhaupt eine Vision, einen Plan, eine Idee? Sehr wenige, vermute ich mal. Die Menschen schuften, schlafen, essen ... und dann sterben sie. Total daneben. Grabsteine als einzige Beweise, dass sie existiert haben. Wenn das alles ist, warum strampeln wir uns dann alle ab, wo wir uns doch ruhig hinsetzen und warten könnten, es läuft sowieso aufs Gleiche heraus. Andererseits, dachte ich, wenn es diese Zukunft wirklich gibt und wenn wir uns für etwas abstrampeln, dass sich eines Tages doch lohnen wird, dann ist eine Fabrikhalle der letzte Ort auf der Welt, an dem ich diesen Tag erleben möchte.

Schon war ich in meinem zweiten Maschinenbauwinter, ich stand vor dem Turist in der Masarykova, hauchte in meine durchgefrorenen Hände und starrte durchs Schaufenster hinein. Das Turist war ein Selbstbedienungsrestaurant, ein Asyl für Müßiggänger, Simulanten, Schulschwänzer und andere wenig ambitionierte, unangepasste Typen, in dem man stundenlang bei einem Getränk oder einer Portion Nudeln sitzen konnte. Niemand machte ein Problem daraus, wie lange du da herumhocktest. Genauso wie es dort niemanden interessierte, ob du unter dem Tisch mit jemandem herummachtest. Nicht die Bullen, sondern die Kellner waren nämlich damals die größten Feinde der Jugend, das Stadtcafé etwa, war ein wahrer Gulag unter den Gaststätten. Unermüdlich kreisten sie dort um die Tische, schnüffelten und lauerten mit ihren hinterlistigen Kellneräuglein, und sobald sie mitbekamen, dass du ausgetrunken, dass du deine Freundin geküsst oder Asche auf den Boden geschnippt hattest, griffen sie rudelweise ein und schmissen dich raus.

Wann das alles war, fragst du mich? In der Zeit, als die Frauen vom Nordwind befruchtet wurden? In der Zeit der Inquisition? Nein, das war 1973. Die Zagreber hatten zwar schon lange keine Sanduhren mehr, aber Pizza lernten sie gerade erst kennen. Das Rad war schon massenhaft in Gebrauch, aber noch war niemand auf die Idee gekommen, es auch an Koffer zu montieren. Wenn ich den heutigen Kindern erzählen würde, dass es zu jener Zeit noch kein Fernsehen gab, meint ihr, dass sie mir das nicht glauben würden? Doch, hundertprozentig. Es war eine verrückte Zeit. Ich sah vieles um mich herum, aber ich konnte nur wenige Dinge benennen. Ich war noch jungfräulich. Zigaretten wurden stückweise am Kiosk verkauft, in den Straßenbahnen saßen noch Schaffner, und Cafés waren eine echte Rarität, so dass wir uns die Zeit in Kneipen und verschiedenen Kantinen vertrieben.

In der Kršnjavi-Straße gab es ein Café, das Matchball. Ein düsterer und teurer Ort, in dem De-luxe-Typen verkehrten.

Obwohl theoretisch im Sozialismus alle Menschen gleichberechtigt waren, obwohl es keine Ausbeuter und keine Ausgebeuteten gab und obwohl man den Boden der Pyramide für die Spitze hielt, konntet ihr all das in der Realität sofort wieder vergessen – zum Beispiel im Matchball und an ähnlichen Orten. In der Realität und vor allem im Matchball galten andere Regeln. Aber lassen wir das, das ist nicht mein Gebiet, Politik und ähnliche Fragen. Mit Politik beschäftigen sich die Ambitionierten, und ich versuchte nur, auf den Beinen zu bleiben und mich gut zu fühlen.

Ich kann allerdings nicht behaupten, dass ich mich im Matchball gut fühlte. Jedes Mal, sobald ich diesen Ort betrat, erschien es automatisch in Leuchtschrift auf meiner Stirn – EINDRINGLING.

Und so leuchtete ich dort die ganze Zeit vor mich hin, ich konnte es nicht ändern. Ich war arm, Geld verirrte sich nur selten in meine Taschen, und das Schlimmste war – all das konnte man mir von meinem Gesicht ablesen. Die Typen dort starrten auf meine Leuchtreklame und zogen Gesichter, als müssten sie kotzen. Ich weiß nicht, ob ihnen wirklich zum Kotzen zumute war oder ob sie sich nur anstellten, denn diese Sorte von Menschen stellt sich ständig an, immer verdrehen sie die Augen, doch eins war sicher, sie verachteten mich. Genauso wie ich sie verachtete. So ist das Leben. Die Liebe sprießt eben nicht immer und überall.

Dennoch ging ich manchmal ins Matchball, denn wenn du auf eine ernsthaftere Beziehung aus bist, dann musst du das Mädchen irgendwie beeindrucken. Und du kannst sie kaum beeindrucken, wenn du sie in eine Arbeiterkantine mitnimmst. So kreuzte ich dort also ab und zu mit einem Mädchen auf, und dann verwandelte sich die De-luxe-Gesellschaft in ein Rudel Wölfe, man konnte sie knurren hören: Wer ist denn der ... Guck dir mal an, was der für Schuhe anhat ... Warum hat der Kellner ihn überhaupt reingelassen ... lauter solche Freundlichkeiten konnte ich da hören, aber scheiß drauf. Wenn ein Bauer dich Bauer nennt, wirst du dich deswegen doch nicht ärgern? Du wirst den Bauern doch einfach ignorieren? Du wirst ihn ignorieren wie ein Schwein.

Okay, ihr Schwuchteln, dachte ich, während ich laut zwei Gin Tonic bestellte, schaut mal, was das Brüderchen heute Abend vögeln wird.

Das Brüderchen vögelte in dieser Zeit allerdings gar nichts, es bezahlte nur. Es waren die schlechten alten Zeiten.

Doch zurück auf mein Terrain, dort vor das Turist, auf den vereisten Bürgersteig, wo wir mich zurückgelassen haben, wie ich gerade in meine durchgefrorenen Hände hauche und durch das Schaufenster hineinstarre. Heute steht an dieser Stelle die Filiale eines bekannten Sportlabels, mit tadellos sauberen Schaufensterscheiben zu jeder Tages- und Nachtzeit. Die Scheiben des Turist genossen keine solche Behandlung. Über längere Abschnitte des Jahres war das Glas von einer braunen, schmierigen und undurchsichtigen Fettschicht überzogen, aber an diesem Abend erblickte ich trotzdem an einem Tisch in der Ecke einen schreiend lila Pelzmantel. Und wo sich dieses Prachtstück psychedelischer Mode befand, da konnte auch Majk nicht weit sein.

Milan Radić, genannt Majk, ein Mann, der, ohne mit der Wimper zu zucken, Schneewittchen auf den Strich geschickt hätte. Er sah aus, als wäre er dem Cover eines Rockalbums entsprungen, was damals eine große Sache war, vor allem in der Zone hinter dem Eisernen Vorhang. Der glockenförmige Pelzmantel mit weißem Besatz, eine bestickte Schlaghose und Stiefel mit riesigen Absätzen und meterhohen Sohlen sicherten Majk eine enorme Autorität in der Gesellschaft, die sich im Turist, in der Disco Big Ben oder oben auf der Strossmayer-Promenade traf. Der Osijeker Josip Juraj Strossmayer hatte in Pest und am Wiener Augustineum studiert, im Priesterseminar von Đakovo Religion, Physik und Mathematik unterrichtet, war von König Ferdinand zum Hofkaplan und Leiter des Augustineums und von Franz-Josef I. zum Bischof von Đakovo ernannt worden, in Đakovo erbaute er ein Priesterseminar, ein Kloster, eine Lehrerbildungsanstalt und die Kathedrale, er gründete die Jugoslawische Akademie und so weiter und so fort, in den siebziger Jahren des 20. Jahrhunderts jedoch tummelte sich, spuckte, kotzte, weinte, pisste und blutete eine Horde junger Abtrünniger und Delinquenten auf dem Stück Asphalt in der Oberstadt, das nach ihm benannt war. Was Majks Autorität betraf, so gründete sie nicht ausschließlich auf seinem Outfit. Er hatte auch gute Storys drauf. Er konnte stundenlang vom Magic Bus erzählen, von Indien, Afghanistan oder von London und Amsterdam, wo er im Sommer Geld verdiente, indem er auf der Straße Gitarre spielte, und die Mädchen hörten ihm zu und himmelten ihn an, als würde sich Jimi persönlich an sie wenden. Von diesem Punkt bis ins Bett war es nur ein kleiner Schritt, und Majk legte ihn meist mit Leichtigkeit zurück.

Majk war allerdings überhaupt kein Jimi. Majk war ein gewöhnlicher Schnorrer aus meinem Viertel. Er wohnte in der Vanikina, und immer wieder stand etwas über ihn in der Zeitung. Unbekannter Einbrecher in Vjesnik-Kiosk bei der Messe eingebrochen ... und ähnliche Meldungen. Seine Hauptbeschäftigung bestand eigentlich im Verhökern von Zigaretten, Spirituosen, Jeans und anderen Dingen zwielichtiger Herkunft. Darin war er ein wahrer Künstler. Ja, er hatte auch irgendwo eine Gitarre, aber die drei, vier Akkorde, die er beherrschte, klangen scheußlich, wenn er dort auf den Bänken im Park spielte. Und der westlichste Punkt, zu dem er je vorgedrungen war, war Triest, wo er all die Klamotten, die er trug, geklaut hatte ... Und ich wusste das alles. Deshalb nahm mich Majk beiseite, als ich anfing im Turist, dem Big Ben und oben auf dem Stross aufzukreuzen, und sagte: Hör mal, Kalda, wenn du den Mund aufmachst, mach ich Kleinholz aus dir.

Es lag natürlich nicht im Mindesten in meiner Absicht, Majks Autorität zu untergraben. Es war mir völlig egal, was er sich alles ausdachte und erzählte, aber es war kein ungutes Gefühl, ihn in der Hand zu haben. Auch ihm war das klar, und so benahm er sich mir gegenüber wie ein alter Freund, was auch mir eine gewisse Autorität in dieser Gesellschaft sicherte. Wenn du nicht berühmt bist, musst du dich gut mit irgendwelchen Berühmtheiten stellen.

Wie auch immer, wir beide funktionierten ganz anständig zusammen. Ich vertickte manchmal ein paar Waren für Majk und bekam dafür die übliche Provision: Alles, was du über Preis kassierst, gehört dir. Majk eröffnete mir das Highlife: dänische Pornomagazine, französische Zigaretten ohne Filter, LPs von Jimi Hendrix, Janis Joplin, Jefferson Airplane und Grateful Dead, Optalidon-Tabletten, albanischen Cognac, polnischen Wodka und diverse andere interessante Errungenschaften. Optalidon-Tabletten waren eine Jugenddroge, um mal auf die Schnelle die Samstagabende geschmeidiger zu machen. Zagreb war damals beinahe unschuldig, was Drogen betraf. Keine Spur der heutigen Pracht, wo man in jedem anständigen Café alles bekommen kann, von der Nadel bis zum Heroin. Shit und Gras gab's damals nur, wenn man:

A. überhaupt wusste, dass es so was gab

B. viel Kohle hatte,

C. die richtige Adresse kannte.

Und wenn man dann noch zu denen gehörte, die im Matchball hofiert wurden, dann konnte man auch an Härteres rankommen.

Aber wenn du jemand warst wie ich, das heißt, wenn du nicht die richtigen Adressen kanntest, wenn man sich an den Deluxe-Orten nicht vor dir verbeugte, wenn Religion kein Opium für dich war, und auch Lenin und Marx dich nicht berauschten, du aber trotzdem nach etwas Interessanterem als Alkohol suchtest, dann gab es verschiedene Pillen. Optalidon war billig, und man konnte es ohne Rezept in jeder Apotheke bekommen, es war sehr, sehr populär; Majk empfahl es in Kombination mit Wodka. Stalins Birne, so nannte er diesen Cocktail.

Ich schluckte gerne Stalins Birne. Sie entspannte. Sie machte den Aufenthalt in der Schule erträglich. Das Leben mit meinem Stiefvater weicher. Sie machte die Bewegungen langsamer und beschleunigte gleichzeitig die Zeit. Plötzlich erwachst du aus diesem verlangsamten Schritt, schüttelst den Kopf und begreifst, dass drei Monate vergangen sind, seitdem du das letzte Mal so erwacht bist. Du blickst dich um und siehst, dass du auch weiterhin im selben Viertel, in derselben Stadt, in derselben Zeit lebst, dein Stiefvater redet immer noch über deine Zukunft, und deine Mutter ist nervös und still. Als würde sie eine Katastrophe erwarten. Was heißt hier als würde sie? Sie erwartet ständig eine Katastrophe, einen üblen Schicksalsschlag, der sie vernichten wird. Du verspürst den Wunsch, sie zu umarmen und zu fragen, was sie quält, du erinnerst dich nicht mehr, wann ihr euch zuletzt miteinander unterhalten habt, aber dann denkst du: Ist mir scheißegal, warum sollte ich mich darum kümmern, die Frau hat ihr eigenes Leben, ihren Mann, den hat sie sich doch selbst ausgesucht, er soll sie gefälligst unterstützen.

Und dann schießt du dich mit einer neuen Dosis von Stalins Birne ab.

Auch an jenem Abend im Turist hatte ich mich abgeschossen. Majk war mit zwei Mädchen vom Stross dort. Ich kannte sie vom Sehen, sie waren älter als ich, und da oben hatten sie mich nie beachtet. In ihren Augen war ich ein gewöhnlicher Fleck – meine Standardrolle.

Senka, Goga, stellte Majk sie vor.

Ich nickte.

Senka werde ich unterhalten, sagte Majk. Und du wirst dafür sorgen, dass Goga nicht traurig und einsam ist, in Ordnung?

Es war nicht in Ordnung. Was mich betraf, hätte Goga ruhig vor Traurigkeit und Einsamkeit eingehen können. Ich bin kein humorvoller Mensch, ich bin überhaupt nicht der Typ, der andere unterhalten kann. Warum auch, jeder sollte sich um seine eigene Laune kümmern.

Also, Majk gab den Ton an, und ich saß wie festgenagelt auf meinem Stuhl, total zerfetzt, die Optalidon-Tabletten hatten mein Gehirn in eine Fackel verwandelt. Wenn mich jemand ansprach, bewegte ich den Kopf rauf und runter, rauf und runter, zum Zeichen, dass ich noch lebte, dass ich hörte und verstand, was man mir sagte. Ich hörte jedoch nur ein fernes Muhen und verstand gar nichts. Meine Augen waren heiß. Ich konnte durch die Dinge hindurchsehen. Röntgen – meine Augen waren zwei kleine Röntgenapparate. Ich sah Gogas zierlichen Torso mit einem Relief aus Rippen und einem Paar schmächtiger Titten. Ich sah Majks Herz, das Herz eines Diebes, wie es hinter irgendeinem Gitter schlug. Ich sah drei kräftig gelbe Glühbirnen in Senkas Bauch, die mit ihren Flämmchen züngelten, und Nachtfalter, die um sie herumflogen. Und lauter solche Dinge.

Ich kam erst spät am Abend wieder zu mir, in Majks Wohnung. Goga und Senka schien mein Zustand nicht in irgendeiner Weise zu beeindrucken. Ich war offensichtlich nicht der erste abgedrehte Knirps, den sie sahen. Darüber hinaus sind mir kaum Details von dieser Party in Erinnerung geblieben. Nur dass die ganze Nacht Patschuli-Räucherstäbchen qualmten und dass sich die ganze Nacht ein und dieselbe Platte drehte. *Pearl.* Janis Joplin war schon tot, und wir hörten eigentlich die Stimme eines Geistes, aber das störte niemanden und keiner von uns dachte darüber nach. Wir fühlten uns gut. So wie ich mich jetzt gut fühle, wenn ich mich an Majk erinnere, obwohl auch er sich wohl schon längst zu den Geistern gesellt hat.

14

Majks und meine Wege trennten sich, als ich infolge tragikomischer Umstände, die ihr später noch kennenlernen werdet, aus Zapruđe wegging. Der Stross, das Turist, das Big Ben und die anderen Orte, an denen wir uns damals herumtrieben, waren schon außer Mode, das Leben verlagerte sich an andere Stellen in der Stadt, und ich traf Majk jahrelang nicht, ich hörte nicht einmal etwas von ihm. Wie Agejev so schön sagte: Groß ist Moskau, und viele Menschen sind darin.

Und dann spazierte Majk an einem frühen Nachmittag im Sommer 1992 ins Majmunjak in der Ilica. Einfach so. Es war scheußlich schwül, außer den Fliegen und der Kellnerin war ich das einzige lebende Wesen dort, es war nicht die Zeit für Kneipenbesuche. Ich beschäftigte mich ein wenig mit meinem Bier, hörte Radio und zwischendurch auch der Kellnerin zu. Sie war mies gelaunt, ich hatte offensichtlich ihr Nachmittagsnickerchen gestört. Sie starrte durch das Fenster des Cafés und erzählte, dass niemand mehr da sei, dass die Menschen die Stadt verlassen hätten, nur diese verfluchten Fliegen und die Bettler seien noch da ... und dann, das sagte ich ja schon, spazierte Majk ins Café.

Zagreb ist groß, aber es ist eben doch nicht Moskau.

Majk hatte sich verändert. Er war viel dünner geworden als in seiner Flower-Power-Phase, er hatte kurze graue Haare, seine Gesichtsknochen spannten unter der Haut, seine Lippen waren dünner, die Augen härter geworden, aber ich erkannte ihn dennoch sofort. Auch ich war nicht mehr derselbe wie 76, weit entfernt von irgendeinem anständigen Outfit, aber auch er erkannte mich sofort. Wir standen kurz an der Theke und sahen uns wortlos an, aber dann bewegte sich Majk.

Kalda, sagte er.

Majk, du alter Räuber, sagte ich.

Oh nein, das war im Kommunismus, jetzt nennt sich das angesehener Unternehmer.

Majk machte keine Witze. Jeder, der im Kommunismus aus irgendeinem Grund im Gefängnis gesessen hatte, konnte nach 1990 problemlos auf die Liste der Angesehen rutschen. Ein übler Witzbold da oben mischte und verteilte in diesen Tagen die Karten neu, so dass völlig abgedrehte Kombinationen dabei herauskamen. Zum Beispiel wurde der Staat für einige Zeit von lauter ehemaligen Häftlingen geleitet. Der Staatspräsident war ein ehemaliger Häftling. Der Parlamentspräsident ebenso. Auch der

Premierminister hatte gesessen. Genauso einige der Minister und Parteivorsitzenden, einige Parlamentsabgeordnete – sie alle hatten entweder aus politischen Gründen oder einfach als Diebe gesessen.

Schulter an Schulter mit ihnen standen ehemalige Spione, Bullen und Spitzel. Diese ehrenwerte Gesellschaft hielt zusammen. Was hätten die einen ohne die anderen auch schon tun können? Es gab da auch verschiedene andere Ehemalige, von den ehemaligen Fahrern und ehemaligen Geschäftsleitern bis zu den ehemaligen Kioskbetreibern, Kellnern, Bäckern, Landvermessern und so weiter. Es gab auch viele ehemalige Emigranten, Taschendiebe, Kleinkriminelle, Schmuggler, Betrüger und verschiedene andere Angehörige der Unterwelt. Und allesamt gehörten sie nun zur Crème.

De-luxe-Typen.

Patrioten.

Na gut.

Majk hatte keine politischen Ambitionen und tarnte sich nicht als Patriot. Er war nur ein Dieb. Er investierte seine eigene Haut in die Geschäfte und alles, was damit zusammenhing. Wenn man dich erwischt, hast du die Arschkarte gezogen. Wenn man dich nicht erwischt, bist du ein Star. Die guten alten Regeln, die für alle Menschen gelten, seitdem die Welt existiert – außer für De-luxe-Typen und Patrioten.

Ich erfuhr im Majmunjak, dass sie Majk, kurz nachdem ich aus Zapruđe weggezogen war, geschnappt hatten. Ich bin über Präservative gestolpert, sagte er bitter. Was war passiert? Er war heiß auf eine Frau gewesen, aber sie wollte auf keinen Fall ohne

Präservative, und das mitten in der Nacht. Er stürzte aus der Wohnung, total erregt und wutentbrannt, und bearbeitete mit einer Stange den Kiosk neben der Bushaltestelle. Sie erwischten ihn vor dem Hauseingang, als er zurück in seine Wohnung wollte. Mit der Beute in der Hand, lachte er. Mit den verfluchten Präservativen, mit Kaugummis und einer Stange Zigaretten. Er saß zwei Jahre in Lepoglava, und dann ging er nach Deutschland, nach Frankfurt, wo er sich, so sagte er, durchgeschlagen hat. Erst kürzlich war er nach Zagreb zurückgekommen, und jetzt schlug er sich hier durch. Irgendwas mit Kasinos und Poker-Automaten, sagte er vage. Er wusste, womit ich mich beschäftigte, er hatte meine Fotos in Zeitungen gesehen.

Wer hätte das gedacht?, schüttelte er den Kopf.

Was denn?, fragte ich.

Dass wir uns noch mal wieder treffen, sagte er, und dass du Fotograf wirst und ich … Er verstummte.

Ein erfolgreicher Unternehmer, half ich ihm aus.

Von wegen, sagte er, eher komme ich auf irgendeine Titelseite.

Ich holte meine Leica im Schlangenleder-Design aus dem Rucksack.

Darf ich?

Nur zu.

Aus dem Radio ertönte das kreischende Heulen von Janis Joplin.

Ich bekam eine Gänsehaut. Hier stimmt etwas nicht, dachte ich. Auch Majk spürte, dass etwas nicht in Ordnung war. Er roch meine Angst. Er sah sich um, und da er nichts Bedrohliches erkennen konnte, fragte er mich, ob ich ein Problem hätte.

Erinnerst du dich an Senka und Goga, fragte ich ihn.

Es stellte sich heraus, dass sich Majk sehr wohl an Senka und Goga und jene Party erinnerte, aber er erinnerte sich überhaupt nicht daran, dass wir die ganze Nacht Pearl gehört hatten. Er erinnerte sich auch nicht daran, dass er in der Nacht mindestens zehn Patschuli-Stäbchen abgebrannt hatte.

Allerdings erinnerte sich Majk an andere Details, die ich offenbar vergessen hatte.

Wenn ich nur daran denke, wie viel Schiss du vor Goga hattest, sagte er lachend. Du hättest sie so flachlegen können, er schnippte mit dem Finger.

Ach was, sagte ich, ich hatte nicht die geringste Chance bei ihr.

Oh doch, du hattest eine Chance, du hattest sogar die besten Chancen, sagte Majk. Es war nämlich eigentlich ihre Idee, diese Party bei mir zu machen.

Du veräppelst mich doch.

Nicht im Geringsten.

Und warum hast du mir das nicht gesagt?, fragte ich.

Warum ich dir das nicht gesagt habe? Weil das auch nichts geändert hätte, sagte er. Du warst noch nicht so weit.

Und dann erwähnten wir die Vergangenheit nicht weiter, und ein Reservethema hatten wir nicht. Sechzehn Jahre hatten wir uns nicht gesehen, das war eine lange Zeit, und es hatte sich viel Schweigen zwischen uns angesammelt. Wir haben nicht einmal versucht, es zu brechen. Majk ging als Erster. Er bezahlte und sagte, dass er los müsse. Kein Problem, sagte ich. Wir tauschten keine Adressen oder Telefonnummern aus. Es gab keinen Bedarf. Das war das letzte Mal, dass ich Majk sah. Ich las später in der

Zeitung über ihn, im Zusammenhang mit Abrechnungen in der Unterwelt, er wurde als Mitglied des Zagreb-Süd-Clans erwähnt. Und dann erschien er eines Tages auf den Titelseiten.

Aber lassen wir das, wir wollen doch nicht zu Ruinen werden, in denen die Erinnerungen vor sich hinmodern. Das bringt nichts. Erinnerungen helfen auch nicht. Es gibt keinen Weg, die Wirklichkeit abzuschütteln, sie zu vergessen. Ich habe viele Menschen gesehen, die versucht haben zu fliehen, aber sie waren nicht zu retten. Die Wirklichkeit ist ein Käfig, grausamer als ein Konzentrationslager. Es gibt kein Entkommen. Ihr könnt es versuchen, aber früher oder später erwischt sie euch. Die psychiatrischen Einrichtungen sind voller Menschen, die versucht haben abzuhauen. Die Kliniken für Suchtkranke genauso. Es ist nicht erlaubt abzuhauen und damit basta. Wir müssen alle in Reih und Glied stehen, im Gleichschritt marschieren und laut singen, weil sonst ...

15

Weil sonst Daničić die Tür des Starlights und einiger anderer Redaktionen vor unser Nase zuschlagen würde. Er konnte das, ohne weiteres, diese Leute hielten alle zusammen, und mit ihnen war nicht zu spaßen. Er hatte also die Geschichte in Umlauf gebracht, dass er mir, ungeachtet der Tatsache, dass ich schon seit langer Zeit durchgeknallt war und dass ich – unter uns gesagt – schon seit Langem zum Psychiater ging, einen Superjob angeboten hätte, wegen der guten alten Zeiten und so weiter. Und da betrat ich die Szene – aber wie. Nicht nur, dass ich keinen Funken Dankbarkeit wegen des angebotenen Jobs gezeigt hätte, nicht im Mindesten, ich hätte ihn auch noch hochmütig abgewiesen und ihm irgendeinen Schwachsinn vorgeschlagen, etwas ohne Sinn und Verstand, den reinsten Müll, und als er das verständlicherweise ablehnen musste, hätte ich – was meint ihr wohl – was getan? Ich wäre rasend vor Wut geworden, hätte herumgebrüllt, ihn beleidigt, bedroht, und der Gipfel sei gewesen, dass ich vor einigen Tagen in der Bogovićeva rücksichtslos und vor aller Welt Fräulein Korina beleidigt hätte, die mit alldem nicht das Geringste zu tun habe.

Schon klar, dass das alles gelogen war. Das heißt, es war aus dem Zusammenhang gerissen. Kein Wort darüber, warum ich das gesagt hatte, was ich zu ihm gesagt hatte. Außerdem war ich gar nicht rasend vor Wut, und ich hatte ihn weder bedroht, noch seine Tussi beleidigt. Aber so, ohne Kontext, klang die Geschichte wirklich übel, und man bgeann, mir aus dem Weg zu gehen. Natürlich.

Es gibt nicht sehr viele Menschen, die etwas mit Verrückten zu tun haben wollen, oder? Verrückte stehen ganz oben auf der Skala der Abneigung, direkt hinter den Armen, den HIV-Positiven und den Krebskranken. Ich kam also in eine Redaktion, und schon der Pförtner und die Sekretärin glotzten mich an. Dabei hatte ich nur Guten Tag gesagt und nach jemandem gefragt. Und schon machten sie sich in die Hosen. Natürlich hatten sie es gehört. ALLE hatten GEHÖRT, dass ich inzwischen lebensgefährlich geworden war, dass ich Daničić mit einer Pistole bedroht hatte, ihn und auch seine querschnittsgelähmte Großmutter, einige Waisen und misshandelte Frauen und Kinder, dass ich gedroht hatte, sie alle wie Hasen zu erschießen. Die Sekretärin wurde starr vor Angst, fasste sich an die Brust und jammerte ogottogott, bis der Pförtner zu mir sagte: Mein Herr, so beruhigen Sie sich doch, seien Sie vernünftig und gehen Sie, oder ich rufe die Polizei.

Und auch er war blass und schluckte, als er das sagte.

Und das soll dich kalt lassen.

Am Anfang ging das sogar noch, die verschreckten Sekretärinnen, Pförtner und Co. waren mir scheißegal, aber dann stürzten ernsthaftere Verwicklungen auf mich ein.

Zum Beispiel folgende: Zora, ein Fräulein, mit dem ich schon seit einigen Jahren zwei Nächte monatlich zum Freundschaftspreis von siebenhundert Kuna pro Nacht glücklich war und dem ich der Nächste war, verweigerte mir plötzlich Glück und Nähe.

Das kam so: Üblicherweise schlief ich nicht bei Zora, weil ich nicht so verzweifelt war und weil das zu viel des Guten gewesen wäre. Andererseits schlich ich mich nachts auch nicht davon wie ein Dieb. Wir begrüßten den Morgen, benebelt vom Trinken und vom Sex, wie Verliebte, die sich gerade erst kennengelernt hatten. Wir tranken Kaffee, rauchten, sahen den Arbeitern zu, wie sie sich an der Straßenbahnhaltestelle auf der Avenue Dubrovnik einfanden, und erst dann ging ich. So war es auch an diesem Morgen. Wir tranken Kaffee, und ich dachte darüber nach, dass Zora viel bessere Ergebnisse als Doktor Galin erzielte, obwohl sie viel billiger war als er. Da sieht man, wie viel manchmal ein Diplom bedeutet, dachte ich, blies den Rauch zum Fenster und sah dabei auf die Neu-Zagreber Landschaft.

Immer die gleichen Waagerechten und Senkrechten, Rechtecke und Quadrate, die in den Entwürfen möglicherweise noch einem Ort zum Leben glichen. Und dazwischen ragten hysterische, kahle Äste in alle Richtungen. Die Kiefern, wenn das dort Kiefern waren, auf jeden Fall irgendwelche Nadelbäume, brachten einen Hauch Hoffnung in die Szene, und auch das Stückchen baumwollgrauer Himmel. Diese Blechdose dort, die in den Sechzigern als provisorische Unterkunft für Arbeiter gebaut wurde, war mit der Zeit zur Grabstätte geworden, ein echtes Mausoleum. Der Traum lautete: Sobald die Arbeiter etwas Geld verdient hätten, würden sie sich Häuser in besseren Stadtteilen bauen, und dann würden die abgerissenen Blechdosen direkt auf dem Sperrmüll der Geschichte landen. Irgendwann zerplatzte der Traum, man begann solidere Gebäude zu bauen, während in den Blechdosen immer noch dieselben Arbeiter vermoderten, nur waren sie jetzt älter, kränker und ärmer.

Dann aber brachte Zora das Thema auf den Tisch.

Ich denke, es wäre besser, wenn du nicht mehr kommst, sagte sie.

Katastrophen kommen immer so plötzlich – natürlich. Nur Paranoiker denken Tag und Nacht an Katastrophen, aber ich dachte nicht daran, als ich hörte, wie Zora mir sagte, dass ich nicht mehr kommen sollte. Ich dachte, es ginge ihr ums Honorar, das Prinzip von Angebot und Nachfrage, so dass ich ihr, wobei ich die Augen vom Fenster abwandte, vorschlug, sie möge einen neuen Preis festlegen. Sie sah mich an.

Darum geht es überhaupt nicht, sagte sie.

Worum geht es dann?

Um gar nichts, es ist vorbei.

Okay, mir platzte der Kragen, und das konnte man mir ansehen. Es passiert nicht so häufig, dass ich mich aufknöpfe und aus der Haut fahre, aber man kann eben nicht immer Kurs halten.

Am Schluss passiert doch immer irgendeine Scheiße, etwas, was dich eiskalt von der Seite erwischt, und du flippst aus.

Warum regst du dich so auf?, fragte Zora.

Und ich begann, Unsinn zu reden.

Wer regt sich denn hier auf?

Und: Warum ist es vorbei?

Und dann: Ekelst du dich etwa vor mir?

Und dann noch: Hast du einen anderen?

Und lauter solche Dinge.

Zora prustete los. Es gibt echt was zu sehen, wenn sie lacht. Aus ihren Augen sprühen keine Tränen sondern Funken, als steckten Wunderkerzen darin.

Nimm dich zusammen, Kalda, sagte sie und wischte sich die Funken von der Wange. Wieso ekeln? So was gibt es bei uns nicht. Uns bewegt etwas anderes, wir sind normale Menschen.

Wir beide waren immer eine gewisse Zeit für eine gewisse Summe zusammen gewesen, und es hätte auch ewig so weiter gehen können. Bislang hatte es keine Probleme gegeben, keine Traumata, keine Szenen oder etwas Ähnliches, und es ergab überhaupt keinen Sinn, dass Zora jetzt den Vertrag kündigte.

Es stellte sich jedoch heraus, dass Daničić seine Finger im Spiel hatte. Dass Zoras Zuhälter und Daničić sich seit ewigen Zeiten kannten, noch aus der Zeit, als Daničić Ranko Burićs Fahrer gewesen war. Burić stand, wie ihr ja schon mitbekommen habt, auf kleine Mädchen und weißes Pulver. Und all das konnte man an einem Ort finden, nämlich bei dem Herrn Zuhälter – Diskretion garantiert. Wenn wir schon dabei sind, es ist unglaublich, dass jahrelang niemand durchschaut hat, dass Burić nicht der fürsorgliche Vater war, der sein Töchterchen in die Restaurants der Umgebung ausführte. Und dass das Töchterchen kein Einzelkind war, sondern dass es davon mindestens zehn Stück gab, in verschiedenen Größen, mit verschiedenen Haarfarben und – das Wichtigste – mit verschiedenen Spezialgebieten. Das ging solange gut, bis Daničić sich entschloss, die erste Ausgabe des Starlight mit einer Geschichte über seinen Wohltäter Burić zu zieren.

Die Geschichte schlug ein wie eine Bombe. Es war die erste Pädophilenaffäre in der gehobenen Gesellschaft. Auf der Titelseite: Burić in Aktion – auf dem größeren Foto: Burić ausgestreckt auf einem Sofa, und auf seinem Bauch sitzt ein Mädchen mit Strumpfhaltern, und auf dem kleineren Foto: seine rote Säufernase und ein Banknotenröllchen, das in einem Häufchen weißem Pulver steckt. Vier Magazinseiten auf Hochglanzpapier quollen über von saftigen, aussagekräftigen Fotos aus dem Starlight-Archiv – so stand es unter den Bildern. Diese Ausgabe erschien in hundertfünfzigtausend Exemplaren, und die Detonation katapultierte Minister Burić bis ins ferne Russland. Der Regierungssprecher sagte zwar, es handle sich um eine der üblichen kommunistischen Verschwörungen mit dem Ziel, das unabhängige Kroatien zu destabilisieren und die demokratische Regierung zu stürzen, aber trotzdem wurde Burić nach Moskau auf den Posten eines Kulturattachés verfrachtet. Er hielt nicht lange durch in Russland. Diplomatische Immunität schützt nicht vor einer Messerklinge. Sein Leichnam wurde in jenem Winter in einem Vorort an der Straßenbahnendstation gefunden, dort wo sich im Schatten der Nacht unter einem kalten, blassen Mond dreizehnjährige Prostituierte und Mörder versteckt halten.

Nun, wer weiß, wie die Nachricht, dass ich Zora regelmäßig besuchte, zu Daničić vorgedrungen war. Es tat auch nichts mehr zur Sache, wichtig war, dass der Herr Zuhälter Zora angewiesen hatte, mich rauszuschmeißen, weil sonst …

Was zum Teufel, interessiert der uns, sagte ich. Was kann der dir schon, du bist doch nicht sein Eigentum.

Zoras maß mich mit prüfendem Blick von oben bis unten, als hätte sie mich noch nie gesehen.

Hör doch einfach auf damit, sagte ich, es gibt so vieles, was du tun kannst.

Zum Beispiel?, fragte sie.

Tja, was weiß ich, sagte ich.

Mir fiel nichts ein.

Für den Anfang kannst du bei mir unterkommen, sagte ich.

Zora begann zu lächeln.

Warum lächelst du?

Lächle ich wirklich?

Du lächelst.

Weißt du eigentlich, was du da redest?

Ja, ich weiß, ich hob meine Stimme. Und?

Ihr Blick prüfte mich auch weiterhin.

Du willst mich doch wohl nicht etwa heiraten, sagte sie misstrauisch.

An Heiraten hatte ich nicht gedacht, eigentlich war mir Zora scheißegal. Zagreb ist voll von Möglichkeiten, wo du jemandem für wenig Geld der Nächste sein kannst. Es war einfach nicht mein Tag. Manchmal passiert es, dass du etwas daherredest, und dann rollte das Ganze bergab, und du stolperst von einem Fehler zum nächsten, und am Ende bist du völlig kaputt – bis du den

Faden wieder findest. So klang ich nun Zora gegenüber wie ein verlassener, gehörnter Lover. Sie deutete das als Heiratsantrag. Das ging doch etwas zu weit. Es war das zweite Mal, dass eine Hure so etwas zu mir sagte. Ich bin wohl dazu verurteilt, ständig in Situationen zu kommen, in denen mir eine Hure sagt: Du willst mich doch wohl nicht etwa heiraten.

Ich sagte kein Wort mehr.

Ich ging, fuhr nach Hause, ohne irgendwelche besonderen Gefühle. Da gab es nichts mehr zu fühlen.

16

Es gibt da oben einen Sadisten, der sich weidlich auf unsere Kosten amüsiert. Er schickt uns eine Hornisse ins Auto, während wir gerade einen Tankwagen überholen und uns ein lichthupender Betonmischer entgegenrast. Er lässt alle Straßenbahnlinien über den Jelačić-Platz fahren, bis auf die, die wir gerade erwarten. Der Spruch, dass die Straßenbahn sich schließlich nicht verspäte, um Wartende um den Verstand zu bringen, hilft dann auch nicht weiter. Wo ist da die Logik? Sie verspätet sich eben, und wir sind ziemlich wütend.

So hetzte dieser Sadist in jenem Sommer auf der Insel Pag zwei seiner Soldaten auf Majk und mich. Wir hatten gerade erst die Fähre verlassen, als sich zwei Polizisten auf uns stürzten. Wir hatten genug Geld, ein Zelt, Papiere, die in Ordnung waren, auf dem Campingplatz warteten Majks Freundinnen auf uns, aber nichts davon interessierte die beiden. Sie wollten uns nicht auf ihrer Insel haben. Die Bullen waren damals so gestrickt, dass mit ihnen kein Gespräch möglich war. Der Staat hatte kein Geld für etwas fortschrittlichere Modelle, und die, die auf den Straßen herumliefen, verstanden einfach kein Wort von dem, was man ihnen sagte, ihnen fehlte das Modul für Dialoge. Sie waren lediglich darauf programmiert, Befehle auszuführen und zu erteilen, so dass wir beide kehrtmachten und mit derselben Fähre zurück nach Karlobag fuhren.

Per Daumen gelangten wir später nach Zadar, und bauten unser kleines Zelt auf dem Autocamp Borik auf, direkt neben dem Zelt der Familie de Jong. Für einen Proletarier aus Zapruđe war das eine ungewöhnliche Familie. Vor allem Frau de Jong. Sie pflegte sich in der Abenddämmerung vors Zelt zu setzen und eine Pfeife anzuzünden. Eine Frau, die Pfeife pafft? Das war für mich etwas Neues. Aber sie – sie qualmte ihre lange, elegante Pfeife und starrte vor sich hin, ohne sich dabei um die Welt zu scheren. An all diesen Tagen sah sie mich kein einziges Mal an. Und mein Guten Morgen, Guten Tag und Guten Abend prallte an dem eisernen Umhang ab, in den sich Frau de Jong – ich ahnte nicht warum – gehüllt hatte.

Herr de Jong war etwas kommunikativer. Auf meine Begrüßung hin streckte er den Daumen in die Luft und sagte: Tito gut.

Tito ist in Ordnung, antwortete ich.

Und so gaben wir uns beide jeden Tag dem Persönlichkeitskult von Josip Broz Tito hin, und hielten diese primitive Form gutnachbarschaftlicher Verhältnisse in Gang.

Ich kann nicht behaupten, dass die de Jongs anstrengende, laute Nachbarn gewesen wären, abgesehen von jenen eindeutigen Geräuschen, diesen unterdrückten, kehligen Schreien, die manchmal nachts aus ihrem Zelt herausflogen, wild um meine Ohren flatterten und mein Herz antrieben, das Blut schneller zu pumpen. Ich war sechzehn Jahre alt, in dem Alter reisen die Hormone mit Lichtgeschwindigkeit durch die Blutbahn, all diese Steroide und Neurosteroide rasen in Panik durcheinander und stoßen zusammen, und es ereignete sich eine unglaubliche Sache: Mich packte gleichzeitig eine Erektion und die Melancholie. Ein medizinisches Paradoxon, wie mir später Doktor Galin erklärte, und zwar als ich zugab, meine Melancholie durch Masturbation zu kurieren. Das mit der Masturbation, verstehe ich, sagte der verwirrte gute Doktor und kratzte sich am Kopf, aber dass Steroidhormone Melancholie hervorrufen …

Und so wälzte ich mich mit einer melancholischen Erektion herum, vom Bauch auf die Seite, von der Seite auf den Rücken, vom Rücken auf den Bauch, immer im Kreis, und ich hörte dabei das Stöhnen, Seufzen und Schreien aus dem Zelt der de Jongs.

Aber eigentlich waren die beiden mir vollkommen egal. Mich interessierte ihre Tochter Carla. Ein zerbrechliches fünfzehnjähriges Mädchen mit melancholischen Titten, mit rotem, melancholischen Haar, einem Körper, der mit melancholischen Sommersprossen übersät war, eher so der irische Typ. Diese Sommersprossen, ich stellte sie mir als Sterne auf ihrem Körper vor, eine ganze Galaxie von Sternen, die nachts nur für mich leuchtete, so stellte ich mir die nahe glänzende Zukunft vor.

Carla schien sich allerdings nicht für mich zu interessieren. Dazu kam, dass ich in Bezug auf Frauen etwas zurückgeblieben war, dass ich mich in dem verworrenen Weggeflecht, das Männer und Frauen verbindet, nur schwer zurechtfand. Nein, ich war nicht aus Stein, ganz im Gegenteil. Meine Gefühle waren heftig, sie wucherten in mir, bildeten Metastasen und fraßen mich auf, aber ich wusste nicht, wie ich mich davon lösen und sie jemandem schenken konnte. In solchen Dingen war ich noch grün und unbedarft.

So verstrichen meine melancholischen Tage auf dem Borik.

Und dann, eines nachts, direkt nachdem die Schreie der de Jongs verstummt waren, kam Carla aus dem Zelt, und als sie mich vor meinem Zelt sah, setzte sie sich zu mir. Majk war mit ein paar Deutschen zum Strand gegangen, und ich hatte mich mit Stalins Birne abgeschossen und wartete darauf, dass ich mich gut fühlte.

Ich sah Carla an, sie kreuzte ihre Beine und setzte ihren Hintern in die Kiefernadeln. Daran fand ich nichts Merkwürdiges, ganz im Gegenteil. Wodka und die Analgetika hatten ihre Arbeit gründlich erledigt, und ich hätte nicht einmal mit der Wimper gezuckt, wenn Jane Fonda sich neben mich gesetzt und mich umarmt hätte. So saßen wir also da und lauschten dem betrunkenen Singsang vom Strand. Mir war, als hörte ich Majk heraus, wie er *Yesterday* breittrat. Auf jeden Fall war jemand dabei, der ganz fürchterlich falsch sang. Dann verstummte das Singen, und wir saßen weiter vor dem Zelt, bewegungslos, nur dass ich in der Zwischenzeit meinen Arm um Carla gelegt hatte. Wir saßen noch lange wortlos da, bis unsere Hintern fast verholzt wären. Und dann küsste mich Carla und ging zurück in ihr Zelt.

Wenn das nicht Liebe ist, dann weiß ich es auch nicht, dachte ich damals.

Seitdem wurden die Tage immer besser und besser. Ich hatte den Eindruck, dass es sie im Überfluss gab, dass ich sie nicht verbrauchen könnte, selbst wenn ich eine Million Jahre leben würde.

An einem Sonntagnachmittag versammelte sich die ganze Clique vom Autocamp um den Fernseher auf der Restaurantterrasse. Es wurde ein Fußballspiel gezeigt, irgendwelche Typen in weißem Dress gegen Typen in orangenem Dress. Auch Carla und ich fanden uns dort ein.

Es hatte kaum angefangen, als ein Typ im orangenen T-Shirt über das Spielfeld raste. Auf der Terrasse herrschte Schweigen, und während ein Typ im weißen T-Shirt den Typen im orangenen T-Shirt verfolgte, schmiegte sich Carla an mich, und ich legte beschützend den Arm um sie. Dann erschien dort auf dem Spielfeld von irgendwoher noch ein Typ im weißen T-Shirt und rannte in den Typen im orangenen T-Shirt rein, und dieser flog in die Luft, und alle auf der Terrasse sprangen brüllend auf, auch Carla und ich sprangen auf, ich legte meinen Arm um ihre Taille, und was das Beste war – im Bildausschnitt tauchte ein Typ in Schwarz auf, der mit dem Finger auf die Erde zeigte. Worauf Carla und alle anderen Niederländer vor Glück ausflippten.

In Ordnung, ich wusste, dass es sich dabei um das Finale der Weltmeisterschaft im Münchener Olympiastadion handelte, ich wusste, dass der im orangenen T-Shirt ein niederländischer Spieler war, genauso wie ich wusste, dass die in Weiß Deutsche waren, aber es ging mir am Arsch vorbei. Wichtig war, dass sich in dem Moment, in dem der Orangene einen Elfmeter verwandelte, Carla zu mir drehte und mich auf den Mund küsste und ich dem Typen in Schwarz, der den Elfmeter gepfiffen hatte, gegenüber eine starke Sympathie verspürte. Ich suchte mit meinem Blick in der Menge nach Majk. Er spielte eine andere Rolle, tröstete eine Deutsche, aber es ging ihm super, genau wie mir. Wir grinsten und zwinkerten uns zu.

Wenn du neutral bist, wenn dir alles scheißegal ist, gewinnst du immer. Am Sonntag, den 7. Juli 1974 um 16.02 Uhr waren die Niederländer dabei zu gewinnen und die Deutschen dabei zu verlieren. Aber Majk und ich, wir waren beide Gewinner. Neunzig Minuten später war das Spiel zu Ende, die Niederlande hatten verloren, Deutschland gewonnen, aber Majk und ich waren immer noch Gewinner, wir waren unbesiegbar in diesen Tagen. Wenn ihr die Schweiz seid, dann gewinnt ihr immer, das ist es, wovon ich spreche.

An diesem Abend saßen die Deutschen lange vor ihren Zelten, tranken und sangen irgendwelche Lieder. Das taten sie auch sonst, aber jetzt hatten sie einen guten Grund dafür. Majk ging mit seiner Deutschen in die Stadt, und Carla und ich blieben auf dem Campingplatz. Die de Jongs saßen eine Zeit lang vor ihrem Zelt. Die Alte rauchte ihre Pfeife, der Alte rauchte Zigaretten, beide starrten schweigend ins Leere und dachten wohl über die Niederlage nach. Dann zogen sie sich in ihr Zelt zurück, aber in dieser Nacht hörte man von dort nur Schnarchen.

Etwas später in der Nacht kam Carla zu mir ins Zelt. Ich lag dort im trüben Licht der Karbidlampe, rauchte, blickte auf die Zeltplane und dachte über verschiedene Dinge nach. Dann kam also Carla und legte sich neben mich. Sie zitterte.

Ich dachte zuerst, dass sie über irgendetwas lachte, aber dann begriff ich, dass Carla das Weinen unterdrückte. Ich habe nicht unbedingt verstanden, warum sie weinte, so wie ich auch ihre harten, scharfen Worte, die sie mit dem Gesicht auf meiner Brust aussprach, nicht verstand. Es waren viele Worte, die Carla wie bittere Früchte ausspuckte, aber ich habe nichts verstanden und auch nicht nachgefragt. Ich hörte nur zu und glaubte, dass auch dieses Weinen und Schluchzen eines der abgedrehteren Gesichter der Liebe war.

Einige Tage später verschwanden wir aus Zadar. Majk hatte nämlich einige Kioske in der Stadt bearbeitet, und ein guter Diebesengel hatte ihm geflüstert, dass es nur noch eine Frage von Sekunden sei, wann die Bullen eins und eins zusammenzählen und ihn schnappen würden. Majk verfügte durchaus schon über einen erkennbaren Stil – und über eine Akte, falls ich das zufällig noch nicht erwähnt haben sollte. Die de Jongs waren nicht auf dem Campingplatz, als wir abfuhren, was die Situation einigermaßen erleichterte. Ich wusste nicht, wie man sich in solchen Situation zu benehmen hatte, was ich Carla hätte sagen sollen. Ich bin wie ein Arschloch vor Carla abgehauen, genauso wie mein Vater vor uns. Schnelle und saubere Arbeit, eine runde Zahl ohne diesen Rattenschwanz unendlicher Dezimale dahinter. Nur ein Viereck mit vergilbtem Gras ließ ich zurück, dort wo das Zelt gestanden hatte.

Viele Jahre später erst begriff ich, warum Carla geweint hatte. Am Kontrollpunkt auf dem Pass oberhalb von Kreševo warteten ein niederländischer Fotograf und ich darauf, dass die Uniformierten prüften, ob wir Spione oder etwas Ähnliches waren. Wir saßen da oben in unserem Jeep und rauchten Haschisch, hörten die Kanonen, wie sie im Osten, irgendwo bei Sarajevo, zu Werke gingen.

Wir unterhielten uns über dies und das – aber ich greife schon wieder zu weit vor. Dabei wollte ich nur sagen, dass das Bild des vergilbten Rasens an der Stelle, wo vorher das Zelt stand, dass mich dieses Omen mein ganzes Leben lang begleitet hat. Im Übrigen, worauf reduziert sich überhaupt diese ganze Sache mit dem Leben, wenn nicht auf leere Stellen, wo einst Menschen standen.

17

Der Winter ist einfach nicht meine Zeit. Und dann das mit Zora, mich hatte eine Unglückssträhne eiskalt erwischt. Und nun zu allem Überfluss auch noch ein vereister Bürgersteig.

Mein Gott, wie erniedrigend es ist, über einen vereisten Bürgersteig zu gehen. Breitbeinig und mit hängendem Arsch tastest du dich vor, setzt den Fuß auf, verlagerst vorsichtig dein Gewicht, ziehst das andere Bein langsam nach und siehst aus wie ein Affe. Diese bescheuerten Stadtwerke, jedes Jahr die gleiche Geschichte, immer werden sie vom Schnee überrascht, dieses Pack lässt sich tatsächlich mitten im Winter vom Schnee überraschen!

Warum schimpfe ich, warum gehe ich überhaupt aus dem Haus, wenn mir der Winter dermaßen auf die Nerven geht? Weil sich dieser verdammte Spinner Igor in mein Leben gedrängt hatte, deshalb. Weil er zum Dauergast in meiner Wohnung geworden war. Jeden Tag kam er zum Kaffee. Und als ich heute früh die Kaffeedose öffnete – gähnende Leere. Keine Spur von Kaffee mehr. Was blieb mir also anderes übrig, als mich anzuziehen, und nichts wie raus, um Kaffee aufzutreiben.

Hier in der Nachbarschaft gibt es viele Lokale – Cafés, Bistros, Pizzerien, Imbissstuben und so weiter, so steht es auf ihren Schildern –, aber keins davon hat mein Herz erobert. Ich ging am ersten vorbei, unsympathischer Barkeeper, dann am zweiten, rappelvoll, am dritten, Badezimmerdesign, am vierten, da sitzen irgendwelche Kids, am fünften, hier ist der Kaffee eine Katastrophe, am sechsten, stinkt nach Zwiebeln und Ćevapčići … und schließlich, weil die koffeinsüchtigen Zellen schon vor Panik rotierten, stürzte ich ins Café im Einkaufszentrum. Mitten ins Herz des verfluchten Irrenhauses.

Eine Lawine von menschlichem Fleisch und Einkaufswagen wälzte sich zu den Kassen, aus den Lautsprechern quoll synthetische Musik, unterbrochen von Werbespots, im Café dröhnte eine Kontaktsendung aus dem Radio, auf dem Bildschirm über der Theke lief ein Dokumentarfilm über Ali …

Und hier sollte der Mensch seinen Kaffee und seine Zigaretten genießen.

Zu viele Menschen und zu viele verfluchte Informationen, wenn ihr mich fragt. Ali tänzelte um sein Opfer herum und drosch auf es ein wie auf einen Hund, ein alter Kampf aus den Sechzigern, in dem er nur auf den Kopf des Gegners zielte. An den Kassen – Gewusel, Kreditkarten und Geldscheine blitzten auf, Kleingeld klimperte … Sag mal, hast du je darüber nachgedacht, wie du aussiehst, wenn du in den Supermarkt gehst? Idiotisch siehst du aus. Jede Wette, dass du Sachen kaufst, die du überhaupt nicht brauchst. Die Sucht steht dir ins Gesicht geschrieben, die reine Sucht, Kumpel, während du dort zwischen den Regalen durchschwebst. Ich kenne das, ich weiß, wie du tickst und wonach dir ist, eine Zeit lang hat mich deine Sucht ernährt.

Der alt gewordene Ali signierte mit zittriger Hand sein Buch in einer Buchhandlung. Im Radio laberte eine Frau etwas über ein Tierheim. So was wie, dass sie den armen Tieren ein Zuhause gibt, aber die kommunalen Behörden geben ihr keine Kuna dafür, und jetzt bittet sie höflichst und appelliert …

… im Namen aller verlassener Katzen und Hunde, sagte sie.

Sie sprach IM NAMEN der verlassenen Katzen und Hunde?

Ach fick dich doch ins Knie, du Schlampe!, fütter sie doch mit deinem zähen alten Fleisch, du dumme Kuh!

Dann beklagte sich eine über einen Arbeitgeber, der an Heiligabend vierundzwanzig Kündigungen verschickt hat … Einer jammerte über die niedrigen Löhne …

Die da oben in der Regierung, sagte der Typ, sollten mal darüber nachdenken, wie das gehen soll, mit tausendfünfhundert Kuna auszukommen …

Der Typ war echt stark. Dachte er etwa, dass das eine Tragödie war? Dass er für anderthalbtausend Kuna arbeitete. Wen interessierte das schon, er war doch selber schuld. Das Leben hatte ihn besiegt, da gab es nichts zu meckern. Reiner Kampf, mal mehr, mal weniger, wenn man die Zeit, den Ort und die globalen ökonomischen Trends berücksichtigt. Wir kriegen alle unsere Chance, und wie wir sie nutzen, ist unser Bier. Wen kümmert das schon? Es ist unser Problem.

Nur, wer will schon gerne sein Scheitern zugeben? Wer ist so ehrlich und sagt, ja, ich hab die Arschkarte gezogen, es liegt an mir, ich hätte klüger sein sollen, die ganze Sache anders angehen. Echt unangenehm, und deshalb winseln wir am Ende, immer ist jemand anders schuld. Der Geschäftsführer, eine Krankheit, der menschliche Neid, die unglückliche Kindheit … als wären das

Viren aus einer entfernten Galaxie, über die wir uns jetzt beschweren. Als würden wir unter einer Glasglocke leben, so'n Scheiß, und nicht unter diesem rostigen, löchrigen Himmel, unter dem nur Gejammer ertönt.

Egal wo du hinschaust, ewig dasselbe Lied.

Ein Typ im Radio erzählte, wie er früher blablablabla, während heute …

Früher? Heute?

… anstatt dass sie ihr ehrwürdiges Alter genießen, müssen die Rentner heute …

Mir wurde übel, sie sollten die Klappe halten. Solche Sachen musste man sich doch nicht auch noch beim Kaffee anhören.

In der Straßenbahn dachte ich über Ali nach. Wenn unsere Helden schon so kaputt sind, wie steht es dann erst mit uns, die wir sie bewunderten? Ich bezweifle nämlich, dass Alis Weg schlimmer war, als der Weg der Knirpse aus Dubrava, die in den Sechzigern auf den Straßen herumhüpften und mit fingierten Schlägen den Gegner traktierten. Er hatte immerhin Kohle gemacht, er konnte sich alles leisten. Dort in Dubrava gab es einen Jungen, einen Zigeuner, der jenseits der Bahnlinie wohnte, der hatte wirklich eine gute Beinarbeit, und er schlug ganz ordentlich zu. Das weiß ich aus erster Hand, wenn ich das so sagen darf. Es wäre interessant zu hören, wie es ihm im Leben ergangen ist. Ich habe ihn später nie in Direktübertragungen oder Dokumentarfilmen gesehen. Wie viele Schläge hat er wohl abbekommen, und welchen Profit hat er daraus gezogen? Und jetzt soll ich also Ali bedauern? Der kann mich mal.

In dieser Stimmung betrat ich die Praxis von Doktor Galin. Er saß ruhig hinter seinem Schreibtisch und sah mich wortlos an. Dieser saubere, aseptische, polierte elfenbeinfarbene Tisch – das war eigentlich nur ein Trugbild. In Wirklichkeit war es eine hohe, dicke, mit Stacheldraht bestückte Mauer aus Stahlbeton. Galin auf der einen Seite, ich auf der anderen, und keine Chance, kein Geld, kein Sturm der Veränderungen konnte diese Mauer zum Einsturz bringen.

Und ... wie geht es Ihnen heute?, fragte Galin endlich.

Das war wirklich stark: Wie es mir geht.

Katastrophal, antwortete ich, so geht es mir.

Warum?

Darüber könnte ich stundenlang reden.

Wir haben Zeit, sagte er.

Wie man's nimmt, dachte ich. Außerdem ist die Zeit für manchen ein Kumpel und für andere der Ringrichter, der die letzten Sekunden anzählt – um wieder aufs Boxen zurückzukommen.

Wo liegt das Problem?, kam es von der anderen Seite der Mauer.

Die Menschen stinken.

Der Doktor sagt, dass man in solchen Momenten das Erstbeste sagen soll, was einem in den Sinn kommt, und dann würde der Knoten sich zu lösen beginnen – der Knoten meines Dunkels natürlich.

Sie stinken?, fragte er.

Ja, sie stinken.

Wie meinen Sie das?

In der Straßenbahn haben die Leute gestunken, nicht nach Alkohol, nicht nach Zigaretten, sondern nach Angst.

Nach Angst?

Ja, nach Angst.

Angst wovor?

Ich weiß es nicht … vor allem wahrscheinlich … vor dem Leben, vor dem Tod, all diesen Dingen. Und im Einkaufszentrum auch, überall nur Lärm und Angst. Sie kaufen und kaufen, es war ekelhaft, als könnten sie sich …

Was?

Zeit, Ewigkeit, was weiß ich … kaufen. Sie sind widerwärtig. Aber darum geht es nicht.

Sondern worum?

Zora hat mir den Laufpass gegeben.

Hm, sagte er.

Und dann erzählte ich dem guten Doktor alles über Zora, Daničić, den Zuhälter, Lulu und die anderen Ärsche und Huren.

Haben Sie je darüber nachgedacht, fragte er mich, nachdem ich geendet hatte, endlich die Verantwortung für ihr eigenes Tun zu übernehmen?

Verantwortung!, fuhr ich erschrocken hoch. Welche Verantwortung?

Sie haben einen Sohn, begann er, und wenn Sie …

Ich sprang auf.

Ich bin doch weggegangen, gerade weil ich verantwortungsbewusst bin, weil ich kein …

Ich bekam keine Luft mehr. Sobald jemand von Verantwortung redet, bekomme ich keine Luft mehr. Meine Augen treten hervor, mir schwillt der Kamm, sobald irgendein Klugscheißer irgendwas von Verantwortung redet. Was weiß der schon darüber, dieser Nichtsnutz mit seinem Diplom, das er sich an die Wand gepinnt hat. Dieser aufgedonnerte Wichser mit Samthandschuhen, was weiß der schon von irgendwas? Hat der überhaupt eine Ahnung, wie viele Viren sich in so einer Familie verbreiten, was für üble Folgen es hinterlässt, das Leben mit … diese hilflose Abhängigkeit der Kinder … dieses Bedürfnis, dass uns jemand … Ich habe so viele fertige Menschen gesehen … und der belehrt mich hier mit seinen Sprüchen …

Sie sind kein was? Galin war von meiner Reaktion kein bisschen beeindruckt. Ich sendete ihm einen Blick, lang und kalt wie die Transsibirische Eisenbahn.

Was wissen Sie denn schon darüber?, fragte ich ihn.

Es geht hier nicht um mich, sagte er ruhig.

Stimmt. Er geht nicht um ihn. Wer würde sich für ihn schon interessieren. Er ist ein bezahltes Ohr. Und nichts weiter. Nur ein verdammtes bezahltes Ohr. Ich kaufe mir seine Aufmerksamkeit, so wie ich mir Zoras Nähe gekauft habe. Man kann diese Dinge auch kostenlos bekommen, aber was das erst kostet, compadre.

Diesen kostenlosen Luxus konnte ich mir nicht mehr leisten.

18

In diesen Jahren verging die Zeit routinemäßig, sie hielt sich streng an den Kalender, Montag, Dienstag, Mittwoch, April, Mai, Juni, Fünfundsiebzig, scheiß auf so ein Leben, in dem jeder Tag vierundzwanzig Stunden hat und jedes Jahr zwölf Monate, in dem nur die Schaltjahre etwas Rhythmuswechsel bringen, aber auch die sind vorhersehbar, wie die Melodien von Märschen, Tata-tam-tam-tam-tam-tata-tam, und dann macht der Typ mit dem Becken einen Fehler und schlägt völlig daneben, weil ihm an dem Morgen jemand quergekommen ist, oder er hat einfach einen schlechten Tag, so einen Tag, von denen man dreihundertfünfundsechzig und noch mehr im Jahr haben kann und die man am besten verschlafen oder gleich vergessen sollte, was ich zurzeit auch tue.

Und dann Marika, dieses Mädchen im Herbst 75.

Sie saß am Tresen des Hotels Zlaté Píesky in Bratislava, hatte die Beine übereinandergeschlagen, rauchte Chesterfield, hatte Grübchen in den Wangen und nicht wirklich makellose Zähne. Ihr roter Nagellack war abgeblättert. Mein Klassenlehrer, Herr Kralj, stand neben ihr. Abwechselnd sprach er, lachte und hob sein Glas. Er war locker, sah gut aus, eben wie ein Sportlehrer, noch dazu ehemaliger Landesmeister im Halbschwergewicht. In diesem Herbst kam ich in die zwölfte Klasse, ich war noch immer Jungfrau, falls das für euch wichtig sein sollte. Ich saß also in einem Kunstledersessel in einer Ecke der Hotelhalle, trank Bier, rauchte und beobachtete, was für Kunststücke Herr Kralj dort am Tresen vollführte. Dann drehte er sich um, sah mich und rief:

Hey Kalda, hast du die Pulle Zrinski noch?

Ich nickte und er sagte:

Bringst du sie mir aufs Zimmer?

Ich nickte wieder, und er warf Geld auf die Theke, legte seine Hand auf die Schulter des Mädchens, und sie ging mit ihm die Treppe hoch. Etwas später klopfte ich an die Tür seines Zimmers und gab ihm die Flasche, er zwinkerte mir zu und deutete mit dem Kopf ins Zimmer. Ich warf einen Blick hinein, da zog sich Marika gerade mit dem Rücken zur Tür aus.

Ich ging zurück in die Bar und bestellte ein Bier. Ich saß an der Theke und ließ mich volllaufen. Die anderen waren inzwischen in die Stadt gegangen, aber ich hatte keine Lust gehabt mitzugehen, ich war unruhig, angespannt, ich wartete, ohne genau zu wissen worauf. Ich trank gerade mein fünftes oder sechstes Bier, als Kralj und Marika in die Bar zurückkamen, und war schon ziemlich betrunken. Sehr betrunken. Kralj war gut gelaunt, er lachte, klopfte mir auf die Schulter und fragte, ob ich auch mal wolle. Ich sagte nichts, sah nur Marika an, sie sah durch mich hindurch.

Komm schon, sagte Kralj, sie beißt nicht. Ich warf Geld auf die Theke, legte meine Hand auf Marikas Schulter, und sie ging mit mir die Treppe hoch. Ich drehte mich um, und dieser Blödmann Kralj stand da und sah zu, wie ich ihm seine Beute ausspannte.

Ist noch was in der Flasche?, fragte ich ihn.

Red keinen Scheiß, Kalda, du bist doch fertig, bevor du angefangen hast.

Ich war schlagartig nüchtern, als wir vor der Tür meines Zimmers standen und brauchte eine Ewigkeit, um mit dem Schlüssel in meiner zittrigen Hand das Schloss zu treffen. Ich knipste die Lampe auf dem Nachttisch an, dann wusste ich nicht mehr weiter. Also setzte ich mich ans Fenster und sah hinaus auf die menschenleere Uferpromenade. Ich erinnere mich, dass die Lampen metallblaues Licht auf den Sand und das Wasser warfen. Mein Gehirn arbeitete auf Hochtouren, eine solche Situation hatte ich nicht eingeplant, es war alles zu schnell gegangen, und während der Nachtwind das Wasser des Sees kräuselte, ärgerte ich mich, ärgerte mich schwarz, dass ich nicht mit meiner Clique in die Stadt gegangen war.

Zwei, drei Minuten konnte ich so herausschinden, aber dann stellte sich die Frage: Was nun? Ich kam auf die Idee, Marika zu sagen, sie solle gehen, aber ich tat es nicht, nicht wegen Herrn Kralj und auch nicht meinetwegen, sondern wegen Marika. Ich dachte, ich würde sie verletzen, sie war keine Nutte für mich, sondern ein Mädchen, eben Marika, und ich dachte nicht im Entferntesten daran, dass sie nicht als Marika mit mir gegangen war – wahrscheinlich ein Künstlername –, sondern als Nutte, und dass sie mir nur dankbar gewesen wäre, wenn ich ihr Geld gegeben und sie dann zur Tür begleitet hätte. Und so begann ich mit dem Spiel, das ich nicht kannte, außer theoretisch ein bisschen aus zweiter Hand, aus den Geschichten der älteren Typen aus meinem Viertel, die meist erfunden waren. Ich begann ein Spiel, das ich nie gespielt hatte, dessen Regeln ich nicht kannte, und ich hatte auch niemanden, von dem ich sie hätte lernen können. Kurzum, ich hatte keine Ahnung, was ich mit der Frau anstellen sollte. Nicht nur was Sex betraf, sondern ganz allgemein, ich hatte keine Ahnung, wie man mit einer Frau umging. Die zehn Minuten mit Vesna auf der Terrasse des Rohbaus in Dubrava konnte ich vergessen, obwohl ich – wenn man Vesnas phantasievolle Improvisation mitzählte – einen kleinen Vorsprung vor meinen Altersgenossen hatte. Jahrelang hatte ich mir Vesnas Bild in Erinnerung gerufen, und es war immer mehr verblasst, und jetzt saß ich also da mit einer lebendigen Frau, noch dazu einer Nutte, und war gelähmt, alle Funktionen versagten, außer der des Gehirns, und das befahl mir, atme, atme Mann, atme ein, atme aus, atme ein, atme aus, und hinter meinem Rücken lag die nackte Nutte, sie begriff, warum ich zögerte, und ich wusste, dass sie es durchschaute, und das machte mich noch fertiger, aber ich unternahm nichts, und sie unternahm auch nichts. Sie lag auf dem Bett (dreh dich um, sagte mein Gehirn), ich hörte, wie sie sich kratzte. Da machte ich in meiner Verzweiflung den einzig guten Zug an diesem Abend – ich kramte eine zusammenphantasierte Variante mit Vesna aus der Vergessenheit. Ich drehte mich so plötzlich um, dass Marika zusammenzuckte, machte alle Lichter an, zog mich aus, kniete mich vor das Bett, umfasste ihre Hüften und zog sie an den Matratzenrand. Vor meinen Augen brach ihre Möse hervor.

Ich hatte so was schon tonnenweise in Zeitschriften gesehen, ich hatte ungefähr ein Drittel von Vesna live vor mir gehabt, aber dieser Anblick ... Alle Ausblicke vom Velebit, vom Risnjak, vom Himalaja und vom Großglockner, die ganze Malerei von Altamira bis hin zu Dali und Picasso, die gesamte Architektur von der Romanik bis zur Sezession, all jene vorantiken, antiken und anderen Plastiken, all das ist ein Welttelefonbuch und das Protokoll eines Philatelistenkongresses und ein Jahrgang der Amtlichen Bekanntmachungen im Vergleich mit der Szene aus dem Hotel Zlaté Píesky im Herbst 75. Ich fühlte mich damals, als hätte ich einen mexikanischen Kaktus verspeist, ihn dann mit einer Flasche Tequila heruntergespült und anschließend einen heiligen Pilz, heiliges Wasser und eine heilige Kuh verschluckt.

Das also ist eine Möse, dachte ich erschauernd.

Mit meinen Fingern berührte ich die geschwollenen dunkelbraunen, beinahe schwarzen Schamlippen, und Marika zuckte und stöhnte schmerzvoll auf. Sie war, wenn man dem Wissen, das ich auf der Straße zusammengetragen hatte, Glauben schenken durfte, heute schon ordentlich durchgefickt worden, sie hatte wohl schon drei Schichten am Stück gearbeitet. Durch den Duft eines Parfums schlug der Geruch nach verdorbenem Fisch. Ich leckte einmal daran. Sie hatte einen säuerlichen, unangenehmen Geschmack, nicht annähernd vergleichbar mit Vesnas, aber sie sah – wie ich schon sagte – großartig aus. Marika stützte sich auf ihre Ellenbogen und sah mich blass an.

Was ist?, fragte ich.

Willst du mich heiraten?, fragte sie in schlechtem Englisch.

Ich schüttelte den Kopf.

Worauf wartest du dann noch, mach schon.

Ich legte mich auf Marika und schob meinen Pimmel in ihre müde Möse. Sie war nicht feucht, keine Spur von Vesnas Feuchtigkeit, die meine Finger kennengelernt hatten. Als würde ich ihn in eine verwaschene Baumwollsocke schieben. Ich habe mal irgendwo gelesen, dass Paviane Weltmeister im schnellen Ejakulieren sind – sie penetrieren zwei, drei Mal und dann spritzen sie ab. Ich übertraf an diesem Abend alle Paviane. Ich schob ihn einmal rein, zog ihn heraus, schob ihn wieder rein – und das war schon alles.

Marika lachte.

So ist's schon besser, sagte sie und wischte mit dem Bettlaken über ihre Oberschenkel. Ich sah ihr wortlos beim Anziehen zu. Als sie fertig war, streckte sie ihre Hand aus und sagte:

Fünfzig.

Fünfzig was?, fragte ich.

Fünfzig Dollar.

Ich griff in meine Reisetasche, holte meinen Geldbeutel heraus …

Nein! Keinen Geldbeutel. Nicht, dass ich ihr kein Geld geben wollte, ich hatte genug, viel mehr, als sie verlangte, aber ich war damals so neben der Spur, dass ich, als ich mich auf Marika legte, stammelte: Vesna, ich werde dich nie verlassen, und als ich zwei Sekunden später gekommen war, war mir, als hörte ich die Stimme von Jane Birkin, und das Zimmer roch plötzlich nach frischen Blättern. Ich zog also – wie ich schon sagte – nicht meinen Geldbeutel aus der Reisetasche, der war im Übrigen sowieso in meiner Jacke, sondern holte ein Glas Vegeta-Gewürz heraus und reichte es Marika. Wir alle hatten dieses verfluchte Vegeta dabei, weil wir gehört hatten, dass die Tschechen und die Slowaken reines Gold dafür zahlten. Sie nahm das Glas, sah es ungläubig an und dann brach sie in hysterisches Lachen aus. Als sie sich wieder beruhigt hatte, ergoss sich ein grimmiger Wortschwall aus ihrem Mund. Ich kann kein Slowakisch, aber ich würde meinen Arsch darauf verwetten, dass Marika mir Folgendes an den Kopf geworfen hat: Du schleimiger Anfängerschwanz glaubst wohl, dass du mich mit deinem beschissenen Vegeta kaufen kannst, das, was ich dir gerade geboten habe, ist eine Trillion Tonnen Vegeta wert, und du hast Glück, dass du so jung bist und dass ich keinen Bock habe, meine Zeit mit dir zu verschwenden, sonst würde ich dir alle Zuhälter von Bratislava auf den Hals hetzen.

Und dann schmiss sie das Vegeta an die Wand und rannte aus dem Zimmer.

Ich blieb beschämt zurück, mit rotem Kopf und glühenden Ohren, meine Wangen, die normalerweise hell und glatt waren – mit mir hatte die Pubertät keine üblen Scherze getrieben –, waren jetzt dunkelviolett, all mein Blut hatte sich dort angestaut. Nackt stand ich mitten im Zimmer, den Tränen nahe, denn ich war mit einer Frau zusammen gewesen, ich hatte meine Unschuld verloren, und das war wunderbar, aber dieses Vegeta war ein schrecklicher Misston in dieser feierlichen Stunde.

Heute kommt mir das alles nur wie eine Episode vor, aber damals fühlte ich mich, als würde man mir die Fingernägel ausreißen und mich häuten – weil ich den Verlust meiner Unschuld mit einem zerschlagenen Glas Gewürzmischung bezahlt hatte.

Ich gestehe hier alles ganz offen, denn wie soll ich sonst mein Verhalten am nächsten Tag erklären, ohne dass ihr mich für einen Idioten haltet, weil ich kreuz und quer durch Bratislava rannte.

Endlich raffte ich mich auf, zog mich an, sammelte die Scherben und das Gewürzpulver vom Boden auf und ging in die Bar hinunter. Herr Kralj saß in einem Ledersessel. Er winkte mir zu, und ich setzte mich neben ihn.

Was ist passiert?, fragte er. Sie ist hier vorbeigerauscht wie der Hellas-Express.

Nichts, sagte ich, sie hat zu viel verlangt.

Das heißt also, du hast gar nicht …

Doch, aber ich habe ihr nicht gegeben, was sie verlangt hat.

Gut gemacht. Ich hatte nicht gelogen, nur die Wahrheit verschwiegen. Und am nächsten Morgen begann mein Marathon durch Bratislava. Auf der Suche nach Marika. Ich hatte nur diesen einen Tag, denn am nächsten Tag fuhren wir schon nach Prag, und im Laufe des Tages ergriff mich mehr und mehr die Panik. Einmal nur blieb ich stehen, vor einem Schaufenster, in dem eine Leica mit Schlangenledertasche ausgestellt war. Die Kamera gefiel mir auf den ersten Blick. Ich ging in den Laden und kaufte sie, als würde ich Zigaretten kaufen; wir kauften dort damals jeden Unsinn aus Übermut, aber die Leica in Schlangenlederdesign war wirklich sehr schön. Und dann ging ich weiter durch die Stadt, immer langsamer, immer müder. Vor einem mährischen Restaurant im Zentrum stieß ich auf Marika. Sie sah mich, holte mit ihrem Täschchen aus, dem gleichen, das sie in der Nacht zuvor fast im Hotelzimmer vergessen hätte, aber ich zog zwei Fünfzig-Dollar-Scheine heraus und reichte sie ihr. Sie setzte ihre Tasche ab, nahm einen der Geldscheine und schob dann meine Hand weg, lächelte und küsste mich auf den Mund (wer sagt, dass Huren einen nicht auf den Mund küssen?). Ich bedeutete ihr, dass ich ein Foto von ihr machen wollte, sie nickte, und ich machte meine erste Aufnahme.

Ein Soldat nahm Marika dann mit, und als sie um die nächste Ecke verschwunden war, wusste ich, dass sie nicht für immer gegangen war, sie war hier, in meinem Fotoapparat, verzaubert in Silber- und Brom-Ionen.

19

Der gelbe Bus hielt quietschend neben der orange gestrichenen Telefonzelle auf dem Deich. Ich stieg aus, streckte mich und sah mich um. Ödnis, soweit der Blick reichte. Nur der Fluss, der Deich und ein tief hängender Himmel. Dann verschwand der Bus, und etwas später klingelte das Telefon. Ich ging in die Telefonzelle und nahm den Hörer ab.

Wer ist denn da?, fragte eine männliche Stimme.

Ich schwieg und versuchte herauszuhören, was eine andere Stimme im Hintergrund sagte, Zoras Stimme.

Legen Sie sofort den Hörer auf, sagte die männliche Stimme und fuhr fort: Eine Streife soll sofort prüfen, wer da an Apparat 91 ist.

Ich legte auf und starrte auf den Stacheldrahtzaun, der sich unendlich über den Deich hinzog. Ich wunderte mich, dass ich ihn nicht sofort bemerkt hatte. Dann nahm ich den Hörer wieder ab und tippte Zoras Nummer. Dieselbe männliche Stimme meldete sich. Ich legte auf, aber man konnte auch weiterhin die Stimme aus dem Lautsprecher des Apparats hören.

Wo bleibt denn die Streife!, brüllte die Stimme.

In diesem Augenblick kamen fünf dicke Jungs in orangefarbenen Uniformen auf mich zu.

Was macht ihr denn hier?, fragte ich sie.

Nichts, antwortete einer von ihnen.

Dann verpisst euch.

In dem Moment flog jemand auf Skiern über den Deich. Mit Leichtigkeit hob ich ab und flog ihm nach. Am anderen Ufer war der Fliegende plötzlich verschwunden, also landete ich auf der Straße zwischen schmutzigen, schäbigen Fassaden armseliger niedriger Häuser, die mit Graffitis beschmiert waren. Niemand war auf der Straße, nur ein Hund mit gelben Augen. Er stand dort, reglos, und starrte mich an.

Du hättest den Hörer nicht abheben sollen, knurrte er.

Da wachte ich auf, schweißgebadet.

Was für eine Erleichterung, Mann. Wenn du kapierst, dass keine kleinen, dicken Kerle in orangefarbenen Uniformen um dich herumstehen, keine sprechenden Hunde und keine hartnäckigen Telefone. Dass du dich immer noch in der Welt der olivgrauen, blauen und Tarnuniformen befindest, in der Hunde nicht sprechen, Menschen nur dann herumfliegen, wenn sie von einer Granate oder einer Autobombe erwischt werden, und du die Telefone einfach zum Schweigen bringen kannst. Mit einem Druck auf die Gabel unterbrichst du die Verbindung, so wie Zora es jedes Mal wortlos tut. Und du bist deshalb böse, natürlich bist du böse, denn es gibt nur wenige Huren, die eine derart erstklassige Nähe zu bieten haben. So wie es auch immer weniger Orte gibt, an denen du gebraucht wirst.

Du kommst zum Beispiel in eine Redaktion, vorausgesetzt du hast dich an allen Pförtnern und Sekretärinnen vorbei durchgeschlagen, und da sagt man dir dann:

Es tut uns leid, wir brauchen keine Klugscheißer, sondern NORMALE Menschen.

Natürlich spielen sie auf deine Nummer mit Lulus Arsch und Kitaibels Schlüsselblume an, und natürlich sind sie gar nicht begeistert, deine Visage zu sehen. Und so geschieht es immer häufiger, dass du mit irgendeinem Jungspund über die Arbeit sprechen musst, dessen Name dir nichts sagt, aber das ist überhaupt nicht wichtig – nicht mehr. Er ist jetzt der Redakteur, sitzt relaxt hinter seinem Tisch, strotzt nur so vor Selbstbewusstsein, und auf der anderen Seite du, der du versuchst kaltblütig zu bleiben und den letzten Rest Würde zu bewahren, der dir noch geblieben ist.

Und was stellst du dir vor, wie wir die Fotos da rausziehen sollen?, fragt dich dieser Lümmel und zeigt angewidert auf deine Nikon F4. Mit einer Zange vielleicht?

Dir wird klar – denn du bist ja kein Banause und hast genügend Hirnwindungen –, dass du jetzt auf der Stelle die Bibel rückwärts rezitieren könntest, ohne dass es einen Einfluss auf das hätte, was jetzt folgt. Denn sie haben dir ja schon gesagt, sie brauchen normale Menschen, und normale Menschen

treiben sich NICHT mit armenischen Prinzessinnen herum

fahren NICHT mit der Straßenbahn zum Psychiater

halluzinieren NICHT, vor allem nicht über Kitaibels Schlüsselblume oder die Degenia velebitica

verwandeln sich NICHT in eine weiße Flamme

und – was am Wichtigsten ist

sie träumen NICHT von Hunden, die sprechen.

Normale Menschen

machen nur, aber wirklich ausschließlich Folgendes:

essen

sich vermehren

zur Arbeit gehen

und Befehle befolgen.

So, und jetzt kannst du dich an den Knigge für Geschäftskommunikation halten und diesem Lümmel sagen: Aber, sehr verehrter Herr Kollege, erlauben Sie mir, Sie darauf hinzuweisen …

Du kannst ihn aber auch zum Teufel schicken. Oder du knallst ihm deine Kamera an den Kopf.

Du kannst auch eine etwas kooperativere Variante wählen, das heißt, dich erniedrigen, was du am Ende ohnehin zähneknirschend tun wirst.

Kein Problem, sagst du zu ihm, ich schaffe mir so eine Scheißdigitalkamera an.

Er sieht dich an, ungeduldig, weil er überhaupt noch Worte über etwas so Offensichtliches verschwenden muss.

Du verstehst nicht, sagt er, nicht der Apparat, DU bist out, DU bist hier die alte Klamotte, deine Zeit ist vorbei.

Ein Hund, sagte Igor, als ich ihm an diesem Morgen zusammen mit dem Kaffee meinen Traum servierte. Was für ein Hund?

So ein ganz gewöhnlicher Hund mit gelben Augen, sagte ich.

Ein gewöhnlicher Hund mit gelben Augen, wiederholte Igor. Das ist kein gutes Zeichen.

Und warum soll dass kein gutes Zeichen sein?, fragte ich. Was ist schlimm an einem Hund mit gelben Augen?

Der Hund ist ein Psychopomp.

Psychopomp?

Ein Begleiter der Seelen in die Unterwelt.

Nie davon gehört, sagte ich.

Er sah mich forschend an, mit seinen verfluchten Gletschereisaugen, als wisse er etwas über mich, wovon ich selbst keine Ahnung habe. Was übrigens leicht möglich ist. Wenn ich ihn mir so ansehe, mit seiner dünnen, beinahe durchscheinenden Haut, die sich über die Gesichtsknochen spannt, und mit diesen Augen … Ich war einmal an den Bergseen, da oben in Slowenien. An einigen dieser achttausend Jahre alten Seen mit spiegelglatter Oberfläche, in denen du nichts erkennst. So sehr ich mich auch bemühte, ich konnte im Wasser nichts sehen, nicht mal die Stängel der Seerosen, die am Ufer blühen. Während ich in dieses schon nicht mehr trübe, sondern dickflüssige Wasser blickte, wurde mir schwindelig. Und dann bekam ich Angst. Und dann Panik. Ich steigerte mich in den Gedanken hinein, dass diese kleinen Seen bodenlos waren, mehr noch, dass es gar keine Seen waren, sondern Abgründe, die etwas hüteten ... die, warum nicht, das Geheimnis der Zeit hüteten. Genauso sahen Igors Augen aus. Und so einer fing dann auch noch an, über Hunde-Totengräber zu labern.

Es ist nicht gut, dass du von einem Hund geträumt hast, sagte er.

Lass mich in Ruhe mit dieser Geschichte, sagte ich.

Auf jeden Fall, sagte er, solltest du das Telefon meiden, zumindest für eine gewisse Zeit.

Von wegen, sagte ich, du solltest für immer meinen Kaffee meiden.

Warum?

Warum? Weil ich das letzte Mal auf dem Eis herumkriechen musste, als du meinen letzten Rest Kaffee ausgetrunken hattest.

Ich trinke doch nicht allein, du trinkst doch mit, sagte Igor.

Ach so?, sagte ich. Hast du je darüber nachgedacht, dass ich nur *eine* Person bin?

Nein, sagte Igor, aber was hat das jetzt damit zu tun?

Was das damit zu tun hat? Na, dass ich offensichtlich ein Lebensmodell für *eine* Person gewählt habe.

Ich hatte nicht den Eindruck, dass Igor sich darum scherte, wie mein Lebensmodell aussah. Seinem Blick nach zu urteilen, war er schon wieder weggetreten, er dachte über andere Dinge nach. Und als er zurückgerudert kam:

Interessant, sagte er.

Was ist interessant?

Das, wovon Menschen träumen.

Na und, sagte ich, alle Menschen träumen.

Ich nicht, sagte er.

Du erinnerst dich nur nicht dran.

Er schüttelte den Kopf.

Ich träume nicht.

Du redest Unsinn, sagte ich.

Ich rede keinen Unsinn, sagte er milde. Wir Verrückten träumen nicht. Wir leben unsere Träume, bei uns ist das der Normalzustand, und darum könntest du mir in Zukunft deine Träume ausleihen.

Dir Träume ausleihen, fragte ich, wie denn?

Erzähl sie mir.

20

Und plötzlich begann mein Stiefvater zu spinnen. Dieser Typ kommt mir immer in den Sinn, wenn sich irgendeine Schweinerei anbahnt. Gut möglich, dass jene Stimme aus dem orangefarbenen Telefonhörer, sie hallt jetzt noch in mir nach, seine Stimme war. Er mischte sich in alles ein, vor allem in Dinge, die ihn nichts angingen. Außerdem guckte dieser gelbäugige Hund genauso wie Pero. Stimmt eigentlich, genau derselbe hinterhältige Blick. Das sieht ihm ähnlich, so ein leicht durchschaubarer Trick, sich zu tarnen, nur um mich in meinen Träumen verfolgen zu können. Dazu kommt, dass Pero auf Spanisch Hund heißt, was nur beweist, wie phantasielos dieser Trick mit dem Hund ist.

Aber gut. In jenem Sommer machte ich meinen Schulabschluss. Ich hatte mich in der Schule nicht um den Siegerpokal geschlagen, aber ich hielt mich im Mittelfeld, mal eine Zwei, mal eine Drei, solider Durchschnitt, ich strengte mich genau so viel an, wie ich gerade musste, keinen Deut mehr.

Habt ihr je geschrien, ohne dass euch einer gehört hat? Ich meine damit nicht, dass ich nach Solidarität verlangte, ich versuche bloß euch klar zu machen, wie das Leben mit meinem Stiefvater aussah. Mit ihm am selben Tisch zu sitzen, nach dem Mittagessen zu hören, wie er mit der Zunge seine Zähne reinigte, oder wie er nachts auf meiner Mutter herumstöhnte. Ich konnte es kaum abwarten, von dort wegzukommen. Ich fragte mich oft, wo meine Alte ihn wohl aufgegabelt hatte und tippte auf die Rubrik Einsame Herzen. Ganz bestimmt war es so gewesen, denn eine andere Chance, sich kennenzulernen, gab es für die beiden nicht. Meine Alte ging nie aus, und er hatte nichts in dem Schreibwarengeschäft am Platz der Republik zu suchen. Weder im Schreibwarengeschäft noch sonst irgendwo auf dieser Welt.

Ich muss an dieser Stelle bemerken, dass das Ausmaß seiner Bedeutungslosigkeit ziemlich bedeutend war. Er war stellvertretender Lagerleiter in der Fabrik Prvomajska, und seit zwanzig Jahren, hey, volle zwanzig Jahre lang, arbeitete er, ohne auch nur eine Sekunde krankgeschrieben gewesen zu sein. Aber das war noch nicht alles. Da waren noch seine Hobbys. Er bastelte Modelle aus Streichhölzern, das Markenzeichen aller Prolls dieser Welt, der Menschen, die allen Ernstes daran glauben, dass sie benachteiligt sind, dass ihr Leben völlig anders aussehen würde, wenn das Schicksal ihnen nur eine höhere Startnummer zugewiesen hätte. Seine Wohnung war voll gestopft mit Triumpbögen, römischen Arenen, venezianischen Gondeln, und sein Wohnzimmer zierte das Meisterstück, der Stolz seiner ganzen Sammlung, ein dämlicher Eiffelturm, über den er so viel quasselte, dass im Vergleich zu seinen Anstrengungen die Leistung von Alexandre Gustav nichtig erschien.

Er beschäftigte sich auch mit Philatelie, mein Stiefvater, oh ja. Stundenlang konnte er über seinem papierenen Schatz hocken, mit stolzer Stimme erzählte er meiner Alten, dass Briefmarken den Horizont erweitern, dass die Philatelie ein wahres Abenteuer sei, eine aufregende Reise in ferne Länder und Regionen. Oh mein Gott, Pero, wie interessant das ist, pflegte sie zu sagen, denn die Mission ihres Lebens bestand darin, Unannehmlichkeiten aus dem Weg zu gehen. Und, nicht zu vergessen, seine Vorräte von allem und jedem. Undenkbar, dass meiner Alten etwa mitten im Gefecht der Vanillezucker ausgegangen wäre. Es konnte auch keine Sicherung durchbrennen, ohne dass Pero nicht schon in der nächsten Sekunde einen Meißel, Schmirgelpapier, eine neue Sicherung, ein Eimerchen mit Maschinenöl, eine Schachtel mit Knöpfen, eine Nadel, einen Fingerhut und ein Wasserkraftwerk herbeizauberte und die Sache schleunigst in Ordnung brachte. Peros Wasserhähne durften zu ihrem Leidwesen nie länger als fünfzehn Sekunden tropfen – tja, was soll ich sonst noch groß über ihn sagen? Auch mich versuchte er in die Zauberwelt der Streichholzkunst und der abenteuerlichen Briefmarken zu entführen, aber bei jedem Versuch stieß er auf einen zutiefst verständnislosen Blick, so dass er am Ende aufgab. Entrüstet über mein Desinteresse an so lebenswichtigen Fragen wie, welche Zündhölzer von höherer Qualität waren, die aus Osijek oder die aus Travnik, stellte er resigniert fest:

Es wird nie etwas aus ihm werden, Marija.

Meine Alte seufzte und hob hilflos die Hände. Und weiter:

Er interessiert sich überhaupt nicht für das Leben.

Meine Alte nickte sorgenvoll.

Und dann:

Es wird böse mit ihm enden.

Meine Alte blickte zu Boden.

An einem denkwürdigen Augustnachmittag begann der Baumeister und Abenteurer zu spinnen, just als ich Vorbereitungen traf, ans Meer zu fahren. Er öffnete die Tür meines Zimmers, einer viel zu warmen Speisekammer die nach Westen raus ging und in der gerade mal Platz für ein Bett, ein Tischchen und einen schmalen Schrank war und für sonst nichts, vor allem nicht für ihn, der sich an diesem Tag allen Ernstes vorgenommen hatte, etliche physikalische Gesetze außer Kraft zu setzen, indem er versuchte in mein Zimmer zu kommen. Ich legte meinen Armeerucksack aufs Bett und drehte das Radio leiser. *Machine Gun* auf Radio Luxemburg quälte sich scheppernd durch mein Zimmer, und alles begann nach Hölle, nach der Luft von Zapruđe, seinem Atem und meiner Laune zu stinken.

Hast du vor, irgendwohin zu fahren?, begann er im Falsett. Ich nickte und stellte mich in die Tür; damit hinderte ich ihn daran, in mein Zimmer zu kommen und herumzuschnüffeln.

Wohin, oder ist das ein Geheimnis?

Seine Stimme zitterte vor Dramatik.

Ans Meer.

So geht das nicht weiter.

Ich wusste nicht, was er meinte, das nicht weitergehen konnte und warum, also sagte ich nichts. Und er fuhr fort:

Du bist seit vier Jahren hier und hast mich noch kein einziges Mal angesprochen, hast mich nichts gefragt, um nichts gebeten, alles machst du auf eigene Faust, blablabla …

Ein undankbarer Mensch, dieser Stiefvater. Andere an seiner Stelle würden sich vor Freude in die Hosen machen, aber er regte sich auf.

Du schweigst, du gibst es also zu.

Was soll ich denn zugeben, dachte ich bei mir, wenn ich nicht weiß, was du von mir willst und wovon du redest.

Du hast dich nicht an der Uni eingeschrieben.

Richtig, endlich hatte er etwas Wahres gesagt. Ich war durch die Aufnahmeprüfung zum Maschinenbaustudium gerasselt, und es tat mir nicht besonders leid. Eigentlich tat es mir überhaupt nicht leid.

Du willst auch nicht, dass ich für dich eine Stelle in der Prvomajska-Fabrik besorge.

Auch das stimmte.

Und außerdem kränkt es mich, dass du dich mir gegenüber benimmst, als wäre ich ein Stück Scheiße.

Es wäre super, wenn du ein Stück Scheiße wärst, dachte ich, aber du bist noch weniger als ein Stück Scheiße, es gibt dich nicht, du existierst nicht.

Ich weiß nicht, wovon Sie reden, sagte ich.

Ich war mit ihm per Sie, damit er sich nicht etwa einbildete, wir hätten ein gutes Verhältnis.

Ich rede davon, dass ich von dir nach alldem nichts weiter verlange als ein wenig Respekt.

Wie meinen Sie das, nach alldem?

Er begann aufzuzählen: Ich gebe dir ein Dach über dem Kopf, ich ernähre dich, ich kleide dich …

Das ging zu weit.

Moment mal, sagte ich, ernähren tut mich meine Alte, kleiden tu ich mich selbst, und die Tatsache, dass ich hier wohne, ist die Folge eines – was mich betrifft – Zusammentreffens unglücklicher Umstände.

Unglücklicher Umstände?

Genau.

Unglücklicher Umstände?

Sein hysterisches Gestammel ging mir langsam auf den Senkel.

Ja, sagte ich, außerdem habe ich ja nie danach verlangt, bei Ihnen zu wohnen. Sie haben darauf bestanden.

Bitte?!

Er tat so, als hätte er keine Ahnung, wovon ich redete, als spräche ich finnisch. Mir wurde es langweilig, ich wollte dieses idiotische Gespräch schnell beenden.

Sie haben richtig gehört. Sie haben sich das doch alles selbst eingebrockt. Nicht ich ficke Ihre Mutter, sondern Sie meine. Dabei sind Sie erwachsen genug um zu wissen, dass das Leben nicht perfekt ist, dass alles seinen Preis hat. Also – in diesem Fall bin ich der Preis, und Sie haben ihn bitteschön zu bezahlen.

Er starrte mich geschockt an, als hätte ich ihm seinen Eiffelturm vor der Nase angezündet. Und dann, was meint ihr wohl, was er dann getan hat?

Er hat mich angespuckt.

Alles wäre in Ordnung gewesen, wenn er mich geschlagen hätte. Ich hätte nicht mal mit der Wimper gezuckt. Ich hätte den

Schlag schweigend ertragen, nicht wegen meiner Alten, nicht um des Friedens willen, sondern weil er, Pero, einfach nicht existierte, sodass sein Schlag mir auch nicht wehtun konnte. Aber nein, er spuckte mich an. Seine Spucke war realer und schmerzhafter als der stärkste Schlag. Das war ein Auswurf von jenseits des schwarzen Loches, eine Provokation, die ich nicht dulden konnte. Ich wischte mir mit meinem Unterarm die Spucke vom Gesicht, ich roch und leckte kurz daran. Sie hatte einen ekelhaften, säuerlichen Geschmack, der mir noch nie zuvor untergekommen war. Er stand da und beobachtete erstaunt meine kleine Darbietung, und dann traf ich ihn. Am Kopf. Das hatte er nicht erwartet. Ich spürte, wie die Haut über dem Auge aufplatzte, das Blut schoss heraus, und mich durchströmte ein heftiges Gefühl – keine Wut, kein Triumph, sondern ein Gefühl, das einem Orgasmus ähnlich war, mein Schwanz wurde steif, der wuchtige Klang von Hendrix' Gitarre senkte sich vom Himmel herab, und er winselte und torkelte, wobei er sein Kinn für den zweiten Schlag freigab, der ihn zu Boden streckte.

Es war ein klassisches K.o.

Zur Vernunft brachte ihn dieser Vorfall jedoch nicht. Man hätte erwartet, dass der Typ nach dieser Aktion klein beigab, aber nein. Sobald er mit Hilfe meiner Alten wieder etwas auf die Beine gekommen war und nachdem sie ihm die Wunden versorgt hatte, faselte er weiter. Offenbar hatte der Schlag irgendein Areal für Unsinn in seinem Hirn aktiviert, denn er begann verschiedene, schwachsinnige Dinge vorzuschlagen: die Bullen zu rufen, mich in ein Erziehungsheim zu stecken, mich auf der Stelle rauszuschmeißen …

Meine Alte wollte nichts davon hören.

Er ist mein Sohn, sagte sie.

Sie sagte das mit fester Stimme und sah ihm direkt in die Augen. Er war geschockt und glotzte sie mit seinem Pflaster über der Augenbraue an. Mir kam das gar nicht komisch vor. Ich wusste, dass stille, zurückgezogene Menschen manchmal heftig explodieren können. Jahrelang stehen sie geduldig Schlange, sie sind freundlich zu den Fernsehgebühreneinziehern, sie sagen: Ja, mein Herr, während die Chefs auf ihnen herumtrampeln, bezahlen schweigend ihre Rechnung in der Metzgerei, obwohl sie wissen, dass der Metzger sie betrogen hat ... Aber dann, ganz unerwartet, platzt etwas in ihnen. Dann klettern sie auf ein Hochhaus und beginnen, mit einem Gewehr auf Passanten zu schießen. Oder sie hängen sich ohne Abschiedsbrief auf oder stürzen in ein Haus, das in Flammen steht, und holen einen querschnittsgelähmten alten Mann und seinen querschnittsgelähmten Hund heraus. Ich habe von solchen Fällen gelesen, sodass ich meine Mutter nur ansah und darüber nachdachte, was es heißt, jemandes Sohn zu sein.

Wir werden es so machen, sagte sie und blickte mich dabei an. Du fährst ans Meer, und ich lasse mir etwas einfallen.

21

Meine Lage war auch weiterhin schlecht, aber die Hoffnung verließ mich nicht, und das brachte mich zur Verzweiflung.

Diese berüchtigte Hoffnung. Ein Asyl für Weicheier. Ein Fieberwahn. Eine Droge für Gutgläubige. Ihr müsst absolut nichts tun, um high zu werden. Lasst euch einfach treiben. Die Hoffnung wirkt nicht, wenn man sich widersetzt.

Es stimmt, dein heutiger Tag ist genauso schrecklich wie der gestern, die reinste Katastrophe, aber morgen …

Das, was war, wird es morgen nicht mehr geben, und es wird dir nicht mehr so vorkommen, wie es dir vorkam, alles wird neu sein unter der Sonne.

Auf die Prediger kannst du pfeifen, das hier klingt besser, oder?

Ich versuche schon lange, von der Hoffnung loszukommen. Aber nicht nur, dass es mir nicht gelingt, sondern dieser Mist wird in letzter Zeit immer übler und übler. Und schon bin ich zusammen mit Tamara und David, laufe zum Königinnenbrunnen – als würde ich mich durch eine Eiswüste schleppen.

Bedauerliche Tatsache ist, dass es eigentlich meine Idee war, von einem Hoffnungsflämmchen genährt, wie man so schön sagt. Dabei hab ich noch Glück gehabt, denn wenn es mich wirklich erwischt, wenn es mich wirklich packt, dann passiert es mir schon mal, dass ich ganz deutlich vor mir sehe, in 3D-Ausführung, mit Klang- und anderen Effekten, wie Tamara auf dem Sofa sitzt, bei mir zu Hause, und Montaigne liest, und sie liest ihn im Original, weil sich ihr Snobismus manchmal von der Kette losreißt, während David auf dem Boden sitzt und mich ruft, damit ich ihm bei einem Lego-Schloss helfe, an dem er gerade baut – und all das zeigt nur, wie tief der Mensch fallen kann, wenn er abhängig wird von der Hoffnung. Ansonsten geht es mir – wie ich schon sagte – unter normalen Bedingungen gar nicht schlecht, ich bin ein ganz gewöhnlicher Trottel aus der Nachbarschaft.

Wir sitzen also auf einer Ausflugsterrasse und trinken Tee. In einer Bergsteigerjacke, mit einer Wollmütze auf dem Kopf, die Wangen rot vor Kälte, ist Tamara schön und sieht glücklich aus. Sie lacht über etwas, das David erzählt. Ich höre sie nicht. Mir gehen andere Dinge durch den Kopf. Straßenbahnschienen, Geldmünzen in der vor Aufregung feuchten Hand, ein Körper im Armeemantel auf einer vereisten Straße, einmal träumte ich von Nabelschnüren, wie sie sich um den Hals

von Menschen legen
und sie in Hunde verwandeln,
dieser Traum verfolgte mich monatelang,
aber ich konnte seinen Sinn nicht ergründen.

David steht vor mir und sagt etwas. Ich starre in die Dampfwolken, die er ausatmet. Sie sehen genauso aus wie die, die Tamara ausatmet. Oder die Menschen an den Nachbartischen. Oder die Hunde da, die sich wie verrückt im Schnee wälzen.

Wo ist der Haken?

David geht zum Terrassengeländer, nimmt Schnee in beide Hände und drückt sein Gesicht hinein. Dann beobachtet er interessiert sein Kunstwerk. Er ist zufrieden, soweit ich das beurteilen kann. Es scheint, als würde er jeden Augenblick genießen. Er kann das noch. Er ist noch nicht der Hoffnung begegnet, und dann höre ich mich plötzlich Tamara fragen, was sie davon hält, mit David wieder zu mir zu ziehen.

Wie bitte?

Sie ist erstaunt, natürlich ist sie erstaunt.

Wir könnten es noch mal versuchen, sage ich.

Du meinst das doch wohl nicht im Ernst.

Der Krampf verrät mich. Tamara hat mir einmal gesagt, in

mein Herz habe sich ein Stückchen Eis gebohrt, genau wie bei dem Jungen aus der *Schneekönigin*. Es sei eine Fehlkonstruktion, mein Herz, sagte sie. Sie hat nicht übertrieben. Gerade regt sich die Eisnadel wieder. Mein Gesicht verzieht sich zu einer hässlichen Grimasse, und Tamara begreift, dass ich keine Scherze mache.

Einmal ist sie auf diesen Trick hereingefallen, glaubte, dass diese Grimasse Liebe bedeutete, aber es war nur ein Krampf, hervorgerufen durch die Angst, dass sie mich abblitzen lassen, sich über meinen Wunsch lustig machen würde. Präziser gesagt, es war Hoffnung.

Und jetzt war Tamara verärgert, denn ihr Ex-Mann versuchte gerade, sie mit dem alten Trick zu verschaukeln.

Hör mal zu, sagte sie, du hast zwei Sekunden Zeit, um dich auf Vordermann zu bringen, sonst …

Und ich brachte mich auf Vordermann.

Auf dem Weg nach Hause stieß ich am Blumenplatz mit Denis zusammen. Denis, von dem man nicht behaupten kann, dass er geht, er greift an. In gebückter Haltung, den Kopf wie ein Raubtier hin- und herbewegend, mit vorgerecktem Kinn und Händen, denen ganz offensichtlich etwas fehlt – ein Sturmgewehr, sagen wir mal ein AK47 – und mit kalten graugrünen Augen, die nach Beute suchen, kam er über den Platz geschritten und stürzte sich auf mich.

Na, wen haben wir denn da …

Er umarmte mich und klopfte mir auf die Schulter, als wäre er glücklich, mich zu sehen.

Grüß dich, Leutnant Štrohal …

Ich war nicht glücklich, ihn zu sehen. Ich war schlecht gelaunt, es quälte mich, dass ich mich vor Tamara verplappert hatte, wir könnten es noch mal versuchen, ach du Scheiße, was war ich nur für ein Idiot.

… ich dachte schon, du seist aus dem Leben desertiert …

… oder schmückst du dich endlich mit einem höheren Dienstgrad …

Tue ich nicht, alter Genosse, aber wir können trotzdem etwas zusammen trinken, wollen wir?

Wir setzten uns ins Café am Anfang der Preradovićeva und bestellten Bier. Damals, als wir uns kennenlernten, war auch Winter, nur dass die Umgebung ein wenig anders aussah. Seitdem haben sich unsere Wege oft gekreuzt.

Hast du das in der Zeitung gelesen, dass wir keine Slawen sein sollen?, fragte Denis.

Wer wir?, fragte ich.

Na wir Kroaten, sagte er.

Das betrifft mich nicht, sagte ich.

Wieso betrifft dich das nicht?

Ich bin Mongole.

Mongole?

Ja. Ich bin mit einem Mongolenfleck auf die Welt gekommen.

Macht nichts, sagte Denis, aber weißt du, was ich denke? Natürlich sind wir Kroaten keine Slawen. Und nicht nur das, Bruder, wir sind nämlich gar nichts. Kroatisch, schnaubte er verächtlich, das ist doch keine Nationalität, das ist eine Diagnose. Schau dir doch an, was wir aus diesem Staat gemacht haben. Einen Zirkus haben wir daraus gemacht.

Ich brummte etwas vor mich hin, das Thema, das er mir aufdrängte, interessierte mich nicht die Bohne. Ich erinnerte mich daran, dass ich vergessen hatte, die verdammten Weihnachtsgeschenke für Tamara und David mitzunehmen, so dass meine Stimmung noch tiefer in den Keller sackte. Ich starrte aus dem Fenster, zwei Personen blieben vor dem Schaufenster des Französischen Kulturinstituts stehen und schauten hinein. Denis begann zu erzählen, was ihm widerfahren war, seit wir uns das letzte Mal gesehen hatten. Immer dieselbe Soldatenscheiße. Wen interessierte das Leben eines Leutnants in Friedenszeiten? Das, was er erzählte, begann mir auf die Nerven zu gehen. Warum war ich bloß über den Blumenplatz gelaufen? Ich wollte nur noch mein Bier trinken und nach Hause gehen.

Letztens war ich in Pakistan, sagte Denis, mit der Friedenstruppe, und jetzt stell dir das mal vor, jede Pfeife, die da hingeht, wird befördert oder bekommt einen Orden. Und was meinst du wohl, habe ich bekommen?

Ich zuckte mit den Schultern. Ich wusste nicht, was er bekommen hatte. Eigentlich ging es mir auch total am Arsch vorbei.

Eine Darminfektion, ich bin fast verreckt, ich Pechvogel!

Was hast du in Pakistan gemacht?, fragte ich. Terroristen gejagt?

Einen Scheißdreck haben wir gejagt, sagte Denis, wir haben nur herumpatrouilliert. Und gekifft. Ist kein übler Ort für normale Menschen, verstehst du, Gras auf Schritt und Tritt, das wächst da am Straßenrand. Und die Leute sind in Ordnung. Sorgen sich um nichts, von wegen der Kohle hinterherlaufen oder irgendwelchen Klamotten oder solchen Sachen. Womit sie geboren werden, damit sterben sie auch, und dazwischen, du weißt schon, da leben sie halt.

Warum, fragte ich ihn, warum bist du dann nicht dageblieben, wenn es dir da so gefällt?

Weil ich nicht normal bin, sagte er bitter. Ich bin eben ein verdammter Soldat.

Ich sagte gar nichts. Was hätte man darauf auch schon sagen sollen. Er war Soldat. Ich war nichts. Der Tag war eine Katastrophe.

Jetzt habe ich eine Beziehung mit der Sekretärin des stellvertretenden Verteidigungsministers, setzte Denis seine Soldatensaga fort. Sie scheint sehr zufrieden zu sein, aber andererseits … Wenn mir das nichts bringt, dann weiß ich auch nicht mehr. Es macht sie schrecklich heiß, wenn ich sie von hinten nagele, vor dem Spiegel, Gott, wenn du das sehen könntest. Ich in Uniform mit allen Abzeichen, Barett auf dem Kopf und Springerstiefeln – ich packe sie an den Hüften und spieße sie auf, und ich sehe die ganze Zeit das Schwert und die Blitze auf meinem Ärmel und den Adler im Wappen. Ey Mann, das Weib geht echt ab, sie schreit, schluchzt, rotiert, und ich werfe zwischendurch so ganz nebenbei die Geschichte von der Beförderung ein, und dass sie vielleicht beim Chef etwas darüber fallen lassen könnte. Alles, alles, alles, sagt die Schlampe, alles tu ich für dich … ach was …

Er winkte ab und ließ seinen Blick auf meinem Gesicht ruhen:

Wo wir gerade dabei sind, weißt du, wer zurzeit beim Militär am leichtesten weiterkommt?

Wer? Die Schwulen?

Die Popen, in jüngster Zeit sind Popen angesagt.

Priester?

Ja.

Blödsinn.

Nicht im geringsten, Mann. Jeder beschissene Pope bekommt, wenn er nur seine Nase in die Kaserne steckt, den Grad eines Obersts oder zumindest eines Majors. Vor ein paar Tagen stürzte einer in mein Büro, ich hatte gerade Dienst, und fragt mich, ob ich Interesse hätte, meinen Seelenfrieden zu finden? Nur zu, sage ich zu ihm, kommen Sie rein, setzen Sie sich, seit Jahren suche ich danach, es ist das Einzige, was mir im Leben noch fehlt. Der Typ setzt sich und beginnt, irgendwas von Einklang und Gemeinschaft mit Gott und ähnlichen Blödsinn zu faseln. Pass mal auf, Alter, sage ich zu ihm, meinen Seelenfrieden stören zurzeit nur die drei fixen Quoten im Wettbüro, wenn du da etwas nachhelfen könntest, dann super, wenn nicht, dann verpiss dich. Okay? Der kann mich mal mit seinem Seelenfrieden.

Er schnaubte wütend und starrte ebenfalls aus dem Fenster. Vielleicht war ja irgendwo da draußen dieser Seelenfrieden oder Gott. Man kann nie sicher sein, solche Dinge verstecken sich an den unwahrscheinlichsten Orten.

Die Nacht legte sich schnell über den Platz. Draußen liefen jetzt junge Leute herum, die Vorhut der Truppen, die später die Stadt erobern würden.

22

In jenem Jahr, in dem ich meinen Stiefvater loswurde, bekam ich einen Onkel. Ich wusste, dass meine Alte einen Bruder hatte, manchmal erwähnte sie ihn, wie übrigens auch ihre Eltern, aber ich hatte nie jemanden von ihnen zu Gesicht bekommen. Sie kamen weder zu uns, noch gingen wir zu ihnen. Überhaupt kam selten jemand zu uns, und wir besuchten auch niemanden, so war es bei uns Usus.

Und nun sollte ich plötzlich meinen Onkel treffen.

In denke, es ist am besten, dass du bei ihm bleibst, bis du auf eigenen Beinen stehst, sagte meine Alte.

Ich fragte mich, wie der Onkel wohl war. Baute er auch Paläste aus Streichhölzern? Konnte er inkontinente Wasserhähne ertragen? Waren die Wände in seiner Wohnung um die Lichtschalter herum schmutzig? Konnte er einen Kaffeefleck auf der Tischdecke sehen ohne auszuticken?

Es ist an der Zeit, dass ich dir noch etwas sage.

Was kam wohl jetzt schon wieder?

Das Geld vom Haus in Dubrava ...

Ja, was ist damit?

Ich habe es auf ein Sparbuch eingezahlt, für eine Wohnung, wenn du anfängst zu arbeiten.

Es war mir völlig egal, was sie mit diesem Geld angestellt hatte. Was mich betraf, hätte sie damit die Wände tapezieren können oder Pero davon hundert Tonnen Streichhölzer kaufen, völlig egal. Geld interessierte mich nicht allzu sehr. Nichts davon, was ich mir wünschte, konnte man für Geld kaufen. Weder damals noch heute. Ich habe lange Zeit Comics gesammelt, damals in Dubrava. Ich besaß ganze Jahrgänge von Tarzan, Eisenkralle, Diabolic, Ironside und anderen, aber eines Tages ertappte ich mich dabei, wie ich vor den Wolkenkratzern aus Comicheften in meinem Zimmer stand und mich fragte, wozu ich das alles brauchte. Sollte es vielleicht eines Nachts, wenn ich schlief über mir zusammenbrechen und mich ersticken? Später zeigte man in der Schule mit dem Finger auf mich, das ist der Schwachkopf, der alle seine Comics verschenkt hat. Seitdem leihe ich mir Bücher in der Bücherei. Musik höre ich im Radio. Filme sehe ich in Kinos. Menschen, die solche Sachen in ihren Regalen horten, tun mir leid.

Gut, sagte ich gleichgültig, und sie blickte mich mit jenem Es-wird-böse-mit-ihm-enden-Blick von Pero an.

Den Onkel hatte ich mir anders vorgestellt. Er war groß, dünn, hatte lange Haare, einen grau melierten Bart und trug einen ausgewaschenen Jeansoverall.

Hm, du bist also dieser Bombenwerfer, sagte er mit einer verrauchten Stimme und beäugte mich neugierig.

Ich senkte meinen Blick. Es war mir unangenehm. Für einen, der nach einer Bleibe suchte, war es nicht unbedingt die beste Empfehlung, dass er seinen früheren Gastgeber k.o. geschlagen hatte.

Nun gut, lachte er, eine eingeschlagene Nase mehr oder weniger, was ist schon dabei, wenn's in der Familie bleibt?

Mein Onkel war Jurist und homosexuell. Das sagte er mir, kurz nachdem meine Alte sich verzogen hatte. Sie hatte in aller Eile ihren Kaffee heruntergeschüttet (Möchtest du einen Kaffee, Schwesterchen, oder etwas Härteres?), dann stand sie da im Flur, und Tränen sammelten sich in ihren Augenwinkeln (Komm, komm, Schwesterchen, es ist doch niemand gestorben), und ich sah an ihr vorbei und fragte mich, ob sie nicht deshalb weinte, weil sie in Peros Wohnung zurückkehren musste.

Du bist vermutlich verwirrt wegen all dem, was passiert ist, sagte mein Onkel, als die Schritte meiner Mutter im Treppenhaus verhallt waren.

Nicht unbedingt, sagte ich. Das heißt, ich habe noch nicht über alles nachgedacht.

Möchtest du auch einen, er zeigte auf eine Flasche, die gefüllt war mit Gräsern und einer grünbraunen Flüssigkeit.

Ja, sagte ich.

Gut, sagte er und goss uns ein. Für den Anfang kann ich dir sagen, dass ich nichts dagegen habe, dass du hier bist. Prost, er hob sein Gläschen.

Prost, sagte ich und trank einen Schluck.

Der kommt von der Insel Brač, er trank seinen auf ex. Und ob wir beide damit glücklich werden oder es bereuen, das werden wir ja sehen, oder?

Das werden wir wohl, sagte ich.

Auf jeden Fall möchte ich dich nicht noch zusätzlich verwirren, und so will ich dir sofort etwas sagen, das du sowieso schnell mitbekommen würdest.

Ich sah ihn an.

Ich bin homosexuell, sagte er.

Er sagte das ohne Unbehagen, ohne Zögern oder Scham, was man angesichts der Situation hätte erwarten können. Er sagte es mit monotoner, gleichgültiger Stimme, als würde er einen Kaffee bestellen oder eine Zeitung kaufen, und beobachtete mich dabei forschend, so wie mich Vesna auf der Decke jenes Hauses in Dubrava beobachtet hatte.

Schon in Ordnung, sagte ich, weil ich nicht wusste, was ich sonst sagen sollte.

Ich war verwirrt, aber nicht weil mein Onkel gesagt hatte, dass er ein Homo sei, sondern einfach aufgrund der Tatsache, dass er es mir gesagt hatte. Mir war klar, dass mein Vater nicht von einer Mülltonne geboren worden war, aber er hatte nie von sich selbst, von seinen Eltern oder so erzählt. Er hatte überhaupt nichts erzählt. Als hätte er keine Vergangenheit, als wäre er von nirgendwo hergekommen, ein Außerirdischer, der auf der Erde aufgeschlagen war und sein Gedächtnis verloren hatte. Auch meine Alte redete nicht viel über sich selbst. Wahrscheinlich weil sie nichts zu sagen hatte. Sie lebte nicht, sie ertrug das Leben. Sie wusste, dass das Leben eine Reise von A nach B war, und sie reiste schweigend, immer auf der Suche nach dem leichtesten Weg, ohne allzu viele Fallen und Überraschungen.

Gut, das hätten wir also geklärt, mein Onkel schien mit meiner Reaktion zufrieden. Und noch etwas, er sah mir auch weiterhin in die Augen.

Ja?

Du wirst hier keinen Vater finden, falls du zufällig einen suchen solltest.

Natürlich nicht, ich bekam einen Lachkrampf, so komisch kam mir dieser Gedanke vor, dass ich herumlaufen und nach einem Vater suchen könnte. Außerdem tat der Schnaps das Seine.

Mein Onkel sah mich an und fragte sich wohl, welcher Teufel jetzt in mich gefahren sei, doch mir war alles egal, ich brüllte vor Lachen.

Hier gibt es keine besonderen Regeln und keine Hausordnung, sagte er, als ich mich endlich beruhigt hatte, nur schlagen darfst du mich nicht.

An dem Tag saßen wir nach dem Mittagessen im Wohnzimmer, tranken Bier und rauchten, jeder in seine eigenen Gedanken versunken.

Das ist eine merkwürdige Welt, Ivan, sagte mein Onkel, der aus seinem Nickerchen aufgeschreckt war.

Auch ich schrak hoch. Es war ganz ungewöhnlich für mich, dass mich jemand mit meinem Vornamen ansprach. So nannte mich nur meine Alte, alle anderen nannten mich bei meinem Nachnamen, Kalda. Ich war ein Mensch, der von seinem Vornamen verlassen worden war.

Dein Großvater, fuhr mein Onkel fort, hat deine Mutter verstoßen, weil sie nicht in der Kirche geheiratet hat, aber mich, einen Schwulen, hat er nicht verstoßen.

Das wusste ich nicht, sagte ich, Mama hat nicht viel von ihm erzählt.

Das glaube ich gerne, sagte er. Für ihn war Homosexualität ein unbegreifliches Verbrechen. Die Bibel ist voller Anweisungen, wie man mit Schwulen verfahren soll, vom Kastrieren bis zum Scheiterhaufen. Und doch, wie ich schon sagte, mich hat der Alte nicht verstoßen. Er hielt mich für eine Missgeburt, einen Fehlgriff Gottes, der nicht aus eigenem Willen so ist, wie er ist. Aber das, was deine Mutter getan hat! Er war der Ansicht, dass sie Gott bewusst den Rücken kehrte, weil sie das siebte Sakrament missachtete, und dass sie Gott damit ins Gesicht spuckte.

Ich weiß nicht, mich haben sie nicht mit Religion und solchen Dingen belästigt, sagte ich. Mir ist das überhaupt nicht wichtig.

Was ist dir wichtig?, fragte er.

Ich dachte ein wenig nach.

Ich weiß es nicht, sagte ich ehrlich.

Mein Onkel lachte.

Du bist okay, sagte er, für dich gibt es noch Hoffnung. Aber für deinen Großvater war es wichtig. Für ihn war deine Mutter gestorben, als sie eine kirchliche Trauung ablehnte. Er war ein Fanatiker, er hatte mehr übrig für den Tod als für das Leben.

Und was ist mit ihm, wo ist er?

Er ist letztes Jahr gestorben.

Und … Oma?, fragte ich zögernd. Es war ungewohnt für mich, eine Frau so zu nennen, die ich überhaupt nicht kannte.

Sie ist schon vor langer Zeit gestorben.

War sie auch eine Fanatikerin?

Sie war seine Frau.

Die ganze Zeit, während wir uns unterhielten, ging mir eine Sache durch den Kopf – meine Alte neigte nicht zu dramatischen Schritten, und doch hatte sie ihre Alten aus ihrem Leben verbannt. Ich sagte das meinem Onkel.

Sie wollte ihrem Vater entfliehen, sagte er. Um jeden Preis.

War Großvater wirklich so übel?, fragte ich.

In dieser Hinsicht schon, sagte mein Onkel und drehte sich eine Zigarette. Er machte Lärm um die kleinste Kleinigkeit. Knielange Röcke, Kaugummi, Lidschatten, solche Dinge waren für ihn Teufelszeug. Von Sex ganz zu schweigen. Nur in einer kirchlichen Ehe, bitte schön, und nur um einen neuen Gottesdiener zu stanzen! Ich glaube, dass er nur zweimal im Leben gevögelt hat. Beim ersten Mal wurde Marija daraus, beim zweiten Mal ich. Aber wenn er etwas öfter geübt hätte, wären Marija und ich vielleicht anders ausgefallen.

Und dann hat sich Mama einem Typen wie meinem Vater an den Hals geworfen, sagte ich. Das scheint mir nicht besonders klug.

Wer sagt denn, dass es klug war, sagte mein Onkel. Aber selbst wenn sie damals an einen Eskimo geraten wäre, umso besser! Sie wollte von Vater weg, je weiter desto besser.

Ja wirklich, wie haben die beiden sich eigentlich kennengelernt?

Keine Ahnung. In der Kirche sicher nicht. Aber nun mal langsam, Menschenskind, hat Marija dir denn nie etwas erzählt?

Nichts, sagte ich.

Dann gönnten wir uns ein Time-out, rauchten und hörten zu, wie das Wasser in den Wänden gluckerte.

Wie war er sonst so?, fragte ich.

Du meinst, dein Vater?

Ja.

Ein gewöhnlicher Taugenichts, so würde ich es nennen.

Wo sind seine Eltern?

Soviel ich weiß, ist er Waise. Er ist im Heim aufgewachsen.

Die Situation war schlimmer als ich dachte.

Schlimmer, besser, egal. Sie war, wie sie war.

23

Schon seit Tagen verließ ich meine Wohnung nicht. Was sollte ich auch draußen? Die durchgefrorenen Huren in der Gaieva aufwärmen?

„Das Biowetter: Im Landesinneren führt ein aufziehender Zyklon zu einer Verschlechterung der Gesamtwetterlage. Wetterfühlige können unter Kopfschmerzen und Nervosität leiden, und auch Rheumatiker müssen eventuell mit Beschwerden rechnen. Herzkranke und Asthmatiker sollten unnötige Anstrengungen vermeiden."

Ach du Scheiße, kein Wort über Neurotiker.

Außerdem hatte mich der Ausflug mit Tamara und David so richtig runtergezogen. Ich dachte danach nur noch an die Vergangenheit, an verpasste Gelegenheiten und falsche Schritte, oder noch schlimmer – an neue Chancen. Und das ist zermürbend, als würde man langsam zu Staub zerbröseln.

Wir können die Sache drehen, wie wir wollen, aber wir sind nichts anderes als alte, schäbige Koffer voller Erinnerungen, die zerfallen, wenn sie irgendwo anecken. Wir zerfallen einfach, und die Erinnerungen zerstreuen sich und verfolgen uns später stunden-, tage-, monatelang.

Jetzt mal echt, was sollte ich denn draußen?

Vergebens Energie verbrauchen?

Alles, was du verbrauchst, musst du ersetzen, und je mehr du verbrauchst, desto mehr brauchst du, das ist eine einfache Schlinge, in der sich sechs Milliarden kopflose Zweibeiner erdrosseln. Und es gibt sowieso immer weniger Gründe dafür, meine Fresse vorzuzeigen. Ein mageres Gesicht voller Falten, die Augen versunken in dunkle Höhlen, gealterte Haut, die kein Melanin mehr produziert, und immer mehr graue Haare im Bart und auf dem Kopf. Neulich habe ich sogar unter meinen Schamhaaren ein graues entdeckt. Eine traurige Szene, muss ich gestehen. All die jungen Frauen, die ich mir vergeblich gewünscht habe, alle meine fatalen und fruchtlosen Lieben, so dachte ich – sind ihre Schamhügel auch grau meliert?

Dort in Dubrava, als das Fernsehen noch schwarz-weiß war und so auch das Leben ... als ich ein verrückter Knirps war, dessen Gefühle das Mädchen aus der Kanarinska-Straße so heftig aufwallen ließ ... hätte man mich auf ein Messgerät für Gefühle angeschlossen, wäre es wohl explodiert. Und auf die Euphorie folgte eine noch schlimmere Phase, unendliche Seligkeit, die mich bis in die Haarspitzen durchströmte, und mich tagelang wie einen erleuchteten Heiligen über den Wolken schweben ließ, überzeugt, dass dieses Gefühl dauern, dauern, dauern würde …

Die kleinste Zeiteinheit war für mich die Ewigkeit.

Aber dann, eines Tages, sah ich sie mit einem Typen auf der Straße, sie hielten sich an den Händen. Und meine Gefühle bekamen einen epileptischen Anfall. Wovon man oberflächlich nichts bemerkte. Die Haut war glatt, das Gesicht ruhig, die Hände auch, aber innerlich kochte alles, schäumte, stürzte ein, zerbarst und heulte, und meine Stimmbänder hätten einen Schrei produzieren können, der die Galaxie zerrissen hätte, aber

Aber von wegen
du musst still sein
weil der Alte schläft
oder gerade einen Royal Flush ablegt
oder im Theatercafé trinkt
(egal wo er ist – er wird sicher deinen Schrei hören
und das wird ihm nicht gefallen)
und die Alte
setzt ihre besorgte Visage auf
von der du das Kotzen kriegst
und deshalb sei still
verschließe alle Aus- und Durchgänge
damit deine Schlappe nicht in die Freiheit gelangt
damit deine Wut in dir stirbt
vor Hunger

Es klingelte an der Tür.

Nein Igor, heute nicht. Heute will ich meinen Kaffee und meine Zeit nicht an dich verschwenden.

Ich werde mir Kaffee kochen, jetzt habe ich welchen im Haus, letztens habe ich fünf große Dosen Instantkaffee gekauft, und ich werde mir einen Zigarillo anzünden.

Ich werde rauchen und lesen. Ich werde *Rhapsodie der Nacht* lesen.

Das ist ein Buch übers Rückwärtsfliegen, über Schatten im Dunkel und lauter solche Dinge. Da steht auch etwas über deine Augen drin, Igor.

Hier, hör mal, „… hat sich nie dieser ausdruckslose Blick in dich gebohrt, dieser Blick der Ewigkeit, wenn du den Eindruck hast, dass dich der Vogel, anstatt sich direkt auf dich zu konzentrieren, hartnäckig mit seinem starrenden Blick durchbohrt, als wärest du durchsichtig, als könnte er deine Seele sehen, den Schatten hinter dir, als würde er mit deinem Doppelgänger kommunizieren, sich auf eine mystische Vereinigung vorbereitend, auf einen Flug in die Unsterblichkeit oder darauf, die Augen deines Schutzengels auszupicken und aufzufressen?"

Das sind deine Augen, Igor. Du hast die Augen eines Vogels. Ich kriege eine Gänsehaut, wenn du mich ansiehst. Ich kann mir dein Geschwafel anhören, kein Problem, aber ich werde dir nicht erlauben, mir in die Seele zu spähen …!

Es tut mir leid, heute auf gar keinen Fall, ein andermal, wenn ich mich besser gewappnet fühle als jetzt. Lieber werde ich – wie ich schon sagte – rauchen und *Rhapsodie der Nacht* lesen. Heute ist ein guter Tag für dieses Buch.

Ich habe es von dem Mann bekommen, der auf der Weißen

Straße aufgeblüht war. Ich sage aufgeblüht, weil dieser Begriff sich gut in die Reihe Lipa – Orašac – Bistrica – Potočani einreiht. Was für unschuldige Namen für Dörfer an der Weißen Straße, der Bergroute nach Mittelbosnien.

Die offizielle Version lautete: verschwunden.

Und verschwunden war er folgendermaßen: Uniformierte hatten ihn angehalten, beiseite genommen, ihm eine Kalaschnikowsalve in den Kopf geschossen und ihn in den Straßengraben geworfen. Standardverfahren zum Verschwindenlassen im letzten Jahrzehnt des zwanzigsten Jahrhunderts auf dem Balkan.

Er hieß Tim Harring und war Fotograf.

Ich hatte ihn im Winter 91 kennen gelernt. Mal ehrlich, erinnert ihr euch noch an diesen Winter?

Einmal stellte ich Doktor Galin diese Frage. Wir unterhielten uns über meine Arbeit, der gute Doktor kapierte sogar einigermaßen, warum ich Lulu und die anderen Sternchen nicht fotografieren will, aber es war ihm überhaupt nicht klar, warum ich so gerne Schlüsselblumen, Degenien und andere Pflanzen fotografieren wollte. Und dann fragte ich ihn, ob er sich an diesen Winter erinnerte.

Warum fragen Sie mich das?, erwiderte er mit einer Gegenfrage.

Das klassische Beispiel eines Psychiaters, wenn ihr es noch nicht begriffen haben solltet. Er will keine Fragen beantworten. Und wenn man ihn etwas heftiger unter Druck setzt, stellt er sich dumm.

Ich frage Sie das deshalb, weil ich damals ausgezeichnet von Ihrem Hunger gelebt habe.

Ich habe keine Ahnung, wovon Sie reden, sagte er.

Ich erkläre es Ihnen. Ich spreche über den Hunger nach Unglück, sagte ich.

Natürlich gab er nichts zu, so wie ihr es auch nicht zugeben werdet. Und dabei wart ihr so süchtig danach. Egal ob zerfetzt, verwundet, verbrannt, vermint, verprügelt, gebrochen, vergewaltigt – Hauptsache scharf und in Farbe. Tausende von Fotografen rannten herum, auf der Suche nach Fotos, die euch erschüttern würden. Zu eurem Glück, um euer Leben wertvoller zu machen, dadurch dass mal wieder jemand anders und nicht ihr vergewaltigt, gebrochen, verprügelt, zerstückelt, durchlöchert, zerstört wurde. Weil ihr spürtet, dass die Granate, die den Mann auf dem Foto in Stücke gerissen hatte, eigentlich euch verfehlt hat. An dem Tag damals hatte ich kein besonderes Glück. Einige Soldaten posierten für mich vor einer ausgebrannten Tankstelle in Vinkovci. Ich fotografierte auch eine Frau mit amputiertem Bein vor einer von Granantensplittern zerstörten Fassade, aber all das war Kinderkram, schon gesehener Kinderkram. Deshalb setzte ich mich ins Auto und fuhr hierhin und dorthin, auf der verzweifelten Suche nach etwas Heftigerem, nach etwas, was sich bei euch ins Gehirn brennen würde.

Ich fuhr langsam, mit heruntergekurbelten Fensterscheiben, horchend – so pflegte man in diesen Tagen Auto zu fahren –, als mir ein Typ vor den Kühler sprang. Ein kampfbereiter Typ in einer ostdeutschen Winteruniform ohne Abzeichen. Ein Typ, der – so würde sich herausstellen – überhaupt kein Gespür für eure Wünsche und Bedürfnisse hatte. Er stürzte von irgendwoher auf die Straße, begann wild herumzufuchteln und zeigte dabei in die Richtung, aus der ich gerade gekommen war.

Hey du! Fahr zurück!

In der Hand hielt er eine Kalaschnikow.

Fotograf, sagte ich und zeigte ihm meinen Presseausweis.

Es interessiert mich einen Scheißdreck, wer du bist! Selbst wenn du der Papst wärst! Zurück!

Endlich bekam er seine fünf Minuten. Er hatte tagelang in einem Keller gehockt, unter Granatbeschuss, verschreckt und übermüdet, in Erwartung eines Infanterieangriffes, nervös, und jetzt hatte er offensichtlich die Schnauze voll und ließ es an mir aus. Ich hatte ihm nichts getan, wir kannten uns überhaupt nicht. Und trotzdem brüllte er mich an.

Im Grunde konnte ich ihn verstehen. Außer diversen Unannehmlichkeiten und Scheißsituationen gab es dort nichts Interessantes. Nichts, was ihn von der Angst ums eigene Leben abgelenkt, ihn aufgemuntert hätte. Es gibt an solchen Orten kein Gefühl der Zufriedenheit oder des Glücks. Man könnte vielleicht Spuren davon finden, verdichtet in einer Zigarette, in einer Flasche, in kurzen Momenten des Schlafs. Deshalb hatte ich nicht die geringste Lust, mit ihm zu diskutieren. Er hätte mich problemlos hier, mitten auf der Straße, verprügeln oder auch gleich niedermachen können. In diesen Tagen pfiffen viele Kugeln durch die Gegend, und niemand hätte überflüssige Fragen nach einem Fotografen gestellt. Selbst schuld, keiner hat ihn gerufen, versteht ihr?

Ich wendete also wortlos und fuhr zurück, aber dann hörte ich ihn wieder.

Warte! Warte, verflucht!

Ich gehorchte wohl oder übel.

Er rannte in ein Haus. Einen Augenblick später kam er mit einem Zivilisten wieder heraus.

Nimm ihn mit, sagte er.

Der Zivilist zuckte mit den Schultern, warf seinen Rücksack auf den Rücksitz und zwängte sich in mein Auto, als würde er ein Taxi besteigen. Als beträfe ihn dieser ganze Aufruhr nicht.

Tim, er reichte mir die Hand.

Aber ich bin schon wieder abgedriftet, und das ist nicht gut, weil es Tim nicht mehr gibt, so wie es das Kino Partisan nicht mehr gibt, aber es nutzt nichts zu jammern. Oder sind wir vielleicht mittlerweile verdammte Heulsusen geworden?

24

Ich war also achtzehn, und meine Situation war folgende: Meine Alte, hatte sich von ihrem Vater – einem religiösen Fanatiker – abgesetzt und sich an einen Zocker geklemmt, der dann seinerseits abgehauen war, dann hatte sie sich an einen stellvertretenden Lagerleiter gehängt, den ich k.o. geschlagen habe – und jetzt war ich bei meinem schwulen Onkel gelandet.

Achtzehn Jahre! Viele haben in dem Alter schon einiges erreicht. Clay alias Ali war mit achtzehn Olympiasieger im Halbschwergewicht. Oder noch besser: Boris Becker hatte schon mit siebzehn Wimbledon erobert. Rimbaud hörte mit zwanzig auf zu schreiben und zog nach Afrika, weiter will ich gar nicht erzählen. Und ich?

Ich hatte noch nichts wirklich begonnen. Ich trieb mich nur lustlos an der Startlinie herum. Allerdings war das immer noch besser, als das, was Marijan erreicht hatte, unser Nachbar aus Dubrava, der mit neunzehn zwei Jahre wegen Raubes aufgebrummt bekam. Oder Surla. Der hatte mehr als drei Jahre wegen Einbrüchen bekommen. Surla und Marijan waren unsere Helden gewesen, auf dieselbe Art wie Clay, Pelé oder Diabolic, nur dass diese beiden real waren. Wir sahen sie auf der Straße, vor dem Kino Brüderlichkeit oder auf der Terrasse vom Drei Eichen. Sie redeten und lachten, als gehöre die ganze Welt ihnen allein, und jeder Knirps war glücklich, wenn einer von den beiden ihn um einen kleinen Gefallen bat: Geh mir mal Zigaretten holen oder: Bring das zu meiner Alten. Mir klopfte Marijan einmal auf die Schulter, du bist in Ordnung, sagte er, und ich zog das T-Shirt den ganzen Sommer über nicht mehr aus.

Für einen Jungen aus Dubrava, der noch dazu einige Jahre im Heim eines Streichholzkünstlers verbracht hatte, war die Wohnung meines Onkels in der Teslina-Straße ein wenig prätentiös. Hohe Stuckdecken, Mosaikparkett und schwarz-weiße Fliesen, Bücherschränke aus Feigen- und Olivenholz, ein Palisandersekretär, bemalte Kommoden, ein schmiedeeisernes Kaffeetischchen mit Marmorplatte, ein Arbeitstisch, filigran wie Spinnweben, Tischlampen mit Schirmen aus Porzellan oder Glas … Solche Orte erwecken Paranoia. Du hast ständig das Gefühl, dass du etwas zerschlagen und damit einen unersetzbaren Schaden für den Besitzer und das Weltkulturerbe verursachen könntest. Oder dass du eines Morgens aufwachst und Touristen erblickst, die dich anglotzen, während der Fremdenführer ihnen gerade erklärt: „Das Plakat, dass Sie hier über dem Bett sehen, ist ein Plakat von Buthaud für den Salon des Verbandes der Kunstdekorateure aus dem Jahr 1931, und die Uhr dort aus blauem Glas …“

Die reinste Paranoia, sage ich euch. Du ertappst dich dabei, wie du immer häufiger über die Menschen nachdenkst, die einst hier gelebt haben. Sie trugen Zylinder, fuhren mit der Pferdestraßenbahn, besuchten die Nutten in der Tkalčićeva und verkehrten an Orten, die in alten Büchern erwähnt werden, zum Beispiel in der Ungarischen Krone oder im Club-Cabaret. Sie schliefen im selben Zimmer, in dem du heute schläfst, wuschen sich in dem Badezimmer, in dem du dich heute wäschst, schauten aus dem Fenster, aus dem du schaust, sie aßen hier, lasen Zeitung, träumten, fickten, und dann sind sie verschwunden und hinterließen den Geruch von Feuchtigkeit, Schimmel und Rauch.

Ich fühlte, dass ich mich im Netz der Leben jener, die vor mir hier gelebt hatten, verhedderte. Dass ich unter ihren Krankheiten und Albträumen erstickte. Und das – ich glaube, das brauche ich nicht extra zu betonen – gefiel mir nicht.

In Dubrava besuchte uns nie jemand, das habe ich schon erwähnt. Genauso war es auch in Zapruđe, die Wohnung meines Stiefvaters war voll von fiesen gelben Ameisen, die mit den Stahlbetonplatten aus Russland eingeschleppt worden waren. Russische Ameisen, einheimische Fliegen, Mücken, Kakerlaken, Spinnen und Milben, Pero, meine Alte und ich, das waren so ungefähr alle Lebewesen, die in dieser Wohnung verkehrten. Auf jeden Fall kamen keine Menschen dorthin.

Bei meinem Onkel herrschte dagegen reger Verkehr. Ständig kam jemand. Meist war es eine papageienhaft-geschwätzige und laute Gesellschaft, die sich zum Herumalbern und Picheln versammelte – Tunten und Spaßvögel. Einmal jedoch schlichen sich drei Typen in die Wohnung, denen ich sofort ansah, dass sie nicht zur Standardtruppe gehörten, das heißt zu den Tunten und Spaßvögeln. Diese drei waren vom Typ eher ernst. Aufgebläht, konspirativernst, wenn ihr versteht, was ich meine. Wie die Illegalen aus den Partisanenfilmen. Es war ihnen gar nicht recht, dass sie mich hier antrafen, aber dann sagte mein Onkel, dass ich in Ordnung beziehungsweise dass ich sein Neffe sei. Das beruhigte sie. Den ganzen Nachmittag über saßen sie im Wohnzimmer und redeten miteinander. Sie redeten leise, aber bisweilen hoben sie die Stimmen, und einzelne Wortfetzen drangen an mein Ohr:

… saugen Kroatien aus wie Vampire … 75 % der Produktion geht dorthin … die rote Pest … eine türkische Provinzstadt … gefangen, unterjocht, unzufrieden … Bewegung zur Zerschlagung … mit Freund und Feind … auf dem historischen Territorium …

Das, was ich verstand, ergab nicht viel Sinn. Ich fragte mich, wer diese verbitterten Menschen waren? Und warum waren sie so verbittert? Was hatte mein Onkel mit ihnen zu tun?

Es stellte sich heraus, dass es alte Bekannte waren. Einer war sogar ein entfernter Verwandter, ein Vetter oder so etwas, und alle drei waren beim Maspok.

Das sollten Maspok-Leute sein?!

Das sollten die Helden sein, die ich mir als Kind in Dubrava vorgestellt hatte? Die wie Gavroche auf die Barrikaden gingen, wie Indianer kämpften. Gefährlich wie die Jungs aus dem Drei Eichen.

Sie sahen gar nicht so aus. Ganz im Gegenteil. Sie sahen aus wie Gemeindeschreiber, ihre Augen blickten todernst, leblos, und sie redeten bedeutungsloses Zeug. Noch schlimmer, sie sahen zwar aus wie Menschen, äußerlich betrachtet, aber innerlich waren sie leer und tot. So nahm ich sie zumindest wahr, und das sagte ich meinem Onkel.

Du solltest nicht so reden, sagte er, sie haben viel durchgemacht.

Ich fragte ihn, warum.

Sie waren im Gefängnis, sagte er.

Warum waren sie im Gefängnis, fragte ich, haben sie jemanden umgebracht oder Kohle mitgehen lassen?

Hast du wirklich keine Ahnung, worum es damals ging?, fragte mich mein Onkel.

Ich schüttelte den Kopf.

Kurz gesagt, erklärte er, sie haben Veränderungen in Kroatien gefordert, mehr Freiheit und solche Dinge.

Wieso, was fehlt uns denn?, fragte ich und begriff immer noch nicht, wo das Problem lag.

Mein Onkel seufzte.

Tja, zum Beispiel können wir nicht frei sagen, was wir denken.

Was für ein Unsinn, dachte ich, jeder kann doch labern, was ihm in den Sinn kommt. Aber ich sagte nichts. Dieses Thema interessierte mich nicht, es war kein Gespräch wert.

Wenn ich heute darüber nachdenke, ist die Sache eigentlich sehr einfach. Diese Typen und ich, wir blickten durch verschiedene Augen nach draußen, wir hatten unsere Augen unterschiedlich eingestellt und sahen etwas anderes. Wo ich eine Frau sah, sahen sie eine Kroatin. Ich sah Titten zum Angrabschen und Küssen, und sie die Brust einer stillenden Mutter. Und so weiter. Außerdem hatten sie eine Weile durch Gitterstäbe geguckt und ich durch die Schaufenster vom Turist und ähnlichen Orten. Und auch das ergab eine andere Perspektive. Ihnen ging es um die Freiheit des Laberns, und sie versuchten sie zu erreichen. Mir ging es um Mädchen, also bemühte ich mich in diese Richtung. Jeder hat eben seine Prioritäten.

Vesna, Carla, Marika und Dubravka, ein Mädchen mit Afrolook aus der Textilschule, die ich monatelang im Matchball mit Gin Tonic abfüllte, ohne dass ich auch nur einen Millimeter weiterkam als bis zu ihren kleinen Titten in der Umkleidekabine der Schulsporthalle – das waren die vier schmächtigen Kerben auf meiner Strichliste in Sachen Liebe. Dabei war ich schon achtzehn. In diesem Jahr hatte ich mich nicht an der Uni eingeschrieben, ich glaube, das habe ich schon erwähnt. Ich verbrachte meine Tage mit Herumstreunen oder in der Bücherei am Blumenplatz, wo ich wahllos Bücher auslieh und den ganzen Tag las. So las ich auch ein Buch über das Sargassomeer, mit Legenden von Algen, die Segelschiffe festsetzten, auf denen dann die Seeleute in Agonie umkamen. Irgendwie schien es mir, dass all diese Häuser gefesselte Segelschiffe waren, auf denen Menschen in Agonie krepierten – das war es, was ich eigentlich sagen wollte, als ich vorhin erzählte, wie ich mich in der Wohnung meines Onkels fühlte.

Meine Alte kam einmal im Monat vorbei. Zuerst erledigte sie den offiziellen Teil. Ein Umschlag mit Geld für meinen Onkel und Geld ohne Umschlag für mich.

Ich brauche das nicht, sagte ich jedes Mal.

Nur damit du etwas hast, pflegte sie zu sagen.

Und dann saßen wir da und tranken Kaffee. Wir unterhielten uns nicht viel. Es gab nichts zu sagen.

Wie geht es dir?

Gut.

Dir tut nichts weh?

Nein.

Wie geht es Josip? (diese Frage stellte sie, wenn mein Onkel nicht zu Hause war.)

Es geht ihm gut.

Brauchst du irgendwas?

Nein.

Willst du dich nächstes Jahr an der Uni einschreiben?

Ich weiß es nicht.

Für welches Fach denn?

Ich weiß es nicht.

Und lauter solche Dinge. Dann stand sie plötzlich auf, schnappte sich ihre Tasche, drückte mir verkrampft nicht etwa die Hand, sondern die Finger, sah mir in die Augen und ging.

Dann wurde der Tag angenehmer. Der Wasserhahn in der Küche begann wieder zu tropfen. Die Autos begannen wieder zu hupen. Das Leben hatte wieder irgendeinen Sinn.

25

Und dann hörte Igor auf, mich zu terrorisieren. Er lauerte mir nicht mehr im Treppenhaus auf, klingelte nicht mehr an meiner Tür, trank nicht mehr meinen Kaffee. Er war von der Bildfläche verschwunden. Wahrscheinlich hat man ihn zurück ins Irrenhaus gebracht, dachte ich. Oder an einen vergleichbaren Ort, wo man ihm seine kristallenen Augen ein wenig trübte.

Wie auch immer, der Winter ging vorbei. Es gab viele trübe Tage, kalten Wind, eisigen Regen, aber auch den einen oder anderen guten Moment. Zum Beispiel als ich angerufen und nach irgendeiner Gesichtscreme oder so gefragt wurde und antwortete, dass ich dieses Produkt nicht kenne, aber dass ich gerade darüber nachdachte, mir so etwas zuzulegen, worauf mir die Stimme am Telefon die Eigenschaften der Creme schilderte und ihre Vorzüge im Vergleich zu Konkurrenzprodukten. Wir unterhielten uns ganz nett, offen, herzlich, ohne irgendwelche Hintergedanken. Und obwohl ich am Ende vom Kauf absah, hatte ich nicht das Gefühl, dass mir hier etwas erzählt worden war, was mich nichts anging. Im Unterschied zu dem, was in den Zeitungen stand, die ich genau aus diesem Grund nicht mehr las. Eigentlich wurde dort nur noch über Dinge berichtet, die mich überhaupt nichts angingen. Die Zeiten, wo es anderen gelang zu erraten, was ich fühle, sind längst vorbei. Kennst du das, dass du etwas fühlst, was du nicht benennen kannst? Und dann liest du irgendwo etwas darüber oder hörst in der Straßenbahn jemanden darüber reden, und das deckt sich dann so perfekt mit dem Gefühl in deinem Schädel und auf deiner Haut, es passt wie angegossen, so dass du denkst: Teufel noch mal, wie wahr das doch ist.

Ansonsten pflegte ich morgens aufzustehen, Kaffee zu trinken, zu rauchen, zu husten und aus dem Fenster zu blicken. Die Sonne hatte sich irgendwo im All aufgelöst. Die Bäume waren mit Reif bedeckt. Aus dem tief hängenden bleigrauen Himmel nieselte Ruß.

Und doch – draußen spielte sich das Leben ab. Es gab da allerlei interessante Szenen. Zum Beispiel: Ein weißhaariger Mann läuft über den Parkplatz. Um seine Beine wuselt ein großköpfiger Terrier mit einem Schwanz wie eine Antenne. Eine Frau im braunen Mantel wirft Zeitungen in den Papiercontainer. Ein Mann in einer knallroten Skijacke kratzt Eis von seiner Autoscheibe. Die Kinder aus dem Kindergarten marschieren in Zweierreihe über den Bürgersteig. Es scheint ihnen gut zu gehen. Sie lachen. Sie können ja nicht ahnen, was sie hinter der nächsten Ecke erwartet.

Aber ich habe nicht nur müßig aus dem Fenster gestarrt. Eines Tages klingelte das Telefon. Es war Tamara.

Wie geht es dir?, fragte sie.

Gut, sagte ich.

Was machst du so?

Ich habe da noch ein paar Geschenke für euch.

Was für Geschenke?

Weihnachtsgeschenke, ich vergesse sie ständig, sagte ich und verschwieg, dass ich Adams Geschenk inzwischen ausgetrunken hatte.

Aber Weihnachten ist doch längst vorbei, sagte Tamara.

Ist doch egal, es sind zeitlose Geschenke.

In der Zwischenzeit hatte ich mich bei Doktor Galin abgemeldet. Ich konnte ihn nicht mehr bezahlen. Und außerdem hatte ich die Nase gestrichen voll von ihm. Von ihm und von seinem neunmalklugen Gesicht. Ursprünglich hatte Tamara ihn mir empfohlen, das würde mich wieder auf Vordermann bringen, hatte sie gesagt, mir helfen, dass ich mich besser fühlte. Aber ich fühlte mich nicht besser. Nur meine Kohle schmolz dahin.

Ich rief ihn an und sagte ihm, dass ich für eine gewisse Zeit nicht mehr kommen würde, weil ich wichtige Dinge zu tun hätte, Jobs und so.

Was Sie nicht sagen, sagte er.

Ich werde mich wieder bei Ihnen melden, wenn ich das erledigt habe.

Natürlich.

Seine Stimme klang spöttisch. Das Arschloch hatte mich durchschaut, er wusste genau, dass ich pleite war. Doch das war mir egal. Hauptsache, ich war auf dem richtigen Weg.

Ich bin jetzt auf dem richtigen Weg, sagte ich und legte auf.

Ein paar Tage später klingelte nochmals das Telefon. Ich ging nicht dran.

Eines Morgens stand ich auf und spürte, wie mein Herz wild gegen die Rippen schlug. Meine Haut brannte, ich schwitzte und zitterte, und auch meine Beine gehorchten mir nicht unbedingt. Und ich erstickte vor Husten und Schleim. Ich ging ins Badezimmer und spuckte ins Waschbecken. Die schleimige seidengelbe Spucke war durchwoben von roten Äderchen und Flecken. Mein Hals ist im Arsch, dachte ich, von diesen verfluchten Zigaretten. Ich muss das wohl etwas einschränken, mehr auf mich achten. Ich putzte mir die Zähne, wusch mich und ging in die Küche. Hunger, plötzlich verspürte ich schrecklichen Hunger. Alles in mir brüllte vor Hunger, jeder Knochen, jeder Muskel, jeder Tropfen Blut. Ich durchforstete den Kühlschrank, die Regale und Küchenschränke, aber fand nichts Essbares. Ich konnte mich nicht daran erinnern, wann ich das letzte Mal etwas gegessen hatte.

Die Verkäuferin im Minimarkt legte die Zeitung auf den Tresen und sah mich an. Ihre Wangen waren gesprenkelt mit roten Flecken. Sie hatte kurze, stumpfe Finger und abgekaute Nägel.

Ich hatte mich nicht unter Kontrolle, mein Herz schlug wie wild, meine Hände zitterten. Zu allem Überfluss atmete ich auch noch schwer.

Geht es Ihnen gut?, fragte sie.

Natürlich nicht, röchelte ich unfreundlich und begann zu diktieren:

Zehn Tüten Makkaroni, eine Tube Senf, ein Glas saure Gurken, zwei Gläschen Kapern, fünf Tütchen Mandeln, drei Tafeln dunkle Schokolade, drei Dosen Tomaten, drei Dosen Frühstücksfleisch und eine große Packung Multivitaminsaft.

Sie nahm die Sachen von den Regalbrettern und schnaubte beleidigt. Mein Herz hatte sich inzwischen beruhigt, und ich atmete wieder normal.

Was steht in der Zeitung, fragte ich versöhnlich, da ich meinen Ton von vorhin nun bereute, kommt der Frühling überhaupt noch?

Sicher kommt er, sagte sie trocken.

Sieht nicht so aus.

Aber der Frühling kam dann doch irgendwie. Zur selben Zeit begann mir Igor zu fehlen.

Irgendwann einmal, als ich abends nach Hause zurückgekommen war, hatte mein Onkel im Wohnzimmer auf dem Boden gelegen. Nackt, mit angezogenen Knien, hielt er sich mit einer Hand den Bauch, die andere streckte er seinem damaligen Freund entgegen, der breitbeinig über ihm stand. Keiner von beiden hatte bemerkt, dass ich ins Zimmer gekommen war. Mein Onkel zitterte wie ein Pinscher, der einen Nervenzusammenbruch erlitten hat, in seinem Schnurbart mischten sich Blut und Rotz, und der andere sagte immer wieder zu ihm: Das hast du doch gewollt, das hast du doch gewollt.

Über meinen Onkel konnte man alles Mögliche behaupten, aber sicher nicht, dass er scharf darauf war, geschlagen zu werden. Ich schnappte mir eine Flasche vom Tisch, diese Clique trank immer irgendwelchen guten Wein, machte einen Schritt auf den schwulen Gewalttäter zu, verlagerte mein Gewicht auf das andere Bein, ich hatte vor, ihn anzusprechen, damit er sich umdrehte, und ihm dann seine Visage zu polieren. Aber in dem Augenblick wandte mein Onkel mir seinen Blick zu und schüttelte stumm den Kopf. Der Typ drehte sich ohne Eile um, maß mich mit seinem Blick und sagte, das hier geht dich überhaupt nichts an. Ich hielt weiterhin den Flaschenhals fest in der Hand, sah zu meinem Onkel, doch der schüttelte nur den Kopf. Alles ist in Ordnung, sagte er, geh in dein Zimmer.

In den Augen meines Onkels hatte ich Sanftmut und Vergebung gesehen. Ich war Zeuge eines Wunders geworden – der zusammengeschlagene Schwule hatte sich in Jesus verwandelt und litt nun für alle Opfer der Gewalt. Und vergab gleichzeitig dem Gewalttäter. Obwohl der Typ nicht mehr zu uns kam und mein Onkel ihn nie mehr erwähnte, glaube ich, dass er ihm fehlte. So wie mir nun Igor fehlte.

Heute Morgen bin ich richtig kribbelig geworden. Ich lief in meiner Wohnung im Kreis herum. Ich öffnete den Kleiderschrank und suchte etwas, ohne genau zu wissen was. Ich wechselte den Radiosender, holte die alte Nikon aus der Tasche und knipste ins Leere. Ich starrte auf das Telefon. Der Kaffee schmeckte mir nicht. Auch die Zigaretten nicht. Ich hustete ständig. Ich hustete auch, wenn ich nicht rauchte. Eine Zeit lang spähte ich durch den Spion. Die Aufzüge fuhren hoch und runter. Wenn das Licht im Treppenhaus anging, sah ich die Tür von Igors Wohnung. Dann konnte ich es nicht mehr aushalten, ich ging raus und klingelte. Igor war noch im Schlafanzug.

Ey hallo, grüßte ich ihn. Hast du Lust auf einen Kaffee?

Er setzte ein beleidigtes Gesicht auf.

Du warst doch zu Hause damals, sagte er.

Was?

Damals, als ich geklingelt habe …

Hm, weißt du …

Er hob seine Hand, und ich hielt meine Klappe.

Ich habe geklingelt, sagte er, und du hast nicht aufgemacht. Genau wie an Weihnachten.

Ich schwieg. Wir sahen uns in die Augen. Seine Augen erschienen mir weicher, als würde dahinter ein trauriger Mensch und nicht mehr dieser Vogel wohnen.

Ich hasse verschlossene Türen, sagte er.

Es tut mir leid, sagte ich.

Warte eben, ich ziehe mich an, sagte er.

Das ist für dich, er reichte mir ein Päckchen, das in Silberpapier verpackt war.

Ich packte es aus – eine Schachtel Fleur de Savane.

Das war doch nicht nötig, sagte ich.

Ist schon okay, sagte er und nahm die Nikon in die Hand. Was ist denn das?

Ein Fotoapparat.

Das sehe ich, aber …

Was?

Gehört so was nicht in eine andere Zeit?

Ich zuckte mit den Schultern.

Benutzt du sie?

Immer weniger.

Bist du auf Digital umgestiegen?

Nein, aber das ist es nicht.

Was denn?

Ich arbeite nicht.

Kannst du dir das leisten?

Kann ich nicht, aber ich habe keine andere Wahl.

Wovon lebst du denn?

Ich sagte nichts.

Was hast du verbaselt?

Alles ein bisschen, sagte ich.

Ich wollte nicht in die Details meines armseligen Lebens gehen. Ich fragte ihn, was er denn verbaselt hätte? Er lächelte selig.

Ich hatte mich verliebt, sagte er.

Dort, in Amerika?

Ja.

Die Amerikanerinnen sind gefährlich.

Es war keine Amerikanerin.

Sondern?

Igor streckte die Hand über den Tisch und legte sie auf meine. Seine Hand war trocken und zerbrechlich, beinahe gewichtlos, wie die Hand einer Mumie.

Ein Marokkaner, sagte er, ich hatte mich in einen Marokkaner verliebt.

Er sah mir in die Augen, aber dort fand er nicht das, wonach er suchte.

Das ekelt dich nicht?, fragte er.

Was meinst du?, sagte ich.

Ich weiß nicht. Du hast deine Hand nicht weggezogen.

Du solltest dir nichts einbilden, sagte ich. Du bist nicht mein erster Schwuler.

Er schüttelte müde den Kopf.

Und wie ist es weitergegangen?, fragte ich.

Schlecht. Er hat mich ausgelacht. Und weiter erinnere ich mich nicht mehr. Ich fühlte mich … Versuch dir alle Menschen auf der Welt gleichzeitig vorzustellen. Versuch sie alle in einen einzigen Moment zusammenzupressen, ihre Gesichtsausdrücke, ihre Bewegungen, die Worte, die sie in dem Moment aussprechen, ihre Beziehungen untereinander. So habe ich mich zuerst gefühlt. Verwirrt. Heftig verwirrt, verstehst du, als hätte man mich an ein Atomkraftwerk angeschlossen. Und dann bin ich einfach, ich weiß selbst nicht … ausgebrannt. Es war eine riesige Erleichterung … Alles wurde irgendwie einfacher. Du atmest nur … und schaust.

Er seufzte und stand auf, dann stellte er sich neben mich und begann, mir mit den Fingern durchs Haar zu fahren.

Ich erzähl dir mal was, sagte ich.

Und ich begann, ihm zu erzählen, wie ich einmal, da oben in Deutschland, in einem Sägewerk gearbeitet hatte.

Da gab es einen Vorarbeiter, Norbert, vierzig Jahre alt ungefähr. Aus irgendeinem Grund war ich ihm sehr sympathisch. Er war mir auch sympathisch. Er war stämmig, hatte rotes Haar und einen Bart. Er sah aus wie diese alten germanischen Krieger aus den Comics. Einmal hatte er mich gebeten, übers Wochenende zu ihm zu kommen, um ihm bei der Gartenarbeit zu helfen. Sie hatten ein schönes Haus, seine Frau und er, mit einem großen Garten in einem Vorort. Er hätte die Arbeit auch alleine geschafft, aber einige Tage zuvor hatte ihn ein Spanier, dem er eine Whiskyflasche weggenommen hatte – im Sägewerk wurde viel getrunken, weißt du – mit einem Spaten geschlagen, so dass er eine Hand nicht so gut gebrauchen konnte. Und so wühlten wir also im Garten herum und unterhielten uns über dies und das, aber dann begann er mir zu erzählen, dass seine Frau und er alles hätten, was gewöhnliche Menschen bräuchten: ein Haus, eine sichere Arbeit, Ersparnisse, sie seien gesund und all solche Sachen, aber …

Aber, verdammte Scheiße, sie hatten keine Kinder. Jahrelang hatten sie sich bemüht, hatten alle möglichen Ärzte aufgesucht, verschiedene Methoden ausprobiert, mit Heilpraktikern gesprochen, es gab nichts, was sie nicht versucht hätten – aber ohne Ergebnis. Er konnte das noch irgendwie ertragen, das war eben sein Schicksal, dachte er, und dagegen konnte man halt nichts machen, aber seine Frau … sie zerbrach daran. Zuerst hatte sie gekündigt, sie konnte einfach nicht mehr arbeiten, und mit der Zeit hörte sie auf, in die Stadt zu gehen um einzukaufen, sich mit Freundinnen und Bekannten zu treffen, und zum Schluss verließ sie das Haus gar nicht mehr. Ich hörte ihm zu und wusste nicht, was ich zu alldem sagen sollte. Wir beendeten unsere Arbeit, gingen ins Haus, um uns die Hände zu waschen und etwas zu essen, und seine Frau, sie hieß Ulla, brachte mir, als ich mich an den Tisch gesetzt hatte, eine Waschschüssel und ein Handtuch und bat mich, meine Socken auszuziehen. Ich fand es ein bisschen bescheuert, dass sie von mir verlangte, auch meine Füße zu waschen, noch dazu in einer Waschschüssel im Esszimmer, aber gut. Ich dachte, so sind halt die lokalen Bräuche. Aber als ich meine Füße in die Waschschüssel gestellt hatte, kniete sich Ulla nieder und begann selbst, meine Füße zu waschen.

Igor zog seine Finger aus meinem Haar und wich einen Schritt zurück.

Das hast du dir doch ausgedacht, sagte er.

Von wegen, sagte ich, sie begann meine Füße zu waschen, die Ärmste. Ich war völlig entgeistert. Ich drehte durch. Als wäre ich in Blut getreten. Ich sprang aus der Waschschüssel und stand da, ohne zu wissen, was ich tun sollte, und sie kniete weiter dort, mit ihren Händen im Wasser. Eine Zeit lang kniete sie so da, und dann begann sie zu weinen. Sie winselte wie ein Hund, und ihre Tränen tropften in die Schüssel. Die ganze Zeit über stand ihr Mann daneben und starrte schweigend zu Boden. Eine Katastrophe, sage ich dir. Danach – und ich war noch ungefähr einen Monat in dem Sägewerk – haben wir diesen Vorfall nie mehr erwähnt. Damals begriff ich gar nichts, erst später wurde mir klar, dass dieses Füßewaschen der ungeschickte Versuch war, Mutterliebe zu äußern. Die Gefühle hatten sich tonnenweise in ihr aufgestaut, und die Unglückliche hatte niemanden, dem sie sie schenken konnte. Und ich schaffte es nicht sie anzunehmen. Das heißt, ich konnte sie nicht gebrauchen, ihre Gesten. So wie ich jetzt, ich blickte Igor direkt in die Augen, auch deine nicht gebrauchen kann.

Ich verstehe, sagte er und setzte sich zurück auf seinen Stuhl.

Ich zündete mir einen Zigarillo an. Meine Hände zitterten, nicht wegen Igor, sondern wegen der Erinnerung an Ulla. Hatte sie jemanden gefunden, dem sie ihre Liebe schenken konnte, oder hat die Liebe sie aufgefressen?

Ich hab alles vermasselt, oder?, sagte Igor.

Ich schüttelte den Kopf.

Du bist mir nicht böse?

Nein, sagte ich, ganz im Gegenteil, wenn ich je in die Situation komme, dass ich so was brauche, wende ich mich zuerst an dich.

Er blickte mich an und suchte nach Anzeichen dafür, dass ich scherzte. Ich stand auf und berührte sein Gesicht mit meinen Fingerspitzen. Er schüttelte sich.

Uff, sagte er, als hätte mich eine Schlange berührt.

Siehst du, sagte ich.

Soll ich uns jetzt einen Kaffee kochen?, fragte er.

Ja, es wäre mal an der Zeit.

26

Es gibt vielleicht nicht viele Schwule, aber sie sind gut verteilt. Nach dem ersten Jahr an der Uni schlug mir mein Onkel vor, den Sommer in Deutschland bei irgendeinem Kumpel von ihm zu verbringen.

Hm, Münster, murmelte ich, etwas enttäuscht, weil er kein anderes Ziel vorgeschlagen hatte. Amsterdam, London, Berlin oder so was.

Ja, Münster, sagte er.

Als wäre diese Stadt irgendwie bedeutsam. Als wäre dort Einstein geboren. Wo ist Einstein überhaupt geboren?

Wo ist das, fragte ich, ohne mich zu bemühen, meine Enttäuschung zu verbergen, Münster?

Was willst du eigentlich?, sagte mein Onkel gereizt, von mir aus kannst du auch hier verfaulen.

Ich frag ja nur, sagte ich versöhnlich.

Das ist zweihundertfünfzig Kilometer von Amsterdam entfernt, sagte mein Onkel.

Das klang schon besser. Ich sah mich schon auf einem von diesen Schiffen eine Gracht entlangschippern ... Majk hatte oft davon erzählt, aber gut, ihr wisst ja, er ist nie in Amsterdam gewesen. Auch Karl May war schließlich nie in Amerika, und trotzdem hat er schön davon erzählt, so wie auch Majk sehr schön vom Rotlichtviertel und von den lustigen Nutten bei einer alten Kirche erzählt hatte und von den Dealern am Damm und von freundlichen Polizisten und von den Mädchen, die dich ohne wenn und aber ins Bett abschleppen und sich über dich hermachen ...

Du wirst bei meinem Freund Detlev wohnen, unterbrach der Onkel meine Träumerei, und der wird da oben auch irgendeinen Job für dich finden.

Auf den Rat meines Onkels hin hatte ich begonnen, Literatur zu studieren.

Wenn du nicht genau weißt, was du willst, sagte er zu mir, dann schreib dich für Literatur ein. Du wirst nicht viel verlieren und nicht viel gewinnen, aber es macht sich besser, wenn du beim Arbeitsamt als arbeitsloser Lehrer und nicht als arbeitsloser Techniker geführt wirst.

Doch es stellte sich heraus, dass es an der Uni nicht viel zu lernen gab. Eigentlich war es ein schrecklicher Ort, an dem die Zeit seit Langem stehen geblieben war. Eine tödliche Falle, wie das

Sargassomeer aus jenem Buch. Ich spürte, dass ich – wenn ich dort bliebe – wie diese Seeleute enden würde, dass ich in Wahnsinn und Agonie umkommen müsste. Wie man es auch drehte, Leben fand dort nicht statt. Das Leben war überall draußen, auf der Straße, in Cafés und in Barbierstuben, in Warenlagern und Polizeistationen, auf den Gleisen und auf den Bürgersteigen, in chemischen Reinigungen, Eisenwarengeschäften und Krankenhauszimmern, in Leichenhallen und auf Friedhöfen, überall, nur nicht am Lehrstuhl für Literatur.

Von all dem, was dort vor sich ging, waren die Musiksessions am Freitagnachmittag in der Aula dem Leben am nächsten, einige Typen spielten Gitarre, und Wein- und Schnapsflaschen machten die Runde.

Die Alten dort, diese chronischen Bürokraten, künftigen Akademiemitglieder und Denkmäler lehrten junge Menschen, wie sie alte Bürokraten, Akademiemitglieder und Denkmäler werden konnten. Sie waren sehr erfolgreich, man kann es nicht anders sagen, es gab viele, die sich dafür interessierten. Einige Menschen werden nur deshalb geboren, um so früh wie möglich alt zu werden, und wenn ihnen das schon mit zwanzig gelingt, umso besser. Ich habe dort viele Leute getroffen, die nie jung waren. Es war ein Museum für Menschen, die wie Denkmäler herumliefen und eine tote Sprache sprachen, die niemand mehr sprach, und um die sollte man einen großen Bogen machen.

So landete ich also in Münster bei Detlev. Ein weiterer Taugenichts in meinem Leben, um es kurz zu machen. Er war Kustos in der Galerie für zeitgenössische Kunst und ein Linker. Einer von denen, die ihr Linkssein wie ein Schild vor sich hertragen. Detlev führte seine Linkssein in Buchhandlungen und Cafés vor, wo Kaffee aus Nicaragua verkauft wurde, T-Shirts mit Che Guevara drauf, anarchistische Broschüren, Handbücher für die Stadtguerilla und ähnliche Dinge. Dort quatschte er mit seinen Kameraden über die Unhaltbarkeit des Schweinesystems, über soziale Gerechtigkeit und Revolution, über den roten Rudi und das rote Europa, über den Kampf gegen die Atomkraftwerke. Die Hauptperson dabei war eine Quasselstrippe, die sich später als Polizeispitzel entpuppte, doch das störte diese Gesellschaft nicht im Geringsten. Sie murmelten nur ATOMKRAFT – NEIN DANKE und fielen bei ihren Zirkeln und Demos in Trance. Er war eigentlich ein Idiot, dieser Detlev. Sein Gehirn ließ sich nicht davon beirren, dass er in einer Villa am Ufer des Aasees wohnte und gleichzeitig die Revolution und ein kommunistisches Europa predigte. Außerdem gab es keinen Unterschied zwischen ihm und den Maspok-Freunden meines Onkels da unten in Zagreb. Sie waren keine Spur originell. Die einen wie die anderen wollten etwas, das schon anderswo auf der Welt existierte. Und statt dorthin zu gehen und es zu genießen, versuchten sie, es vor der eigenen Tür zu verwirklichen. Ein Haufen Schwuler, die eigentlich Schiss hatten zu reisen.

Das sagte ich Detlev.

Wenn er all das haben wolle, solle er nach Jugoslawien gehen, in die Sowjetunion oder nach Albanien oder noch besser – gleich hier in die Nachbarschaft, in die DDR. Er solle sich doch nicht hier abmühen, das rote Paradies zu erbauen, wenn es das anderswo schon gäbe. Hatte er überhaupt eine Ahnung davon, wie Trotzki endete, wer ihn mit einer Axt erschlagen hatte, ihn und Millionen andere?

Er sagte, dass ich überhaupt nichts verstanden hätte, dass es sich dabei nicht um irgendwelche egoistischen Interessen handle, dass auf dem revolutionären Weg Opfer unumgänglich seien und dass die Westdeutschen verdienten, dass …

Schon wieder so ein beschissener Missionar. Noch einer, der andere beglücken will. Er stellt sich euch in den Weg, zupft euch am Ärmel, mit den Fingern und Fingernägeln öffnet er euch Augen und Ohren, damit ihr hört, was er sagt, und seht, was er sieht. Und er spricht und sieht natürlich nur die Wahrheit, die alleinige allerwahrhaftigste Wahrheit.

Ich konnte kaum erwarten, von ihm wegzukommen.

Ich arbeitete im Sägewerk Ostermann. Wir waren eine echte Multikultitruppe dort, obwohl es diesen Begriff damals noch nicht gab – Portugiesen, Spanier, Türken, Araber, Jugoslawen und Teo. Geboren im Londoner Osten, Sohn eines Afrikaners und einer Pakistani, ehemaliger Soldat, suchte Teo in Deutschland seine zweite Chance. Wir waren die Verlängerung der riesigen Säge dort im Sägewerk. Auf der einen Seite diese monströse Maschine mit dem übel gelaunten Meister und auf der anderen Seite Teo und ich. Acht Stunden täglich plus Überstunden, Bretter rasten wild auf uns zu, und wir fingen sie auf, hoben sie vom Band und legten sie eine Holzlore, einer schob die volle Lore in die Mitte der Halle, der andere stellte eine neue auf die Schiene. Die ganze Zeit über spie die Säge Bretter, der Meister brüllte jedes Mal, wenn er wegen uns die Maschine stoppen musste, und es schien, als würde die Sirene nie die Frühstückspause einläuten. So wetteiferten wir mit der Säge, und die Säge war immer Sieger, und der Meister versäumte es selten, irgendwas über die beschissenen Schwarzen und anderen Ausländer von sich zu geben. Mir waren der Meister und seine Meinung über die Einwanderungspolitik schnurzegal. Ich arbeitete dort, ohne den Wunsch, befördert zu werden oder mich irgendwie zu profilieren. Jedes Mal, wenn die Säge kaputtging, war das ein unzweifelhaftes Zeichen dafür, dass es doch einen Gott gab.

Einen wütenden Gastarbeiter-Gott.

Inmitten dieser Bretterlawinen und Wolken aus Sägemehl beschimpfte Teo grummelnd die Säge, den Meister und das Sägewerk, fest entschlossen, hier nicht alt zu werden – hier im Herzen von Babylon. Er spielte in einer Reggaeband Gitarre, und das Sägewerk ertrug er als letzten Kompromiss, als letztes Zugeständnis.

Du hast die Ehre, mit einer bedeutenden Persönlichkeit zusammenzuarbeiten, pflegte er zu sagen. Bald kannst du mich im Fernsehen bewundern, in den Zeitungen über mich lesen.

Ja, er sah wirklich aus wie eine bedeutende Persönlichkeit, mit seinen Zöpfen, seinem Bart, mit den geheimnisvollen Augen und einer riesigen Narbe an der Unterlippe, die er sich in Nordirland geholt hatte, als sich ihm bei einer Explosion ein Stückchen Holz in die Lippe gebohrt hatte, aber um berühmt zu werden, sollte man Gitarre spielen können. Und das konnte Teo nicht.

Ich war bei einigen Proben seiner Band. Sie schunkelten und riefen Jah Rastafari, Smoking Ganja und so weiter. Sie waren furchtbar langweilig. Ich hatte all das schon irgendwo gesehen und gehört.

Die serbischen Vampire saugen Kroatien aus ... Deutschland ist krank ... Tod dem Faschismus ... Heiße Würstchen ... Tod dem Schweinesystem ... Burn down Babylon ... Hoch lebe die Armee

… Hoch lebe die Brüderlichkeit und Einheit … Nieder mit der roten Pest … Tito und die Partei … Schleife Scheren.

Trotz allem zog ich bald zu Teo. Er war auf jeden Fall eine bessere Partie als Detlev. Er wohnte in der Bremer Straße, in der ersten Etage eines vierstöckigen Hauses mit schmutzigrotem Klinker, in einer Wohnung, die auf die Eisenbahngleise blickte. Ein tristes Haus aus dem sozialen Wohnungsbau in einem Viertel voller armer Leute und Studenten, und mittendrin ein Zimmer, erleuchtet von UV-Lampen und voll gestopft mit Einmachgläsern, in denen Gras wuchs.

Ich hatte bis zu diesem Zeitpunkt noch nie Gras probiert. Ich kannte die richtigen Namen und Adressen nicht, ich war kein VIP im Matchball, falls ihr das schon vergessen haben solltet. Stalins Birne war das höchste der Gefühle. Und dann befand ich mich plötzlich in einem ultravioletten Ganja-Kabinett, das geschmückt war mit gelb-grün-roten Fahnen, mit schillernden Reggaepostern und Makramee-Gehängen, auf denen ein aufgebrachter Löwe mit orangefarbenen Augen zu sehen war, Massai-Krieger in der Savanne, Tamtam-Trommler in Trance und lauter solche Sachen. Jeden Nachmittag saßen wir da, rauchten und hörten Schallplatten. Langsamen, dumpfen Reggae, der sich anhörte, als knackten die Löwen die Knochen der Sklavenhändler. Ich erzählte Teo einmal, dass der Präsident Jugoslawiens, Tito, ein großer Kumpel seiner Hoheit, des Königs aller Könige, Haile Selassie, sei. Des unübertrefflichen Ras Tafari. Er glaubte mir nicht. Er dachte, ich hätte mir das ausgedacht, um noch einen Joint zu ergattern, oder ich würde unter der Wirkung von Gras Blödsinn erzählen. Und tatsächlich erwischte es mich ab und zu stärker, ich war jung und vom THC noch unberührt – wie man so schön sagt. Du ziehst ein paar Mal ordentlich daran, und schon erwischt es dich.

es dreht dich

es stülpt dir den Skalp über wie einer Krake

Satta Far I Burning Herb Ghardaia Addis A Baba Tubby Congos Pablo Lee Scratch & Bad Weed, eingerollt in Rizla, Bass und Schlagzeug.

du fühlst dich, als würdest du einen Vogel in der Hand halten

als wärst du das Herz des Kongo

als würdest du einen Pharao besteigen

und eine Schlange küssen

dir ist, als würde der Klang der Becken nie enden

als würde der Morgen, an dem du deine Karte an der Pforte des Sägewerks abstempelst

nie wieder anbrechen

als würde die leberfarbene aufgedunsene Sonne bis zum Jüngsten Gericht

im Drahtzaun neben den Gleisen hängen bleiben

als würde Teo in die Glut starren

und als wärst du nach langer Reise endlich

zu Hause angekommen.

Aber dann beendet die Nadel ihre Fahrt durch die Rillen der Schallplatte, die aufhört sich zu drehen, und die Erde setzt ihr paranoides Rotieren um die eigene Achse fort, um die Sonne und um noch einige Dinge, von denen wir nichts wissen, die aber mit Sicherheit existieren, sowie auch Teo existiert, der erneut begann, seine großen Pläne vorzutragen.

Zuerst zünde ich das Sägewerk an, sagte er. Verpiss dich, sage ich zum Geschäftsführer, ich komme von der Reggae-Gewerkschaft. Und dann schmeiße ich einen Molotowcocktail ins Lager.

Ich hatte keine solchen revolutionären Pläne. Ich hatte gar keine Pläne zu dieser Zeit. Ich erholte mich von der Uni. Ich atmete Leben ein.

27

Aber nicht immer hält die Lunge so viel Leben aus. Über die vielen verschiedenen Dinge, vergisst man gelegentlich Proteine, Kohlenhydrate, Fett und Vitamine. Genau wie man sich ein Leben lang bemühen kann, Gefängnisse, Polizeistationen, Schulen, Irrenhäuser, Universitäten, Krankenhäuser und ähnliche Einrichtungen zu meiden, und das meist auch ganz gut gelingt, aber früher oder später stößt man auf einen südafrikanischen Goldgräber mit chromfarbener Haut.

Was soll das nun wieder bedeuten?

Oh, das bedeutet, dass mich ein Prozess erwischt hat.

Bei Ihnen ist da oben ein Prozess im Gang, sagte die Ärztin und zeigte dabei auf die Röntgenaufnahme meines Brustkorbs.

Mein Mund wurde trocken. Ein Prozess! Ich war erledigt!

Ich landete in der Abteilung für Lungenkrankheiten. Ich weiß nicht, ob es vom warmen, schmutzigen Zagreber Wind kam, der schon seit Tagen wehte, oder von der Angst, aber ich verbrachte die Tage mit Schwitzen. Ich teilte mir das Zimmer mit drei alten Männern, die die ganze Nacht über jammerten, stöhnten, röchelten, husteten und Schleim spuckten.

Eine Geräuschkulisse als würde jemand mit einem Vorschlaghammer auf einen Haufen Knochen schlagen. Wenn ich ein wenig Schlaf fand, kam – zeitgleich mit der Morgendämmerung – eine Frau in einem langen durchsichtigen, bis zum Hals zugeknöpften Nylonkittel und in Gummistiefeln ins Zimmer. Auf dem Kopf trug sie eine Nylonhaube, sie hatte sterile Handschuhe an und eine Gesichtsmaske. Sie sah aus wie ein Räuber aus dem Weltall, aber eigentlich war sie die Putzfrau, die die Spucknäpfe leerte.

Mmm, murmelte sie zufrieden, während sie ihre Nase in den Spucknapf steckte. Was haben wir denn da heute Nacht feines ausgehustet.

Sie sagte lauter solche Dinge, während sie die Spucknäpfe leerte, nickte dabei anerkennend und schmatzte vor sich hin. Und dann blieb sie an meinem Bett stehen.

Bei Ihnen schon wieder nichts, sagte sie enttäuscht.

Aber morgen.

Tagsüber war es noch schlimmer. Abgesehen davon, dass sie weiterhin ihre Geräusche absonderten, guckten die Alten den ganzen Tag lang fern. Sie starrten verzweifelt auf den Bildschirm, als würde ihr Leben davon abhängen, als wäre er eine Sauerstoffflasche, an die sie angeschlossen sind.

Verdammt noch mal, macht die Glotze doch endlich leiser, schrie ich sie einmal an.

Das war ein Fehler. Sie drehten sich zu mir und sahen mich überrascht an, als würden sie mich zum ersten Mal überhaupt wahrnehmen. Eine Zeit lang sahen sie mich so an, und dann stellten sie den Fernseher noch lauter. Ich zog meinen Jogginganzug an und ging zum Zimmer der diensthabenden Schwester. Auch Doktor Šuster saß da.

Ich kann nicht schlafen, sagte ich. Können Sie mich in ein anderes Zimmer verlegen?

Doktor Šuster sah Schwester Andrea an.

Ich habe gesehen, sagte ich weiter, dass in den Zweibettzimmern noch Platz ist, und wenn es irgendwie möglich wäre …

Doktor Šuster rauchte Davidoff light, ging regelmäßig ins Solarium, rasierte sich den Kopf, trug enge Hosen und Tangas. Er wandte sich nur selten direkt an die Patienten, und wenn er es mal tat, dann blickte er ihnen nie in die Augen. Er hasste den Parkplatz vor dem Krankenhaus, die Flure, die Eisenbetten, die Sauerstoffventile über den Betten, die Putzfrauen und die Patienten, besonders die Patienten.

Wenn wir hier, sagte er schließlich, alle Wünsche erfüllen würden, dann würde draußen am Eingang Hotel stehen und nicht Krankenhaus, nicht wahr, Schwester?

Schwester Andrea hatte kein Interesse an irgendwelchen Schwierigkeiten. Sie war müde. Seit zwanzig Jahren verließ diese Müdigkeit sie schon nicht mehr, und deshalb schloss sie jetzt nur die Augen – als Zeichen der Zustimmung. Im Übrigen hatte sie schöne schwarze Mandelaugen, die schon viel Leid und anderen Mist gesehen hatten. Ich drehte mich um und ging zurück in mein Zimmer. Es gab keinen Ausweg, ich würde auch weiterhin diesen Typen beim Pfeifen, Winseln und Sterben zuhören. Ach ja, noch ein Nachteil – in meinem Zimmer wurde selten gestorben. Seitdem ich hier war, hatten sie nur einen in die Leichenhalle geschoben. Die Verwandten waren gekommen, um seine Sachen mitzunehmen, die Schwestern hatten das Bett neu bezogen, und der Rest der Truppe und auch der Fernseher wurden ein bisschen leiser. Doch schon am nächsten Tag wurde ein Neuer hereingeschoben, noch älter und schwieriger, und alles ging von vorne los. Irgendjemand musste wohl kranke alte Männer produzieren und sie in dieses Zimmer packen, es gab keine andere Erklärung.

Es stellte sich heraus, dass der Prozess Tuberkulose war. Doch sie fanden den Erreger nicht heraus. Deshalb wühlten sie weiter in mir herum. Sie schoben mir einen Schlauch in den Hals. Tagtäglich gaben sie meine Spucke und mein Blut ins Labor. Ich schluckte jeden Tag eine Handvoll Antibiotika. Davon wurde meine Haut rot, sie trocknete aus, pellte und juckte. Meine Augen waren trübgelb und blutunterlaufen, und ich hatte dunkle, schlaffe Augenringe. Ununterbrochen musste ich pissen. Ich pisste rot. Ich kratzte mich und schwitzte und wartete. Etwas anderes konnte ich nicht. Als wenn dein Auto verreckt und du nur imstande bist, die Motorhaube aufzuklappen und hineinzustarren.

Die meisten Tage verbrachte ich im Park des Krankenhauses. Ich saß auf einer Bank, beobachtete, wie die Leute über die Straße liefen, und unterhielt mich mit anderen Patienten. Selbst das war besser als diese alten Ärsche und ihre Glotze. Wir waren eine bunte Gesellschaft in diesem Park. Miro, ein Friseur aus Črnomerac mit Emphysem, Oto, der Taxifahrer aus Špansko mit chronischer Lungenobstruktion. Rudi, ein Bulle aus Kruge mit Tuberkulose, Emin, ein Maurer aus Borongaj mit Mykobakteriose, Iva, die Kellnerin aus Špansko mit Asthma. Miro, der Buchhalter aus Trešnjevka mit Legionärskrankheit. Sonja, eine Wirtschaftswissenschaftlerin aus Vrbik mit Mykobakteriose. Tona, ein pensionierter

Schweißer aus Kustošija mit einer Lungenembolie. Helena, eine Lehrerin aus Sigečica mit Paraguayfieber. Vlado, ein Gabelstaplerfahrer aus Trnsko mit Mykobakteriose. Vinko, ein Metallarbeiter aus Fraterščica mit Tuberkulose. Und noch einige andere Jungs und Mädchen mit ihren Krankheiten.

Wir saßen da und erzählten uns von unseren Ängsten, und Familien, unseren Paranoien und anderen Themen. Iva hatte panische Angst vor Schmerzen. Sie sagte, dass sie alles im Leben ertragen könnte, Armut, Hunger und so weiter, nur keine Schmerzen. Und dass sie nicht von Ruhm oder einem Haufen Geld oder einer Villa mit Schwimmbad träumte, sondern nur von einem Leben ohne Schmerzen.

Emin dagegen konnte sich nicht mehr einkriegen darüber, dass sich nur Hohlköpfe mit Politik beschäftigten. Nur totale Bratpfannen, die keinen einzigen vollständigen Satz zustande brachten. Solche Leute können nirgendwo anders Erfolg haben, sagte er, und deshalb gehen sie in die Politik. Und nur wer noch dümmer ist als sie, meinte er, interessiert sich für das, was sie tun, und ruiniert damit seine Nerven.

Vinko war damit nicht einverstanden, damit, dass die Politiker von heute nichts anderes konnten. Er zum Beispiel könne sich ohne Probleme den Premierminister als Taxifahrer vorstellen.

Oto sagte, er solle lieber die Klappe halten, denn sonst könnte er sich leicht eine einfangen, und dass der Premierminister eher aussehe wie ein Klempner. Er hat ein richtiges Klempnergesicht, finden Sie nicht, Helena? Sie sind doch Lehrerin, sie kennen sich doch besser in solchen Sachen aus.

Entschuldige Oto, so habe ich das nicht gemeint, sagte Vinko, das war natürlich dumm von mir.

Und Helena sagte, dass sie sich überhaupt nicht für Politik interessiere und dass sie auch nicht wisse, wie das Gesicht eines durchschnittlichen Klempners aussehe.

Wir saßen so rum und unterhielten uns, während das Ethylendiamin, das Isoniazid und das Rifamicin die Bakterien und Viren töteten und unsere Lebern zerfraßen. In der Zwischenzeit drehte sich die Erde weiter. Die Kanone von Lotrščak feuerte auch weiterhin Punkt zwölf einen Schuss ab, die Straßenbahnen fuhren regelmäßig auf der Linie 14 und 8 bis oben nach Mihaljevac, und man hörte ihr Klappern bis in den Krankenhauspark.

28

Eines Tages hatte ich die Schnauze voll davon, meine Karte zu stempeln, Sägemehl zu schlucken und den mies gelaunten Meister zu ertragen. Wenn ich noch ein paar Wochen in diesem Sägewerk bliebe, dachte ich, würde das den Sieg von Peros Inkontinenzphilosophie bedeuten. Sei zufrieden mit dem, was du hast! Besser ein Spatz in der Hand, als eine Taube auf dem Dach. Sonst kannst du alles verlieren.

Wahnsinn – ich mach mir vor Angst in die Hosen.

Auch von Teo hatte ich die Nase voll. Er hatte schon früher im Sägewerk gekündigt, und jetzt würde er eine Weile, so sagte er, von Sozialhilfe leben. Babylon verhielt sich Faulenzern gegenüber ziemlich großzügig. Das sagte ich ihm.

Das ist meine Art, Babylon auszunehmen, grinste er.

Nein, du nimmst Almosen von Babylon, sagte ich.

Ich muss irgendwie überleben, bis ich meine Platte aufgenommen habe, sagte er.

Doch es bestand nicht die geringste Aussicht, dass er je eine Platte oder so was aufnehmen würde, wie auch, wenn er den ganzen Tag in seinem Zimmer saß, kiffte und vor sich hin grinste. Eine Pflanze, dachte ich. Eine arme grinsende Pflanze.

Ich wollte mich nicht in eine Pflanze verwandeln. Ich wusste nicht genau, was ich tun sollte, aber ich hatte nicht die Absicht, auf diesem Fleck stehen zu bleiben und abzuwarten. Auf jeden Fall wünschte ich mir etwas Besseres, etwas, das wirklicher war als das Leben selbst, und ich wollte es im Voraus bekommen. Nicht erst später. Nicht erst dann, wenn ich Geld verdient und gespart hätte, nicht erst dann, wenn ich etwas geschafft hätte ... Dann würde es, verflucht nochmal, zu spät sein. Viel zu spät.

Also holte ich meinen letzten Wochenlohn im Sägewerk ab.

Am nächsten Tag wachte ich glücklich auf. Ich trank Kaffee, sah einen Zug, der beim Verlassen des Bahnhofs Fahrt aufnahm, dachte, dass dieser Tag wirklich schön sei. Einer der schöneren in letzter Zeit. Dann begann ich darüber nachzudenken, was ich heute alles tun könnte. Ich konnte draußen durch die Straßen gehen und mich gut fühlen. Ich konnte mich am Brunnen vor der Lambertikirche mit den Pennern unterhalten. Später konnte ich in ein Café im Studentenviertel gehen, dort ein Mädchen kennenlernen, mit ihr auf dem Deich am Kanal spazieren gehen und den Schiffern auf den Lastkähnen zuwinken, die wer weiß wohin fuhren. Wenn wir in die Stadt zurückgingen, würde uns auf einem Zebrastreifen fast ein Bulli überfahren, ich würde dem Fahrer den Stinkefinger zeigen, er würde anhalten und aus dem

Bulli steigen, er wäre wirklich unverschämt, entschuldige, würde ich dem Mädchen sagen, lächelnd auf ihn zugehen und ihn fragen, was er für ein Problem hätte, und bevor der Typ irgendwas sagen könnte, würde meine Faust in seinem Gesicht landen, den zweiten Schlag würde ich ihm hinters Ohr verpassen, danach würde ich auf der Polizeistation sitzen und den Bullen erklären, dass der Typ uns beinahe getötet hätte, aber sie würden nicht viel Verständnis für meine Situation aufbringen, denn der Typ war mit angebrochenem Kiefer im Krankenhaus gelandet, und dann hatte auch noch das Mädchen, diese dumme Kuh, gegen mich ausgesagt, ich sei gewalttätig und wahnsinnig. Einer der Bullen würde die Nase rümpfen und schnüffeln, was ist das für ein Geruch, würde er seinen Kollegen fragen, und dann würden beide schnüffeln, an meinem Haar und meinem Hemd riechen, der Typ stinkt nach irgendwas, aber wonach, nach indischen Räucherstäbchen oder so, diese beschissenen Hippies, und mir würde langsam bange, denn was, wenn sie mich erwischten, wenn sie das Gras rochen, und dann wäre erst Mittag, und noch der ganze Nachmittag und die ganze Nacht lägen vor mir. Ich will damit sagen, dass die Zeit in jenen Jahren wirklich langsam verging.

Jeder Tag ein Jahr.

Und was wirst du jetzt tun?, fragte Teo und goss sich Kaffee ein.

Er hatte sich hingesetzt und begann, sich am Hinterkopf zu kratzen und mit seinen Zöpfen zu beschäftigen.

Wäschst du dein Haar überhaupt?, fragte ich ihn.

Das ist nicht wichtig, sagte er, wichtig ist, was du heute vorhast!

Nichts, sagte ich, ich habe keinen Plan.

Du weißt, dass du hier nicht bleiben kannst, ohne Miete zu bezahlen.

Eine sehr babylonische Haltung, Bruder.

Babylonisch oder nicht, er strich mit der Fingerkuppe über die Narbe an seiner Lippe, bei mir fällt das Geld nicht vom Himmel.

Bei dir fällt das Geld wohl vom Himmel.

Egal, sagte er, es geht jetzt nicht um mich, sondern um dich.

Kein Problem, ich gehe, vielleicht schon heute Abend oder morgen.

Mal langsam, sagte er, so hab ich das nicht gemeint, du hast für den ganzen Monat bezahlt, du musst dich nicht beeilen.

Ich beeile mich nicht. Ich bin überhaupt nicht in Eile. Das würde mich umbringen, dieses Tempo und ewig unter Druck zu sein.

Was soll das denn heißen?

Was das heißt? Das heißt, dass es nicht nur darauf ankommt, dass man sich bewegt, man muss auch auf das Gleichgewicht achten.

Langsamkeit, darum geht es, oder?

So ungefähr, sagte ich.

Du willst mir was von Langsamkeit erzählen, sagte Teo. Wir Rastafari sind Weltmeister in Langsamkeit, Mann. Deshalb leben wir so lange. Auf Jamaika gibt es Hundertfünfzigjährige soviel du willst. Die sitzen da nur in ihren Höfen rum und rauchen Ganja.

Und abends, vorm Schlafengehen, erzählen ihnen ihre zugekifften Omis Märchen, nicht wahr?

Werd nicht unverschämt, sagte Teo.

Wenn wir schon bei Unverschämtheit sind …

Hey, hey halt, er hob eine Hand, so kommen wir nicht weiter. Den ganzen Tag nur quasseln. Soll ich uns einen drehen?

Lass uns noch eben einen
drehen
einschenken
kippen
rauchen
kochen
trinken
verschlingen
vertilgen
und dann werden wir uns
nach Hause
auf die Reise
ausklinken
vögeln
ins Kino
ins Bett
Toto tippen
träumen
prügeln

Es ist unglaublich, wie viele dieser Nur-noch-eben-Dinge es gibt, mit denen wir versuchen, Zeit zu schinden. Als könntest du die Nacht betrügen, die Abfahrt der Straßenbahn ins Depot verhindern. Den Herzschlag verzögern. Ich lehnte den Joint ab. Teo war verwirrt. Ich hatte andere Dinge im Kopf. Ich hatte viel Geld in der Tasche, ich konnte überall hinfahren. Nach Amsterdam, davon hatte Majk geschwärmt, oder nach Berlin, nach Paris, nach

Hamburg, es gab so viele Städte auf dem Fahrplan in der Wartehalle des Bahnhofs, und ihre Straßen warteten nur darauf mich zu verschlucken.

An dem Abend fuhr ich zurück nach Zagreb.

29

Das Gute an einer Krankheit ist, dass sie dich wachrüttelt und klarer sehen lässt. Sie gibt dir die Zeit, über deine bisherigen und künftigen Handlungen nachzudenken. Die Dinge zeichnen sich deutlicher ab, du beginnst, den Unterschied zwischen wichtig und unwichtig zu begreifen. Du stehst mit dem Rücken zur Wand und kannst jetzt keine Energie für irgendwelchen Exhibitionismus mehr verbraten. Momentan war es mir nur wichtig, aus dem Krankenhaus zu entkommen. Ich brauchte eine Verschnaufpause von diesen alten, dahinsiechenden Ärschen. Eine Badewanne mit warmem Wasser, einen Zigarillo, ein Bier und eine kleine Masturbation. Nichts Besonderes, wie ihr seht, aber diese Dinge erschienen mir vom Krankenbett aus betrachtet wie Privilegien russischer Milliardäre. Da meine Entlassung aus dem Krankenhaus nicht in Sicht war, bat ich Šuster, mich übers Wochenende nach Hause zu lassen. Ich hatte mitbekommen, dass das auch andere machten.

Wie meinen Sie das, dass wir Sie übers Wochenende nach Hause lassen sollen?, fragte Šuster scharf.

Einfach so, Sie sollen mich nur rauslassen, sagte ich, außerdem habe ich keine saubere Unterwäsche mehr.

Haben Sie niemanden, der Ihnen so was bringen kann?

Nein.

Ich sagte die Wahrheit. Ich wollte Tamara nicht mit meinen Unterhosen und Unterhemden belästigen. Ich wusch meine Wäsche im Waschbecken und trocknete sie über dem Gitter des Betts. Die Alten protestierten und beschwerten sich bei den Schwestern, aber Hygiene ist Hygiene. Man kann doch in einem Krankenhaus nicht die Hygiene verbieten, oder?

Ich kann Sie nicht rauslassen, sagte er, Sie sind positiv, Sie dürfen nicht Straßenbahn fahren.

Ich bin mit dem Auto gekommen.

Sie könnten Ihre Mitbewohner anstecken.

Ich lebe allein.

Er zog ein Gesicht, als müsste er gerade schlimmste Belästigungen ertragen, und schüttelte den Kopf. Das Arschloch konnte mich wirklich nicht ausstehen, und es gab keine Aussicht, dass sich das änderte. Er hatte mich am Wickel und drückte mir langsam die Luft ab. Šuster hätte eigentlich Unteroffizier werden sollen, er musste irgendwo falsch abgebogen sein, die falsche Tür erwischt haben, und deshalb saß er heute hier, in seinem weißem Zimmer, in einem weißen Kittel, in einer engen weißen Hose, in weißen Schuhen, in weißem Tanga – und versetzt mir gerade den Todesstoß.

Wir dürfen kein Risiko eingehen, sagte er kalt, Sie sind noch positiv.

Doch dann passte mich eines Tages Schwester Andrea im Flur ab.

Haben Sie je in einer Goldmine gearbeitet?, fragte sie mich.

Ich war auf dem Weg zur Toilette. Immer noch pisste ich reichlich, falls das jemanden interessiert. Reichlich und rot.

Aber selbstverständlich, ich habe ständig in Goldminen gearbeitet, antwortete ich.

Das habe ich mir gedacht. Und haben Sie zufällig auch in südafrikanischen Goldminen gearbeitet?

Da am allermeisten.

Ich wusste es doch, sagte sie, und dann kam sie zur Sache. Man hat ihre Bakterien bestimmt.

Ja?

Ja. Sie sind sehr selten bei uns, doch ziemlich verbreitet in Südafrika.

Bei den Goldminenarbeitern, vermute ich.

Genau, bei den Goldminenarbeitern.

Gibt es irgendeinen Grund, deswegen glücklich zu sein?, fragte ich und begriff immer noch nicht, worauf sie hinauswollte.

Vielleicht, sagte sie, die Bakterien sind sehr schön, bei Licht betrachtet sind sie chromfarben.

Sie sind ziemlich pervers, Schwester.

Sie lachte.

Aber sagen Sie mal, warum hat mir das Šuster heute bei der Visite nicht gesagt?

Sie zuckte mit den Schultern.

Warten Sie mal, ich kniff die Augen zusammen und sah sie scharf an, und warum sagen Sie mir das jetzt?

Einfach so, um ein bisschen zu plaudern, sagte sie.

Von wegen plaudern, dachte ich, aber dann ging mir ein Licht auf.

Schwester, diese Bakterien …

Ja?

Sagen Sie, bin ich für andere gefährlich?

Gefährlich?

Ich meine, bin ich ansteckend?

So viel ich weiß, nein.

Das heißt, ich liege hier völlig ohne Grund?

Ich dürfte mich eigentlich gar nicht mit Ihnen darüber unterhalten, ich bin nur eine Schwester.

Kein Problem, sagte ich, ich werde so tun, als hörte ich Sie nicht. Also, muss ich überhaupt im Krankenhaus liegen?

Ich kann nur sagen, dass Fälle wie Ihrer in anderen Ländern ambulant behandelt werden, in Slowenien oder Deutschland zum Beispiel.

Das heißt, die Patienten bleiben zu Hause und schlucken Medikamente?

Sie nickte.

Ich spürte Šuster neben dem Kaffeeautomaten auf. Er unterhielt sich gerade mit einer rothaarigen Frau in engem Rock und taillierter Bluse, aus deren Ausschnitt die Titten herauslugten. Sie lachte über etwas, dass Šuster ihr erzählt hatte und entblößte dabei eine Reihe Plastikzähne, was den Gesamteindruck ein bisschen verdarb, aber das machte nichts, ich wollte sie ja nicht anbaggern. Sie hätte seine Tochter, seine Frau, seine Liebhaberin sein können, vielleicht auch eine Botin, die gute Nachricht brachte, eine Wahrsagerin, Rotkäppchen, sie hätte auch sein Tod sein können und so weiter und so weiter. Das alles ging mir glatt am Arsch vorbei. Ich ging schnurstracks auf ihn zu, siegesgewiss. Ich spürte diesen Sieg in meinem Inneren, im Bauch und im Hals, weiß Gott, wie nötig ich ihn brauchte, diesen kleinen, miesen, schäbigen Sieg nach den vielen Niederlagen, die ich in der letzten

Zeit hatte einstecken müssen, Zora, Daničić, dann Galin, der mich nirgendwohin geführt hatte und dem ich verwehrt hatte, den Boden meines Dunkels zu ergründen, wenn es denn überhaupt einen Boden hat. Dann dieser verlauste Knabe, vor dem ich fast auf die Knie gesunken war, um einen Job zu erbetteln, und jetzt noch TBC … und immer und immer wieder Tamara und David, meine schöne, großartige Niederlage, die Niederlage aller Niederlagen, die immer zurückkehrte und an mir nagte. Das war selbst für einen Pechskorpion zu viel, meint ihr nicht auch? Und jetzt dieses Geschenk des Himmels, Bakterien aus einer Goldmine.

Ich blieb neben dem plaudernden Paar stehen.

Hello Doktor, sagte ich und spürte, wie sich ein idiotisches Grinsen auf meinem Gesicht breitmachte, ich konnte es nicht verhindern.

Šuster zuckte zusammen und wich einen Schritt zurück, sein Gesicht nahm zunächst einen pikierten Ausdruck an, als hätte ich ihn an den Arsch gepackt, und dann – nachdem er begriffen hatte, dass ich in Straßenkleidung vor ihm stand und meine Tasche in der Hand hielt – zeigte er sich geschockt und überrascht. Doch diese Entgleisung hielt sich nicht lange auf seinem Gesicht. Schon im nächsten Moment hatte er sein gelangweilt-verächtliches Standardgesicht wieder hergestellt. Ganz sicher, wusste er, warum ich zu ihm kam, aber trotzdem sagte er:

Was wollen Sie? Sehen Sie nicht, dass ich mich mit der Dame unterhalte?

Ich sah die Dame an. Sie lächelte nervös, sie spürte, dass die Luft vor Adrenalin und unterdrückter Wut knisterte. Dann wandte ich mich an Šuster.

Ich werde hier so lange Kaffee trinken, bis Sie meinen Entlassungsbrief fertig haben, sagte ich.

Šuster starrte auf einen Punkt hinter mir, auf irgendeinen Fleck an der Wand, auf einen Spinnwebfaden in der Ecke des Fensters, auf irgendwelche Dächer draußen, und dann fragte er mich, ob mir klar sei, dass ich das Krankenhaus auf eigene Verantwortung verließe und dass im Falle von Komplikationen er und das Krankenhaus …

Ich ließ ihn schwafeln, hörte gar nicht hin. Er hatte mir gar nichts mehr zu sagen.

Wenn es für Sie kein Problem ist, sagte ich, als er alles heruntergeleiert hatte, geben Sie den Brief einfach der diensthabenden Schwester.

Ich nahm eine Handvoll Münzen aus der Tasche, warf zwei Geldstücke in den Automaten und drückte die Taste für Espresso. Der Apparat grunzte und schüttelte sich als hätte er einen heftigen Orgasmus.

Auch ich war nicht weit davon entfernt.

30

Wer hat wohl diesem Motorradfahrer das erste Spielzeugmotorrad in die Hand gedrückt? Wenn man ihn so sieht, auf seiner hochglanzpolierten Harley Davidson, in aufgedonnerter Lederkluft, mit Fransen an der Jacke und metallbeschlagenen Stiefeln, dann würde man meinen, dass das Motorrad für ihn mehr als nur ein Verkehrsmittel ist. Es ist unwahrscheinlich, dass er als Kind eine Ahnung davon hatte, wohin ihn dieses Spielzeug bringen und wie das alles enden würde. Genauso die AK47, mit der jener junge Mann zwei Typen erschoss, die ihn monatelang malträtiert hatten – die holte er nicht an dem Morgen aus der Garage, irgendjemand hatte sie ihm schon viel früher in die Hand gedrückt. Jemand sollte ein Buch darüber schreiben, wie Dinge unser Leben bestimmen, ohne dass es uns bewusst ist. Ich würde so ein Buch gerne lesen.

Was mich betrifft, ist alles klar. Mein Leben wurde von Marika, einer Prostituierten aus Bratislava bestimmt. Wenn ich ehrlich bin, war sie es, die mir den Fotoapparat in die Hand gedrückt hat. Es verging noch einige Zeit, bevor ich in jenem Sommer, in dem ich aus Deutschland zurückkehrte, diesen Fotoapparat wieder in die Hand nahm. In dem Karton, in dem ich ihn aufbewahrte, lagen auch einige Schwarzweißfotos. Ein verschwommenes Bild von der lächelnden Marika und einige Fotos, die ich später in der Goldenen Gasse in Prag geschossen hatte, auf denen die Jungs aus meiner Klasse irgendwelche deutschen Mädchen im Arm hielten. Eine Zeit lang betrachtete ich sie, ohne dabei etwas Besonderes zu empfinden, und dann nahm ich den Fotoapparat aus dem Karton. Ich sah ihn an und dachte darüber nach, dass meine Situation nicht gerade die beste war: Ich hatte die Uni verlassen, ich hatte keine Arbeit, keine Pläne und lebte von den Almosen meiner Mutter. An dem Tag kaufte ich bei Fotokemika ein paar Schwarzweißfilme und begann herumzuknipsen.

Einige Jahre später verdiente ich mit dem Knipsen meinen Lebensunterhalt. Ich hatte einen Blick, ein Gespür für die Dinge im Raum, ich sah Details, die sich dem gewöhnlichen Auge verschließen, ich konnte gut in Gesichtern lesen, und – was am Wichtigsten war – ich verstand es, im richtigen Augenblick auf den Auslöser zu drücken. In der Zwischenzeit war ich bei meinem Onkel ausgezogen und hatte eine Wohnung in Utrine gefunden. Drüben in Zapruđe lebten immer noch meine Mutter und Pero. Ich traf sie manchmal auf dem Markt in Utrine, und während Pero sich schnell verdrückte, blieb meine Mutter dann stehen und fragte mich: Wie geht es dir? und Was machst du so? und Siehst du Josip hin und wieder?, und ich antwortete wortkarg, ohne sie irgendwas zu fragen. Dann lief sie Pero hinterher, und ich setzte meinen Weg fort. Was hatten wir schon gemeinsam außer schlechten Erinnerungen? Wir bewegen uns beide im aufrechten Gang, benutzen unser Gehirn für die Lösung bestimmter Probleme, legen uns Nahrungsmittelvorräte an, aber all das reichte nur für ein einminütiges Gespräch im Stehen. Im Vorbeigehen. Worüber hätten wir uns auch unterhalten sollen? Uns an die unangenehmen Tage in Peros Bude erinnern? Oder an die Jahre in Dubrava? Näher als meine eigene Mutter war mir zum Beispiel Kasim, den ich nie wieder getroffen hatte. Ich traf immer mal wieder einige Jungs aus Dubrava, aber keiner von ihnen wusste etwas über ihn. Einer sagte mir dann doch, dass er von jemandem gehört hatte, dass Kasims Familie nach Australien ausgewandert sei. Sogar Vesna war mir näher, obwohl ich all diese Jahre nur selten an sie dachte. Und wenn, dann wie an ein Souvenir, das ich gerne losgeworden wäre, denn nur Schwachköpfe feiern ihre eigenen Schlappen und Pleiten, nicht wahr? Als die Erinnerung an sie schon völlig verblasst war, traf ich sie im Frühherbst 1984 im Café Amok in der Ilica.

Eigentlich hieß dieses Café Dijana Bar und lag in einem Hinterhof beim Hallenbad, aber wir nannten es das Amok, denn dort drehten immer wieder Gäste durch, unter dem Einfluss von Alkohol und anderen Substanzen, begannen herumzuschreien, sich auf dem Boden zu wälzen oder einfach hinauszustürzen, irgendeiner Vision verfallen, so wie diese Typen mit Tobsuchtsanfällen. Eines solchen Abends begann eine Frau, ihrem Macker eine Szene zu machen. Zuerst riss sie ihm die Bierflasche aus der Hand und warf sie auf den Boden. Er sah sie erstaunt an und verpasste ihr dann so heftige Fußtritte, dass sein Kumpel ihn beruhigen musste. Auch ein paar andere Jungs sprangen auf, es entstand ein Tumult, und ich zog mich an den Tresen zurück. Ich suchte nach einer sicheren Ecke, wo ich in Ruhe mein Bier trinken konnte, und da erblickte ich hinter dem Tresen Vesna. Ich erkannte sie auf den ersten Blick. Sie stand da mit ein paar Mädchen, die darauf warteten, dass das Chaos sich legte. Ich ging zu ihr hin und begrüßte sie. Sie war überrascht, und kramte schnell in ihren Erinnerungen.

Kalda, half ich ihr. Dein kleiner Nachbar aus Dubrava.

Sie sah mich an, und ihr Gesicht zeigte wieder jenen Ausdruck einer neugierigen Medizinstudentin.

Klein bist du ja nicht mehr gerade, sagte sie schließlich und begann zu lachen. Das ist meine alte Liebe, sagte sie zu den anderen Mädchen, und ich glaube, dass ich mich ein wenig mit ihm unterhalten muss.

Wir nahmen unser Bier und gingen in den Hof hinaus und sagten so was wie: Gott, wie die Jahre vergehen und Wer hätte geglaubt, dass wir uns noch einmal treffen würden. Sie war nach dem Kino mit ihren Freundinnen hier, es ging ihr gut, sie hatte eine Wirtschaftsschule abgeschlossen und arbeitete jetzt als Referentin bei Pliva. Geschieden, ohne Kinder, sie wohnte in Gajnice zur Miete, nichts Besonderes also.

Und ich, ich bin immer noch weit entfernt von der Ehe und beschäftige mich mit Fotografie, nein, ich arbeite nicht in einem Fotostudio, ich arbeite für Zeitungen, welche Zeitungen?, tja, verschiedene Zeitungen, auf Honorarbasis, sie liest auch Zeitungen, aber sie achtet nie darauf, wer die Fotos gemacht hat, das macht nichts, da achtet niemand drauf, außer den Journalisten, und ich erinnerte mich dann plötzlich an die Schlaftabletten. Die Schlaftabletten, die ich meiner Alten stibitzte und dann zerdrückte, um sie ins Hackfleisch zu mischen, das ich nachts in den Hof von ihrem Macker, diesem Fahrradfahrer Goran, warf. Sein scharfer Šarplanina-Hund fiel jedes Mal auf den Trick rein. Und wenn er sich dann torkelnd mitten in den Hof legte, sprang ich über den Zaun, schlich mich in die Garage und machte mich an den Reifen von Gorans Fahrrad zu schaffen. Ich hätte den verdammten Hund mit den Tabletten umbringen können, dachte ich und lachte.

Was ist so lustig?, fragte sie.

Ich erzählte es ihr.

Weißt du, dass Goran umgekommen ist?

Keine Ahnung.

Ja, er ist bei einem Rennen auf der Magistrale ums Leben gekommen.

Das tut mir leid, sagte ich, aber im Grunde war es mir egal.

Du lügst, sagte Vesna.

Ich zuckte mit den Schultern.

Das macht nichts, sagte sie. Ich wusste, dass du ihm die Luft aus den Reifen lässt. Ich wusste, dass du mir hinterherspionierst, ich habe gesehen, wie du dich hinter den Bäumen im Obstgarten versteckst, wo er und ich, du weißt schon … Ich habe keine Ahnung warum, aber es hat mich überhaupt nicht gestört.

Ich schüttelte mich und bekam eine Gänsehaut.

Das ist ja pervers, sagte ich.

Was ist pervers?

Ja das, dass du es gemacht hast und die ganze Zeit wusstest, dass ich euch beobachte.

Ach so, sagte sie spöttisch. Aber es ist wohl nicht pervers, dass du mir hinterherspioniert hast?

Ich war ein Knirps, sagte ich.

Aha, und ich war eine fünfzehnjährige Oma?

Später, in ihrer Wohnung, saß ich auf der Couch und schaute Vesna zu, wie sie am Kassettenrecorder herumfummelte. An ihren Beinen waren ein paar Äderchen geplatzt, sonst sah sie gut aus.

Ich rechnete mir aus, dass sie ungefähr 28 sein müsste. Dann drehte sie sich um und stellte sich neben mich. Aus den Lautsprechern ergoss sich etwas Schmalziges, etwas über einen Schwur, über Liebe, über Schultern, Feuer und Herbst, und ich bereute, dass ich hierher gekommen war. Vesna hatte anscheinend keine Probleme damit.

Wo waren wir noch mal stehen geblieben, sagte sie und zog mit einem Ruck ihr T-Shirt aus.

Sie trug keinen BH, obwohl sie es schon nötig gehabt hätte. Der weinrote Fleck war immer noch da. Oberhalb ihrer etwas schlaff gewordenen Titten.

Geht in Ordnung, sagte ich, wenn du die Scheiße da ausschaltest.

Sie ging zum Kassettenrecorder und stellte ihn ab.

Weißt du, wie meine Mutter dich immer genannt hat?

Wir lagen auf der Couch und rauchten. Ich starrte an die Decke. Trotz allem hörte ich weder die Stimme von Jane Birkin, noch roch ich den Duft von frischen Blättern, und es tanzten auch keine Sterne an der Decke. Nichts Spektakuläres war passiert. Es war nur noch ein gewöhnlicher Fick.

Wie denn?

Bogarosch, sie nannte dich Bogarosch.

Bogarosch? Was bedeutet das denn?

Einer, der Grillen im Kopf hat. So werden in Ungarn Sonderlinge genannt.

Sonderlinge? Ich bin kein Sonderling.

Sie fand, dass du einer bist. Du warst nicht gerade gesprächig, warst mit niemandem besonders befreundet, und außerdem sagte sie, dass du Timbo einmal fast umgebracht hättest.

Die alte Ungarin hatte übertrieben. Ich wollte ihn nicht töten. Eigentlich wollte ich mich überhaupt nicht mit ihm schlagen. Was damals geschehen war, war keine Schlägerei, ich hatte Timbo auch nicht wegen dieser Scheißmurmel angegriffen. Es ging vielmehr darum, sich zu behaupten. So beginnt das nämlich im Leben. Zuerst nehmen sie dir die Murmel weg. Dann dein Frühstücksbrot. Und dann deinen Comic. Wenn du das schluckst, dann nehmen sie dir später dein Auto weg, dein Radio, dein Bier aus dem Kühlschrank, die letzte Rolle Toilettenpapier, alte Tototipps, die Milben aus deinem Teppich, deine Seele, dein Herz, alles. Deshalb habe ich Timbo mit dem Ziegelstein bearbeitet.

Was ist aus den beiden geworden, Mirek und Timbo?, fragte ich.

Sie zuckte mit den Schultern.

Meine Alte, sagte sie, hat es damals nur schwer verwunden, dass dein Alter weggegangen ist.

Dass mein Alter weggegangen ist? Was hatten die beiden denn miteinander zu schaffen?

Oh, die beiden hatten allerhand miteinander zu schaffen, lachte sie.

Das überraschte mich. Ich konnte mir meinen Alten nicht in der Rolle des Verführers vorstellen.

Wie oft dein Alter bei uns vor dem Morgengrauen eingefallen ist …

Wahrscheinlich als er vom Kartenspielen zurückkam.

Wahrscheinlich. Oh Gott, was waren die geil, jedes Mal haben sie mich geweckt, wenn ich nur daran denke … Sag mal, was ist eigentlich mit ihm?

Wer weiß das schon. Und dein Alter, der hat da ruhig zugeguckt?

Sie sah mich an.

Ich habe keinen Vater. Das heißt, ich weiß nicht, wer mein Vater ist. Und ehrlich gesagt, ist sich meine Alte auch nicht ganz sicher. Wusstest du nicht, dass ich keinen Vater habe?

Das habe ich total vergessen. Ich erinnere mich nur an deine Alte. Mein Alter sah ihr gerne nach, wenn sie über die Straße lief. Ah, diese Ungarin, sagte er dann. Warte mal, kann es dann nicht sein, dass mein Vater …

Ich hielt inne, ein Bild verschloss mir unvermittelt den Mund. Ich sah meinen Alten in einer Bar am Tresen sitzen, die Augen trüb von Erinnerungen. Er hebt ein Glas und prostet einer Nutte zu, die wie Marika aussieht, und dann holt er zwei Fotos aus der Brieftasche, auf einem ist Vesna als lächelndes Baby zu sehen und auf dem anderen ich. Er zeigt sie der Nutte, Schau mal, das sind meine Kinder.

Du glaubst, das er auch mein Vater ist?, fragte Vesna.

Ja.

Auf keinen Fall, ihr seid in unser Viertel gezogen, als ich fünf war.

Sie begann zu lachen.

Was ist daran so lustig?

Mir fällt gerade auf, dass wir da weitermachen, wo sie aufgehört haben.

Am Morgen weckte mich Vesna. Sie sagte, dass sie bald zur Arbeit müsse, aber ich solle ruhig weiterschlafen und nur die Tür hinter mir zuziehen, wenn ich ginge. Ich dachte, es sei gut weiterzuschlafen, um einem Gespräch zu entgehen, einem Gespräch darüber, wann wir uns wiedersehen würden und so. Was mich betraf, war die Nacht nicht der Beginn einer großen Freundschaft oder etwas Ähnlichem. Andererseits wollte ich kein Arschloch sein, und so stand ich doch auf. Ich trank Kaffee, während sich Vesna im Badezimmer fertig machte. Draußen wurde ein Motor nach dem anderen angelassen, die Verwaltung fuhr zur Arbeit. Die Arbeiter mussten schon viel früher los. Dann kam Vesna in die Küche, geduscht, geschminkt, heiter, schön, und während ich sie so sah, spürte ich ein Lächeln über mein Gesicht huschen.

Was ist, Kalda?, fragte sie, warum lächelst du?

Wann sehen wir uns wieder?, hörte ich mich sagen.

Ach, sagte sie, wie soll ich sagen, es war gut gestern Abend, aber ich sehe nicht unbedingt einen Grund dafür, dass wir uns wiedersehen. Ich habe mein Leben und du deins, und ich finde besser, dass es so bleibt, du nicht?

Sie trampelte mit ihren Stöckelschuhen doch ein wenig auf meinem Ego herum, das kann ich nicht leugnen, ich hätte eine solche Nummer nicht von ihr erwartet, aber trotzdem zeigte ich keine Regung.

Ich meine, dass du recht hast, sagte ich. Ihr Mädchen versteht viel von solchen Sachen, und ihr habt immer recht.

Sie kam um den Tisch herum, küsste mich auf die Wange und ging zur Tür.

Nur damit du es weißt, ich war sehr traurig, als du aus Dubrava weggezogen bist, hörte ich sie im Flur sagen.

Die Tür ging auf und wieder zu, ihre Schritte entfernten sich im Treppenhaus, und dann wurde es spät.

31

Tamara war wütend auf mich. Sie fand, dass ich ihr das mit der Tuberkulose hätte sagen müssen, damit sie und David sich untersuchen lassen. Sie sagte, dass ich David in Gefahr gebracht hätte. Und dass sie so etwas nicht von mir erwartet hätte. Ich sagte ihr, dass ich ihre Besorgnis verstehe, aber dass mir nicht klar sei, wie ich sie von Utrine aus in der Kovačićeva hätte anstecken sollen, und außerdem hätte sich herausgestellt, dass meine Bakterien ungefährlich für meine Umgebung seien. Sie wären sozusagen dafür konzipiert, nur meine Lunge zu attackieren, und es gebe keinen Grund für sie und David, sich Röntgenstrahlung auszusetzen oder den Nadeln und Visagen der Ärzte, der kroatischen Gesundheitspolitik und all den anderen Unannehmlichkeiten. Wie dieser Schauspieler, der sich ständig auf AIDS testen lässt. Irgendwann habe ich ihn mal fotografiert, und da erzählte er dem Journalisten, dass er sich regelmäßig auf AIDS testen lasse. Er prahlte mit seiner Angst vor AIDS, als würde sich diese Krankheit durch Onanieren verbreiten und als müsse er sich deshalb ständig und in Panik testen lassen. Ich erzählte ihr das. Tamara beruhigte sich nicht, sie sagte, ich nähme nichts ernst, und war weiterhin wütend.

Sie ärgert sich nicht deswegen, sagte Igor, sie ärgert sich, weil du ihr nicht Bescheid gesagt hast, dass du krank bist, und sie dir nicht helfen konnte – das meinte Igor.

Da hätte ich eher dich warnen sollen, sagte ich.

Es ist bald fertig, sagte Igor, der mit einem Holzlöffel die Hühnerleber in der Pfanne umrührte. Die Küche roch nach gebratenen Zwiebeln, während die Sonne hinter dem Gebäude gegenüber aufstieg und durch die Baumkronen schien, durch junge hellgrüne Blätter.

Frühstück für einen geschundenen Körper, sagte Igor.

Mein Gott, bist du langweilig, sagte ich.

Und wenn schon, sagte er, hättest du regelmäßig gegessen, wäre dir das nicht passiert.

Schon gut, Mutti, schon gut.

Aus irgendeinem Grund bildete sich Igor ein, dass ich Hilfe brauchte. Eine sorgende Hand, weil ich sonst verwahrloste.

Du hast Schäden davongetragen, aber das kann man wieder in Ordnung bringen, sagte er.

Fürs Erste kochte er für mich. Nahrhafte, stärkende Gerichte. Damit ich mich von der Krankheit und dem Krankenhaus erholte.

Das Essen da war sicher nicht gut, meinte er.

Wen kümmert schon das Essen, sagte ich.

Igor sah mir zu, wie ich auf mit Zitronensaft beträufelten Lebern, Lungen und Herzen herumkaute. Nicht schlecht, dachte ich, gar nicht so schlecht. Die Schwulen haben echt Stil, egal was sie tun. Ich sagte ihm das.

Noch so ein Stereotyp, sagte er. Außerdem denkst und sprichst du wie ein Homophober.

Was du nicht sagst, entgegnete ich. Was muss ich denn sagen, um nicht als homophob zu gelten?

Du musst die wesentlichen und nicht die sekundären Dinge berücksichtigen, sagte er.

Zum Beispiel?

Zum Beispiel: darüber nachdenken, was für ein Mensch ich bin, und nicht darüber, mit wem ich vögele.

Mir ist es egal, mit wem du vögelst, sagte ich. Und du wirst mir nicht sagen, worüber ich nachzudenken habe. Warum bist du denn mit mir befreundet, wenn du denkst, dass ich Schwule hasse?

Ich denke nicht, dass du Schwule hasst, sagte er. Ich denke nur, dass du nicht hundertprozentig emanzipiert bist, wenn es um diese Frage geht.

Red du nur, sagte ich.

Sieh mal, sagte er, wenn ein Schwarzer das für dich gekocht hätte, würdest du dann sagen: Oh, ihr farbigen Jungs habt wirklich Stil. Alles, was ihr in die Hände nehmt, gelingt euch phantastisch.

Komm, vergiss es, sagte ich, du verdirbst mir den Appetit.

Nach dem Frühstück tranken wir Kaffee und rauchten. Die Küche roch jetzt nach gebratenen Zwiebeln, Kaffee und Zigaretten. Vor mir tauchte das Bild eines Gartens auf, umgeben von blühenden Felsenkirschen, mit Beeten, in denen Zwiebeln und Möhren wachsen und Bohnen, die an Stangen hochranken. Auch ein Busch steht da, mit länglichen fleischigen Blättern und voller mondblasser Beeren, hinter dem plötzlich Igors Stimme ertönte:

Als du damals sagtest, dass ich nicht dein erster Schwuler bin, was meintest du damit?

Es schüttelte mich vor Unbehagen.

Du bist imstande, einem jeden Spaß zu verderben, sagte ich. Sobald auch nur ein kleines und unschuldiges Vergnügen irgendwo am Horizont auftaucht, fährst du sofort deine Panzer und Bulldozer auf.

Wovon redest du überhaupt?

Ich war gerade im Puff, sagte ich. Ich lag auf einer weichen Matratze, rauchte Wasserpfeife, und eine Schönheit in durchsichtigem Negligé mit einer Schnute wie Nofretete brachte mir Kaffee auf einem Silbertablett, und dann kommst du …

Red keinen Scheiß, unterbrach mich Igor. Also was hast du nun damals gemeint?

Was habe ich wann gemeint?

Als du gesagt hast, dass ich nicht dein erster Schwuler bin.

Habe ich das wirklich je gesagt?

Ach komm …

Was ich gemeint habe? Na eben, dass es von euch so viele gibt wie von den Chinesen, irgendwie so was, und dass du nicht der Erste bist, den ich kennengelernt habe.

Ach wirklich, und wen kennst du noch?

Was soll das hier werden, ein Quiz? Oder brauchst du neue Adressen?

Ein ziemlich dummer Witz.

Wirklich anstrengend, dieser Typ, aber in Ermangelung besserer Gesellschaft …

Mein Onkel war ein Schwuler, sagte ich.

War?

Er sah mich gespannt an und wartete auf die Fortsetzung, auf die ganze Geschichte von meinem Onkel, mit allen Pikanterien und allem, was dazu gehört.

Ja, sagte ich, er ist gestorben.

Das tut mir leid.

Es ist lange her.

Mein Onkel war an Kehlkopfkrebs gestorben. Er baute schnell ab, nachdem diese Diagnose im Krankenhaus von Vinogradska gestellt worden war. Doch er schien deshalb nicht in Panik zu verfallen. Es war wohl eher so, dass er den Gegner realistisch einschätzte und seine eigenen Chancen abwog. Er verfiel auch dann nicht in Panik, als er begriff, dass der Boden, auf dem er stand, unaufhaltsam unter ihm wegbrach und dass um ihn herum alles einstürzte und zerfiel. Ich habe ihn jeden Nachmittag in seiner Wohnung besucht. Er wollte nicht im Krankenhaus sterben. Wir saßen im Wohnzimmer, tranken Bier und rauchten. Während er rauchte, verschloss er mit seinem Zeigefinger die Kanüle am Hals. Das waren Tage, die nicht im Kalender existierten. Und mit so was kam ich nicht so gut zurecht.

Was für einen Eindruck mache ich auf dich?, fragte er mich einmal.

Wie bitte?, sagte ich.

Wie würdest du mich jemandem beschreiben?

Ich betrachtete ihn. Er war grau und zerbrechlich, wie der eingetrocknete Schlangenkadaver, den ich einmal auf dem Velebit gesehen hatte.

Ich hab es nicht so mit dem Reden, sagte ich.

Willst du dann ein Foto von mir machen?

Warum?, fragte ich.

Damit du ein Foto von mir hast, sagte er. Du hast mich noch nie fotografiert.

Scheiß auf Fotos, sagte ich, ich werde dich lieber in Erinnerung behalten. Das hält länger.

Ein anderes Mal fing er plötzlich von meiner Zeit in Münster an.

Du hast mir nie erzählt, wie es dir damals in Münster ergangen ist, sagte er.

Ich stockte. Warum fragte er mich nach so weit zurückliegenden Dingen, an die ich selbst nur selten dachte?

Wie es mir da oben ergangen ist? Ich sah meinen Onkel an. Was soll ich dir sagen? Nicht gut. Da oben gibt es keine Ungewissheit, alles ist so gut durchgeplant, man weiß alles im Voraus, so könnte ich nicht leben.

Mein Onkel lachte.

War es schlimm im Sägewerk?

Nicht unbedingt. Die Leute da waren in Ordnung. Es ist nur übel, wenn du nachts davon träumst, wie die Seile des Krans reißen und die ganzen Baumstämme und Bretter dich unter sich begraben.

Hast du oft davon geträumt?

Nur einmal.

Im Laufe der Zeit wurde mein Onkel immer schneller müde, wenn er im Sessel saß, und ich trug ihn dann ins Bett. Er war heiß und trocken, beinahe gewichtlos.

Das letzte Mal unterhielten wir uns darüber, dass er gerne noch einmal seine Schwester sehen würde. Einen Tag davor war ich in dem Dorf gewesen, in dem meine Mutter damals lebte, aber ich hatte sie nicht gefunden, und mir konnte auch niemand sagen, was mit ihr passiert war.

Dumme Schafe, sagte ich zu meinem Onkel. Keiner wollte mir irgendwas über sie sagen.

Kannst du es noch einmal versuchen?, fragte er mich.

Kein Problem, sagte ich.

Bitte, sagte er, ich spüre, dass mich etwas aus meinem Körper herausreißt.

Am nächsten Tag starb er.

32

Sollte mich irgendwann irgendwo in einer Hölle oder an einem ähnlichen Ort irgendjemand fragen, ob ich gegen den Kommunismus gekämpft habe und für die kroatische Unabhängigkeit, und wenn ja, in welcher Form, werde ich antworten:

Ich kann mich diesbezüglich an keine einzige Geste meinerseits erinnern.

Obwohl – meinen Besuch 1989 bei dem Schriftsteller Mariski

B., der im Hotel Jadran in den Hungerstreik getreten war, könnte man vielleicht als eine solche heroische Geste deuten, zumindest war ich nah dran.

Der Mann an der Rezeption hob den Blick von seiner Zeitung, blickte mich von oben bis unten an und sagte:

Sie wollen zu dem Mann, der streikt.

Das klang eher wie eine Feststellung als wie eine Frage. Ich nickte.

Zimmer 10, 1. Etage. Ich würde Ihnen übrigens empfehlen, sich gleich ein Glas aus der Bar mitzunehmen, sagte er und vertiefte sich wieder in seine Zeitung.

Warum ein Glas?, dachte ich, sagte aber nichts.

In einem Sessel in der Hotelhalle saß ein kräftiger Mann, verpackt in einen zerknitterten Anzug in der Farbe von Gefängniswänden, und blickte mich an. Ein Bulle. Da konnte man sich nicht vertun, es reichte, ihm in die Augen zu sehen. Bullen haben ganz besondere Augen. Statt Pupillen haben sie Röntgenapparate, durch die sie einen tatsächlich splitternackt sehen. Es gibt keinen Schutz gegen diesen Bullenblick. Ich blieb vor ihm stehen, und jetzt aufgepasst – das hätte meine patriotische Geste werden können:

Na Kollege, wie steht's?, zwinkerte ich ihm zu.

Er fuhr hoch, die Pulsader an seiner Schläfe schwoll an, er ballte die Fäuste, bis seine Handgelenke weiß wurden, sagte aber nichts. Er lief rot an, aber nicht aufgrund meiner Worte, nicht, weil er den Fotoapparat in meiner Jackentasche oder das Kleingeld in meiner Hosentasche gesehen hatte, sondern – und nun kommt die zweite potentiell patriotische Geste – weil er meine

Eichel erblickt hatte, die ihn aus ihrem kleinen Spalt frech in die Augen guckte, ein klassisches Beispiel für Provokation einer Amtsperson im Dienst. Er fuhr hoch, das sagte ich schon, aber kein Sterbenswörtchen kam über seine Lippen, denn er war undercover, in geheimer Mission, und durfte sich nicht verraten, damit die Aktion nicht in die Binsen ging. Ich ließ ihn dort sitzen und stieg die Treppe hoch zur ersten Etage.

Das Zimmer war gefüllt mit Rauch, radikalem Anarchismus und Doktorarbeiten in Soziologie, Philosophie und Literatur. Dort saß eine Elite, von der sich jeder geistesgegenwärtige Mensch instinktiv ferngehalten hätte. Zwei als Nationalisten abgestempelte Professoren, ein enttäuschter Marxist, dann der Genosse Nobel, ein Schriftsteller, der sich in die Überzeugung verrannt hatte, dass nur eine weltweite Verschwörung seinen Nobelpreis hatte verhindern können, ein anarchistischer Maler, zwei Feministinnen von der vordersten Front. Dann noch ein allgemeinpraktizierender Intellektueller, der zielsicher jeden Ort aufspürte, an dem es kostenlos zu Trinken gab. Und eine Erotik-Dichterin, die ihre Talente vorwiegend in der Dijana Bar einsetzte. Die anderen kannte ich nicht, aber man hätte von einem Satelliten aus erkennen können, dass es sich um Literaturstudenten handelte. Sie trugen ihr Wasserzeichen im Gesicht, jenen mies gelaunten Ausdruck künftiger unverstandener Schriftsteller. Auf dem Bett in der Zimmerecke konnte man durch den blaugrauen nikotingeschwängerten Dunst Mariski erahnen, der dort mit dem Hintern auf seinen angezogenen Beinen hockte. Er befand sich im Hungerstreik, weil man ihn wegen einer Erzählung in der Studentenzeitung, in der es vor kritischen Anspielungen auf den Sozialismus nur so wimmelte, aus dem Verband der Schriftsteller geworfen hatte. Die mächtige Partei hatte nicht auf die Erzählung reagiert, Mariski war nur ein kleines Licht in ihren Augen, aber die eilfertigen Kollegen hatten ihn schon mal vorsorglich aus ihrem Verband ausgeschlossen.

Na, Hombre, wie geht's?, fragte ich ihn.

Danke dir, sagte er.

Wofür?

Dass du gekommen bist, um mich zu unterstützen.

Ich bin nicht gekommen, um dich zu unterstützen, sondern um zu arbeiten, ich nahm meine Leica aus der Tasche und schoss zwei Bilder.

Mariski in Yogi-Pose.

Fettige Haarsträhnen fielen ihm auf die Schultern, der Zweiwochenbart ließ sein knochiges Gesicht mit den eingefallenen Wangen noch hagerer erscheinen. Trübe Augen, faltige Augenringen, rissige Lippen, kurzum – er sah genauso aus, wie ein hungerstreikender Schriftsteller eben aussieht.

Du lügst, keiner wird dieses Foto bringen, sagte er.

Genau, sagte ich, ich mache das hier für die Geschichte, Mariski. Für die Geschichte.

Er winkte ab.

Aber ich sehe hier nur drittklassige Dissidenten, sagte ich.

Da kann man nichts machen, sagte er, die erste Klasse sitzt im Gefängnis.

Und wie geht's dir?

Was meinst du wohl, wie es mir geht? Ich habe Hunger.

Was erwartest du denn?, sagte ich. Aufs Essen verzichten, das ist ja wohl das Mindeste bei einem Hungerstreik. Du hast doch sowieso nie viel gegessen.

Fick dich, er goss sich aus der Flasche ein, die auf dem Nachtschränkchen stand.

Der Tisch am Fenster stand voll mit Weinbrand-, Travarica- und Lozovačaflaschen und auch ein paar Zweiliterflaschen Billigwein standen da. Die abgestempelten Nationalisten und der enttäuschte Marxist füllten sich mit Badel-Cognac ab. Zu Hause tranken diese Leute etwas Besseres, wahrscheinlich französischen Cognac und amerikanischen Bourbon, aber hier wollten sie sich nicht als Bourgeois aufführen.

Willst du einen?, Mariski reichte mir eine Flasche Travarica.

Ich nahm die Flasche und goss mir ein.

Ich verstehe das nicht, sagte ich, du bist im Hungerstreik, aber du trinkst.

Was verstehst du daran nicht?, sagte er.

Wie lange willst du noch weitermachen?, fragte ich. Bis sie dich wieder in den Verband aufnehmen? Warum überhaupt?

Die sind mir scheißegal, sagte er, aber ein bisschen Werbung kann meinem neuen Buch nicht schaden.

Ich stand etwas abseits und beobachtete die Szenerie im Hotelzimmer. Die Nationalisten und der Marxist führten ihre unterbrochene Diskussion über das Bruttosozialprodukt und die nationale Frage fort, über Revolution und Evolution, über die Irrungen von Marxismus und Liberalismus. Sie sprachen, und ihr Atmen stank nach Mottenkugeln. Eine der Feministinnen versuchte den anarchistischen Maler heftig gestikulierend davon zu überzeugen, dass der Anarchismus schon längst tot sei, die zweite saß auf der Bettkante, hielt Mariski die Hand und erzählte etwas, der allgemeinpraktizierende Intellektuelle drückte sich mit den Studentinnen und Studenten am Getränketisch herum, Genosse Nobel kämpfte sich mit den Ellenbogen zu der Erotik-Dichterin durch und verwickelte sie in ein Gespräch. Er tat so, als wolle er aus erster Hand hören, wie die junge Generation so schreibt, ob sie die Mauern durchbrechen könne, vor denen die hermetische Dichtung stehen geblieben war, ob man einen Vers schreiben könne, der nicht mehr fünfzig Seiten Fußnoten erfordere, und welche Perspektive es für die Poesie überhaupt noch gäbe – doch eigentlich sondierte er nur das Terrain und war darauf aus, sie kraft seiner Autorität flachzulegen. Er drückte sein Becken gegen ihre Hüfte, wand sich verkrampft und bewegte seinen Hals vor und zurück wie ein erregtes Paradiesvogelmännchen. Sie lachte, spürte das Zappeln in seiner Hose – sie durchschaute ihn, rückte aber nicht von ihm ab. In einer Hand hielt er das Glas, mit der anderen stützte er sich auf ihre Schulter, flüsterte ihr etwas in Ohr und wartete gespannt auf ihre Antwort.

Unbedingt, sagte sie, aber wozu warten, sie hob theatralisch ihr Glas und schob ihren Rock hoch, so dass der Spitzensaum ihres Höschens zum Vorschein kam. Warum Zeit verlieren, wenn wir es hier und jetzt tun können.

Niemand achtete auf ihre kleine Einlage, nur Genosse Nobel wich an den Tisch mit den Getränken aus, wo er mit einer Studentin erneut sein umständliches Ritual begann, und die Dichterin sah sich im Zimmer um, und unsere Blicke trafen sich.

Jesus, was für eine Nervensäge, sagte sie, nachdem sie sich zu mir durchgeschlagen hatte.

Wer, Genosse Nobel?

Genau der. Hör mal, der lädt mich zu sich nach Hause ein, von wegen er interessiert sich für meine Gedichte und so. Darauf wäre ja noch nicht mal die dümmste Studentin reingefallen.

Na und, sagte ich, man kann es doch mal versuchen.

Abgesehen davon, dass er schmutzig ist, sie tat so, als sei sie entsetzt, hat er auch noch einen Wasserkopf, verfaulte Zähne, Finger wie fette Würmer, und sabbert beim Sprechen, doch das ist alles halb so wild. Aber dass er …

Ich hörte nicht mehr zu. Das, wovon sie sprach, interessierte mich nicht. Ich trank meinen Travarica. Es war ein guter Schnaps, er strahlte positive Energie aus. Ich winkte Mariski zu und verschwand. Der Bulle war nicht mehr in der Hotelhalle, wahrscheinlich machte er gerade Mittag.

33

Schwester Andrea rief mich an und fragte, wie es mir ginge.

Erträglich, verehrte Schwester, ganz erträglich, sagte ich und fragte mich im Stillen, warum sie mich anrief. Die Kontrolluntersuchung war doch erst in einem Monat, und ich bezweifelte, dass sie mit mir über das Wetter, Frauen oder Fußball plaudern wollte.

Sie fragen sich sicher, warum ich Sie anrufe?, sagte sie.

Genau.

Ich habe Ihnen etwas zu sagen, das Sie sehr interessieren dürfte.

Schießen Sie los, sagte ich. Ist Šuster zum Priester geweiht worden?

Ich hörte, wie sie lächelte.

Wo haben Sie überhaupt meine Nummer her?, fragte ich.

Aus Ihrer Akte, sagte sie.

Ach ja, sagte ich.

Ich spürte, wie sich die Schwester am anderen Ende der Leitung etwas wand, und dachte, dass sie vielleicht noch etwas außer TBC gefunden hatten.

Ist etwas nicht in Ordnung mit meinen Befunden?, fragte ich.

Nein, nein, sagte sie, es ist alles in Ordnung mit Ihren Ergebnissen, nur ..., sie hielt inne und dann brach es aus ihr heraus: Ihr Vater ist hier.

Mein ..., begann ich und verstummte.

Was ich gerade gehört hatte, war so, als wäre mir ein dritter Arm aus dem Körper gewachsen – direkt vor meinen Augen.

Ja, Ihr Vater, hörte ich sie nur noch aus der Ferne.

Das ist doch lächerlich, sagte ich.

Drago Kalda, sagte sie mit gleichgültiger, professioneller Stimme, fünfundsiebzig Jahre alt ...

Aber ich habe keinen Vater, schrie ich in den Hörer.

Wie bitte?, sagte die Schwester.

Ich habe keinen Vater, wiederholte ich.

Wie meinen Sie das, Sie haben keinen Vater?, sagte sie. Jeder hat einen Vater.

Da irren Sie sich aber gewaltig, sagte ich.

Ohne mich zu verabschieden, legte ich auf. Es gab nichts mehr zu sagen. Auch die gute Schwester hatte es begriffen und rief nicht noch einmal an. Obwohl ich noch eine Zeit lang angespannt dasaß, auf dieses Ding starrte und erwartete, dass es wieder klingelte.

Wie ihr wisst, hatte ich Schwester Andrea nicht belogen – ich hatte wirklich keinen Vater. Es gab einen Mann, dessen Hoden eine Million Spermien produziert hatten, und eins davon hatte die Eizelle meiner Mutter befruchtet, aber das war noch kein Vater. Der Typ, von dem Schwester Andrea gesprochen hatte, war nur ein Samenspender, wenn er es überhaupt war. Während ich darüber nachdachte, verspürte ich Durst. Ich öffnete eine Bierdose und leerte sie. Und dann noch eine. Ich zündete mir einen Zigarillo an und drückte ihn sofort im Spülbecken wieder aus. Ich spürte Wut in mir aufsteigen. Sie griff um sich wie Feuer. Ich ging durch die Wohnung und sagte immer wieder: Scheiße noch mal, verdammte Kacke, alles im Arsch. Dann packte mich die Angst. Sie kam aus den entlegensten Teilen meines Körpers und erdrückte mich. Ich konnte weder atmen noch denken. Ich schleppte mich ins Wohnzimmer und warf mich auf die Couch.

Als ich wieder klar sehen konnte, war es später Nachmittag. Draußen bog der Wind die Äste der Birken, die Fenster des achtstöckigen Gebäudes und der Hochhäuser gegenüber glänzten im Sonnenlicht.

Ich rief Tamara an.

Du meldest dich? Dann wird uns gleich ein Meteorit treffen, sagte sie.

So ungefähr, sagte ich.

Damit du es gleich weißt, ich meine immer noch, dass du dich unverantwortlich verhalten hast, sagte sie.

Lass das jetzt mal, bitte, können wir uns heute Abend sehen?

David ist mit Papa in Gorski Kotar, sie kommen morgen zurück.

Es geht nicht darum, sagte ich, ich möchte mich gerne mit dir über etwas Bestimmtes unterhalten.

Hm, sagte sie, aber vorher muss ich noch etwas in der Stadt erledigen. Wir können uns um acht in der Dežman-Passage treffen.

Tamara wartete vor dem Eingang des ehemaligen Kinos Jadran auf mich. Ehemalig, ehemalig … Diese Stadt ist voller ehemaliger Kinos, Restaurants, Kneipen, Läden, Straßen, Menschen, die sich in etwas anderes verwandelt haben, heruntergekommen, geschlossen, zerstört, getötet. Was für eine Scheiße, Mann. Eine Kaltfront zog über Zagreb, und Tamara stand dort in ihrem dunkelblauen Marinemäntelchen mit hochgeschlagenem Kragen, die Hände in den Taschen, und lächelte. Wir küssten uns. Ihre Lippen schmeckten wie Wodka Juice mit Eis und einer Zitronenscheibe. Ich sagte ihr das.

Du hast offensichtlich Vitamin-C-Mangel, sagte sie und hakte sich bei mir ein.

Wollen wir irgendwo essen gehen?, fragte ich.

Lass uns zu mir gehen, sagte sie.

Der Nordwind stürzte sich in die Dežman-Passage und auf die ganze Stadt, und wir kämpften uns wortlos und mit zusammengekniffenen Augen voran bis zum Kino Freiheit, das jetzt Tuškanac hieß. Wir sprachen erst wieder, nachdem wir uns in den Windschatten der Alexandertreppe gerettet hatten.

Diese beschissenen Faschisten, schrie ich, was hat sie denn an dem Namen Freiheit gestört!

Tamara kannte meine linke Pose und sagte nichts.

Mensch, sagte ich etwas versöhnlicher, es ist ja saukalt! Du bist bestimmt erfroren, während du auf mich gewartet hast? Wir hätten uns in einem Café verabreden sollen.

Du hast immer was zu motzen, sagte sie. Ich habe überhaupt nicht gefroren. Hast du vergessen, dass früher solche Verabredungen ausschließlich draußen stattfanden? Auf Plätzen, an Denkmälern, vor Buchhandlungen, vor Telefonzellen und an ähnlichen Orten. Wenn ich mich nur daran erinnere, wie stolz ich an der Ecke Frankopanska bei der Telefonzelle gestanden und gewartet habe. Es störte mich rein gar nicht, dass der Typ zu spät kam, ich stand dort wie ein Denkmal, ein Beweis dafür, dass mich jemand haben wollte. In einem Café zu warten, schnaubte sie verächtlich, ist überhaupt nicht aufregend. In meinen Augen ist das dekadent und konformistisch.

Alexander und seine Treppe waren eine Nummer zu groß für mich, ich konnte sie nicht in einem Zug hinaufsteigen. Auf der ersten Aussichtsplattform blieb ich stehen und lehnte mich keuchend an eine Betonsäule. Tamara sah mich an. Im spärlichen Licht glänzten ihre Augen, ihr Haar und die goldenen Knöpfe mit den eingravierten Ankern.

Darfst du überhaupt rausgehen?

Ist schon in Ordnung, es war viel schlimmer.

Es hat mich eigentlich nicht überrascht, dass du Tuberkulose hast, sagte sie.

Nein?

Nein. Das passt perfekt.

Wozu?

Angesichts all der merkwürdigen Sachen, die dir schon passiert sind, sagte sie, ist Tuberkulose nur eine logische Fortsetzung.

Tuberkulose ist keine merkwürdige Sache, sagte ich. Es ist eine angesehene Krankheit, die schon ein langes Arbeitsleben hinter sich hat und hervorragende Ergebnisse hinsichtlich der Mortalität vorzuweisen hat. Es wäre nur fair, wenn du dich ihr gegenüber ein wenig respektvoller verhieltest.

Angesehene Krankheit? Tamara zog die Brauen hoch. Was du nicht sagst.

Doch, sagte ich. Wenn du eine Ahnung hättest, wer schon alles Tuberkulose hatte. Chopin, Doc Hollyday, Kamow, Bukowski.

Im zweiten Anlauf schafften wir es bis zum Rokov-Park hinauf. Der Park war menschenleer. Über uns heulte der Wind in den Baumkronen. Von irgendwoher hörte man Hundegebell.

Als Schüler waren wir häufig hier, sagte ich.

Warum?, fragte Tamara.

Einfach so, wir hatten Spaß daran. Und da unten, hinter der Kapelle, da war die Brutstätte von Sünde und Unzucht. Mensch, wenn ich daran denke, dass du vielleicht hier im Park gespielt und geschaukelt hast, während ich da unten gerade ein Mädel befummelte.

Ich bin doch nicht nachts in den Park gekommen.

Wir sind auch nicht nur nachts hierhergekommen. Vielleicht habe ich dich sogar das eine oder andere Mal gesehen und gedacht, wie hübsch das kleine Mädchen da ist, die müsste man wieder finden, wenn ihre Titten gewachsen sind. Vielleicht hast du mich auch angesprochen und mich gefragt, wie spät es ist oder etwas Ähnliches, aber das war mir – wie auch vieles andere damals – nicht wichtig, so dass ich mich nicht daran erinnere …

Mensch, unterbrach mich Tamara, was du manchmal für einen Stuss zusammenredest.

Brrr, ich spürte, wie mir das Blut gefror.

Das Kompott aus Heidelbeeren, Johannisbeeren oder etwas Ähnlichem und der Travarica vom Velebit brachten die Eiskristalle in meinen Adern zum Tauen. Der alte Förster wusste schon, was gut war, da gab es gar nichts. Ich saß am Küchentisch und sah Tamara zu, wie sie fluchend versuchte, den Gasherd anzubekommen.

Lass das jetzt mal, sagte ich.

Ich mache dir den Eintopf warm.

Den Eintopf?

Begova Čorba.

Mit Bamja und allem drum und dran?

Mhm.

Und dann vergewaltigst du mich, abgemacht?

Nein, du musst was essen.

Das sagt Igor auch immer.

Wer ist Igor?

Ach, so ein Irrer aus der Nachbarschaft.

Immer hängen irgendwelche Irren bei dir herum.

Das ist eben mein Karma.

Erst als ich es mir nach dem Mittagessen auf der Couch bequem machte und einen Schluck Wein trank, fragte mich Tamara, worüber ich mit ihr reden wollte.

Du wirst es nicht glauben, sagte ich, meine merkwürdige Odyssee setzt sich fort.

Was ist los?

Mein Alter ist wieder aufgetaucht, sagte ich niedergeschlagen und berichtete ihr von meinem Gespräch mit Schwester Andrea.

Tamara hörte mir mit weit aufgerissenen Augen zu.

Wow, das hätte ich nicht erwartet, sagte sie. Alle Achtung, du übertriffst dich selbst.

Ich habe damit nichts zu tun.

Nein, nein, natürlich nicht, nicht das Geringste. Wo kommt er denn plötzlich her?

Das frage ich mich auch.

Und was willst du jetzt tun?

Keine Ahnung, ich bin stinksauer. Woher nimmt er das Recht, plötzlich aufzukreuzen, jetzt, wo alles …

Mal halblang, sagte Tamara, er hat schließlich nicht an deiner Tür geklingelt.

Nein, aber trotzdem …

Er hat dich nicht mal angerufen.

Ich winkte ab.

Dich hat lediglich eine Krankenschwester angerufen und gesagt, dass er im Krankenhaus ist. Vielleicht ist er es ja gar nicht. Vielleicht ist es nur irgendein Mann mit dem gleichen Namen.

So ein Glückspilz bin ich nicht, sagte ich.

Wir nippten noch eine Zeit lang an unseren Gläsern und lauschten dem Wind. Dann stand ich auf und verabschiedete mich von Tamara.

Was würdest du an meiner Stelle tun?, fragte ich an der Tür.

Ich? Ich würde hingehen und nachsehen, was los ist.

34

Und dann eines Tages: Bang! Bang! Bang! Du sitzt auf der Terrasse eines Cafés, trinkst Kaffee, und über dir hat gerade eine MIG die Schallmauer durchbrochen, ihre Wärmeköder abgeworfen und schießt nun senkrecht in den Himmel, als wolle sie sich dem lieben Gott persönlich in den Bauch bohren. Einen Augenblick später siehst du sie, wie sie hoch oben schwebt, sich aufplustert, in der Sonne glänzt, dann ihre Nase wieder senkt und im Sturzflug eine Rakete abfeuert.

Wir hatten also Krieg. Es war nicht wichtig, warum er begonnen hatte und es war sicher nicht wegen dir, etwa weil dich jemand schief angeguckt oder beleidigt hatte, dich um deine Kohle beschissen hatte, ganz bestimmt nicht. Der Krieg war da, es gab kein *Wir sind doch alle nur Menschen, man kann doch über alles reden* mehr. Jetzt lief eine Horde bewaffneter Wahnsinniger herum und versuchte, sich gegenseitig umzubringen. In so einer Situation musst du zusehen, dass du mit dem Leben davonkommst. Es ist ganz egal, wie du das anstellst, bei solchen Dingen sind die Einzelheiten nebensächlich.

Im Grunde war es ein reines Geschacher. Jugoslawien, die Föderation der Serben, Kroaten, Slowenen, Muslime, Albaner, Mazedonier, Montenegriner und einiger anderer Unglücksraben, die das unglaubliche Pech hatten, in einem gemeinsamen Staat leben zu müssen, der aus den Resten des osmanischen Imperiums und der österreichisch-ungarischen Monarchie zusammengeflickt worden war, zerfiel – und nun ging es darum, wer sich am meisten Cash in die Tasche stecken würde.

Zunächst dachten sich irgendwelche Idioten die Theorie aus, dass Serbien überall dort sei, wo serbische Knochen vergraben sind. Dann erschien ein Wanderzirkus auf der Bildfläche: Bärtige Typen mit hohen Pelzmützen und Felljacken rannten herum und schwenkten Fahnen, Kreuze, Flaschen, Schädel, Knochen, Messer,

Gewehre, Ikonen und Poster und verspien Angst. Sie schwafelten vom heiligen serbischen Boden, von den alten Schlachten, vom Kaiser und einem Verrat, von Kindern, die mit Vorschlaghämmer erschlagen worden waren, von Hunden, die in Bäuche von Schwangeren eingenäht wurden, von verbrannten Dörfern und Massengräbern und dann wieder vom heiligen serbischen Boden und von den alten Schlachten.

Monatelang füllte dieses Gequassel die serbischen Zeitungen und Fernsehprogramme, und die Menschen bekamen schließlich Angst. Logisch. Wer will schon, dass sein Kind getötet, sein Haus angezündet, seine Frau aufgeschlitzt wird und dass jemand einen Hund in ihren Bauch einnäht?

Dann begannen die Bärtigen, Bäume zu fällen und sie quer über kroatische Straßen zu legen, die zum Meer führen. Durchfahrt verboten, sagten sie zu den staunenden Touristen, hier ist Serbien. Jugoslawische Soldaten in Kriegsuniform standen neben ihren Panzern und gepanzerten Wagen und sahen sich die Szenerie an. Sie schützten den Frieden, so behaupteten sie, aber eigentlich schützten sie die Bärtigen, die dort auf den Barrikaden reichlich tranken, damit ihnen in ihrem Suff nichts passierte. Ich dachte, dass ich mich schon irgendwie in Sicherheit bringen könnte, wenn die Scheiße begann, und mir war klar, dass sie beginnen würde, es gab hier schon immer zu viele, die Interesse an so etwas hatten. Mich ging das alles nichts an. Ich wollte mich daran nicht beteiligen.

An einem dieser Tage besuchte mich meine Mutter. Wir hatten uns lange nicht gesehen, es gab keinen Grund, dass wir uns besuchten, und dann erschien sie plötzlich völlig unangemeldet. Sie war traurig, und ich freute mich schon, dass vielleicht dieser Hund verreckt war und sie gekommen war, um mir das zu sagen. Doch ich hatte mich zu früh gefreut. Der Hund war nicht verreckt. Er hatte vielmehr den Ruf der Wildnis vernommen, die Wohnung verkauft und wollte jetzt in ein Dorf in der Nähe von Okučani ziehen. Ich wusste, dass er aus irgendeinem gottverdammten Kaff in Westslawonien stammte, meine Mutter und er waren manchmal dahin gefahren, als ich noch bei ihnen wohnte. Und obwohl es mich nichts anging, was die beiden mit ihren Leben anstellten, fragte ich sie, warum sie denn aus Zagreb weggingen. Meine Mutter wand sich auf ihrem Stuhl und betrachtete ihre Schuhspitzen. Es waren alte, abgetragene Schuhe mit rissigem Oberleder und abgetretenen Sohlen. Ich hatte den Eindruck, dass es ihr nicht besonders gut ging. Sie bemerkte, dass ich ihre Schuhe anstarrte, und wurde rot.

Das sind die für werktags, sagte sie.

Ich nickte.

Pero hat Angst, sagte sie.

Angst, wovor hat er jetzt plötzlich Angst?, fragte ich. Vor Ampeln, vor dem Theater, vor Straßenbahnen?

Nein, sagte meine Mutter, ohne meinen Sarkasmus zu beachten. Er hat Angst vor den Ustaschas.

Ich lachte.

Ustaschas? Vor welchen Ustaschas? Wo sind Ustaschas?

Hier bei uns, sagte meine Mutter. Sie töten Schwangere und brennen Häuser nieder, fügte sie hinzu.

Ach, so ist das, sagte ich und fragte sie, wo sie diese Geschichten herhätte.

Aus der Zeitung, sagte sie.

Aus welcher Zeitung?

Meine Mutter zuckte mit den Schultern.

Das waren wirklich Neuigkeiten für mich – erstens, Herr Pero hatte kapiert, dass er Serbe war, und zweitens, er hatte begonnen, Zeitungen zu kaufen. Ein Typ, der sich nie wegen einer Zeitung zum Kiosk begeben hätte (Reine Geldverschwendung, pflegte er zu sagen), hatte offensichtlich begonnen, alles zu schlucken, was darinstand. Und in den Zeitungen, die er kaufte, stand das, was die Bärtigen daherschwafelten. Der Typ hatte sich entschlossen, aus Zagreb zu verschwinden.

Schau doch mal, was um uns herum geschieht, sagte meine Mutter. Es ist besser, wenn wir gehen.

Ich betrachtete sie. Die Frau, die da saß und sich verwirrt im Zimmer umsah – das war meine Mutter.

Meine Mutter!

MEINE VERDAMMTE MUTTER.

Oder zumindest hätte sie es sein sollen.

Und was habe ich in jenem Moment damals empfunden?

Mir war übel, es drehte mir den Magen um. Ich war wütend. Ich spürte, wie ein giftiges Lachen in mir aufstieg. Ich stellte mir Pero vor, wie er seine Sachen packte und besonders vorsichtig seine Streichholzskulpturen verstaute, in Umzugskartons mit der Aufschrift NICHT KIPPEN, FRAGILE und Pfeilen nach oben und unten.

Ich spürte, dass ich meine Mutter zum letzten Mal sah.

In dieser Zeit hatte in Kroatien der Padre das Sagen, ein auf den ersten Blick harmloser, doch sehr stolzer Typ. Er war zum Beispiel stolz darauf, dass die Kroaten keine Serben waren. Wir Kroaten sind Kroaten, schrie er jedes Mal, wenn ihm jemand ein Mikrofon unter die Nase hielt. Und Europäer, fügte er hinzu. Er war auch stolz darauf, dass seine Frau keine Maoistin war, sondern Hausfrau. Und dann war er noch stolz darauf, dass sich die längste Straße in Zagreb in Ost-West-Richtung erstreckte und auf keinen Fall in West-Ost-Richtung, weiter, dass in Zagreb Straßenbahnen fuhren und keine Trolleybusse, und lauter solche Dinge.

Er war im Grunde ein perverser Typ, dieser Padre. Zum Beispiel war er versessen darauf, die Staatsflagge zu küssen. Bei jeder Gelegenheit betätschelte und küsste er sie, und dabei zitterte er, verdrehte die Augen und seine Lippen zuckten. Als bekäme er gerade einen Orgasmus. Er verhielt sich diesem bunten Lappen gegenüber, als wäre es der Slip einer Supernutte – das wurde dann als beispielloser Patriotismus ausgelegt, als reine und uneigennützige Liebe zur eigenen Heimat.

Dann gab es noch diesen verkommenen Typen, der damals auch bei Mariski gewesen war, als der seinen Hungerstreik machte. Zuerst sah man ihn im Fernsehen, wie er über irgendwas sprach, in einem abgetragenen Pepita-Anzug und schäbigen Schuhen, spitzen Schuhen aus den Fünfzigern. Es stellte sich heraus, dass die Kommunisten ihn gequält hatten, er hatte wohl irgendwas gesagt, was er nicht hätte sagen dürfen, und jetzt war er verbittert. Man hatte ihm damals den Reisepass weggenommen, er sei ein Opfer des Kommunismus, so sagte er, ein richtiger kroatischer Märtyrer. Standardgeschichte.

Etwas später dann war der Typ wieder im Fernsehen, diesmal kam er zurück von einer Tournee durch Amerika, wo er Geld für die Rettung seines Volks geschnorrt hatte. Das bedeutete, er hatte den Reisepass zurückbekommen, da hatte sich also gewaltig was geändert, in Sachen Menschenrechte und so, und man sah ihn am Flughafen, immer noch im selben Anzug, aber mit neuen Schuhen und einer Duty-free-Shop-Tüte in der Hand. Die Dinge wendeten sich ganz offensichtlich zum Besseren, der Wind der Veränderung wehte, solche Schuhe kosteten mindestens zweihundert Dollar, und auch seine Frau würde einen Luftsprung machen, wenn sie das zollfreie Parfum bekam. Offenbar hatte der Typ sich von dem Geld auch etwas in die eigene Tasche gesteckt, aber was soll's, er konnte schließlich nicht mittellos und in alten Schuhen für sein Volk kämpfen.

Einige Monate später sah man ihn in einem ganz neuen Anzug, er wurde in einem feinen Wagen herumkutschiert und zwar in Begleitung von Polizisten, ein paar Gorillas und seiner Gattin in haarigem Tier – er war kein Taugenichts mehr, sondern Minister. Er hatte seine Leute um sich versammelt, die Typen aus Mariskis Hotelzimmer und ähnliche Kaliber. Und jetzt bestimmten sie das Spiel, entschieden über das Bruttosozialprodukt, über die Wirtschaft, über unsere Ärsche.

Zu jener Zeit hatten sich die Jugouniformen schon aus den Zagreber Straßen zurückgezogen. Sie strömten am Wochenende nicht mehr aus den Kasernen, um die Cafés, Restaurants und Kinos zu okkupieren. Man sah keine Offiziere mehr, die nachmittags nach Hause gingen, sie hatten sich zurückgezogen wie das Meer vor einer anbrandenden Welle.

35 Mein Vater, also. Da kann ja jeder in dein Leben kommen, nach so vielen Jahren, und behaupten, er sei dein Vater. Jeder kranke, müde, enttäuschte alte Mann. Und du sollst ihn jetzt an deine Brust drücken und ausrufen: Eli, Eli, lama asabtani …

Kommt nicht in Frage!

Mitleid und Mitgefühl, gibt es irgendwas Ekligeres? Mir wird übel von so was, es macht mich augenblicklich depressiv. Was ist das überhaupt für ein mieser Trick? Kommt so was nicht nur in schlechten Romanen vor? Dass der Vater, ein armer Schweißer aus Danzig, aus irgendeinem nichtigen Grund barfuß bis zum Kilimandscharo läuft, wo er zufällig seinen längst verlorenen Sohn trifft, der inzwischen zum berühmtesten afrikanischen Medizinmann geworden ist. Oder dass der Sohn, ein junger Mann aus Paris, der in Texas in Sprachwissenschaften promoviert, auf der Suche nach seinem Vater in Bagdad landet, wo er die ehrenamtliche Mitarbeiterin einer humanitären Organisation flachlegt, die sich – wie könnte es auch anders sein – als seine Schwester entpuppt, von der er nicht wusste, so ähnlich wie es mir beinahe mit Vesna ergangen wäre … und so weiter und so weiter.

Was soll ich eigentlich mit der ganzen Sache? Ich habe keine Zeit für dumme Geschichten und noch weniger für einen kranken alten Mann. Und doch – er befindet sich drei Minuten zu Fuß von hier und, was noch schlimmer ist, er ist hier, in meinem Kopf. Sicher gibt es da noch einige alte Verbindungsdrähte, die mich heute hierhin, in den Norden Zagrebs geführt haben, irgendwelche Rattenschwänze, die ich noch seit damals mitschleppe, seit dem Moment, in dem sein Spermium in die Eizelle meiner Mutter eindrang – oh Gott, wie ich diese sture menschliche Hartnäckigkeit hasse, diesen stumpfen Ehrgeiz, den dieses Nichts, diese elende Zelle, diese EINE unter MILLIONEN an den Tag legt, die sich allen Hindernissen zum Trotz durchschlägt und zum Embryo wird.

Über solche Dinge dachte ich nach, während ich in einem Café in Zvijezda saß und schon meinen dritten Espresso trank. Es waren einige Typen aus dem Viertel da, ein paar schwänzende Schüler und zwei Männer in Jogginganzügen, die hundertprozentig aus der Lungenabteilung kamen. Die Visite war vorbei, und sie waren auf ein Bier herübergekommen. Man sah ihren Gesichtern an, dass sie drei Mahlzeiten täglich und ein Bett garantiert hatten, dass sie den ganzen Tag faulenzten, während sie darauf warteten, dass man sie wieder in Betrieb nahm. So eine Behandlung wurde einem heutzutage nur im Krankenhaus zuteil. Ich sah dem Kellner zu, wie er die Gläser und Tassen spülte und zum Abtropfen auf ein Gitter stellte, ich versuchte mich daran zu erinnern, wie mein Alter aussah. Obwohl ich ihn nicht aus dem Kopf bekam, wusste ich nicht mehr, wie sein Gesicht aussah, welche Augenfarbe er hatte, erinnerte mich nicht an seine Statur und seine Stimme. Ich kniff die Augen zusammen und versuchte, in den entferntesten Windungen meines Gehirns irgendeine Erinnerung zu aktivieren, irgendein altes Bild. Nichts. Ich hörte nur das nervöse Summen der Kaffeemaschine und das begeisterte Falsett eines Jungen, der ganz verzückt von seinen Pubertätsabenteuern erzählte. Er prahlte damit, dass er mit seinem Handy die Brüste irgendeiner Barbara aufgenommen hatte, und jetzt hatte er sie in der Hand, und sie musste alles tun, was er wollte, weil sonst … Ich sah ihn an, seine unruhigen verlogenen Augen, die hin- und herhuschten zwischen den Gesichtern seiner Kumpels, er prüfte die Wirkung seiner Geschichte, lauerte, ob sie ihn durchschauten. Ich hörte ihre begeisterten Kommentare. Diese dummen Grünschnäbel.

Ich ging auf die Toilette und pisste. Beim Händewaschen betrachtete ich mich im Spiegel. Meine Augen waren ruhig. Ruhig, wie die Augen jener Affen in Japan, die im Winter in heißen Quellen badeten.

Ich zahlte und ging.

Der Himmel über dem Krematorium war klar, es hatte nachts geregnet. Jetzt war er wieder bereit, den Rauch und die Asche aufzunehmen, die die Winde später über die ganze Stadt verteilen würden. Wie viele Tote gingen tagtäglich auf uns nieder? Und wir achteten überhaupt nicht darauf. Mit den behänden Schritten eines Bergsteigers bewältigte ich die Steigung, wobei ich mich an den geparkten Autos am Straßenrand vorbeiquetschen musste. Einmal ließ mich eine Kolonne Krankenschwestern vorbei, die plaudernd und lachend zur Klinik für Infektionskrankheiten zog.

Die verdammten Schwestern von der Infektionsstation.

Wir hatten David einmal dorthin bringen müssen, er hatte irgendeine Vergiftung und sollte eine Infusion bekommen. Als die Krankenschwester sich mit der Nadel seiner Vene näherte, begann er erschrocken zu betteln:

Bitte, bitte nicht pieksen!

Und ich schwöre, hätte Tamara mir nicht diesen Blick zugeworfen, ich hätte der Schwester die Spritze aus der Hand gerissen und ihr die Nadel direkt in ihr Hexenauge gestochen.

Was war denn los?, fragte mich Tamara später. Ich hatte den Eindruck, dass du dich auf sie stürzen wolltest.

Ich antwortete nicht. Was hätte ich auch sagen sollen? Etwa, dass ich nachts Gespenster über Davids Bettchen sah? Ihr von den alten, uralten Ängsten erzählen, die bis ans Ende der Zeit reichten, davon wie ich nachts, wenn ich verschwitzt aufwachte, vor Grauen zitternd ein Feuer sah, das an den Wänden unseres Schlafzimmers züngelte, und wie ich den Geruch des Rauchs spürte? Tamara wäre durchgedreht, wenn ich ihr das erzählt hätte. Auf jeden Fall begriff ich damals, dass ich fortgehen musste.

Da sind Sie ja, sagte Schwester Andrea.

Wo ist er?

Sie sind nervös?

Warum sollte ich nervös sein?

Ihr Vater …

Halt, Schwester, unterbrach ich sie, erstens ist es noch gar nicht sicher, dass dieser Typ mein Vater ist …

Sie sah mich milde und mitleidig an.

Der Nachname hat mich darauf gebracht, sagte sie. Der ist ja nicht so häufig … Kalda. Ich habe ihm von Ihnen erzählt, ich meine, dass wir neulich einen Patienten mit demselben Namen hatten …

Kaldas gibt es wie Sand am Meer, sagte ich.

Das stimmt natürlich nicht, sagte sie.

Doch, doch. Heute habe ich über Google einen Ivan Kalda gefunden.

Sie schüttelte den Kopf.

Und dann habe ich ihm vorgeschlagen, dass ich Sie anrufe und Ihnen sage, dass er hier ist. Er hatte nichts dagegen. Und dann habe ich Sie angerufen.

Drago Kalda lag in Zimmer 6. Im berüchtigten Zimmer 6, in dem sechs Betten standen. Das Zimmer war der Alptraum der Abteilung. Dort lagen die ältesten Patienten und viele starben. Ich weiß nicht, wie sie starben, ob sie in den letzten Stunden fluchten, flehten, zu irgendeinem Gott beteten oder ob sie sich ruhig und stilvoll verabschiedeten, so wie in dem Song *Street 66* des berühmten LKJ. Warum erinnerte ich mich an dieses Lied? Wegen der zwei Sechsen oder wegen des Bodens in diesem Zimmer, der im Licht der untergehenden Sonne wie glühende Holzkohle funkelte.

Die Alten dösten hinter ihren Beatmungsmasken vor sich hin. Die Stille in der Abenddämmerung wurde nur durch das Röcheln des Sauerstoffgeräts gestört. Das Röcheln erreichte gerade seinen Höhepunkt, da klopfte es kräftig an der Tür:

Tock tock tock.

Die Alten schreckten hoch und rissen die Augen auf.

Wer ist da?, fragte einer.

Der Bestatter, los, macht auf.

Zu wem wollen Sie?

Ist das hier Zimmer 6?

Ein Alter legte seine Beatmungsmaske ab, atmete durch die Nase ein und antwortete:

Ja, hier ist Zimmer 6, kommen Sie herein und nehmen Sie mich mit.

Aber Drago Kalda sah gar nicht so aus, als wären seine Tage gezählt. Ich weiß nicht, wie er innerlich aussah, aber seine Fassade war in Ordnung. Sein Gesicht sah aus, als sei er soeben von einem Gletscher zurückgekommen, die Augen kaum merklich getrübt von den Antibiotika, diese verdammten durchdringenden Laseraugen, die mich nun ruhig ansahen.

Kein Zweifel, das war mein Alter. Er sah mich ohne besondere Gefühlsregung an, würde ich sagen, wie jemanden, der zufällig an seinem Bett stehen geblieben war und ihn beim Zeitunglesen unterbrochen hatte. Ich erwiderte seinen Blick. Ich lasse dich völlig kalt und du mich auch, dachte ich. Während ich ihn so betrachtete, verspürte ich Erleichterung. Mir wurde klar, dass ich mit diesem Mann nichts gemeinsam hatte. Ich konnte mich ohne Schwierigkeiten umdrehen, weggehen und nie mehr einen Gedanken an ihn verschwenden. Gerade als ich das tun wollte, stand er auf, legte seine Hand auf meine Schulter und befeuchtete mit der Zunge seine Lippen.

Wie geht's dir, mein Sohn?

Ich spürte einen Stich. So hatte mich nicht einmal meine Mutter genannt. Das war eine üble Provokation, eine Beleidigung, schlimmer als damals die Spucke von Pero im Gesicht. Doch ich ließ nicht zu, dass er es merkte, ich sagte auch nichts. Ich war eben Kaldas Sohn. Er nahm die Hand von meiner Schulter und machte eine Geste, als wollte er sich dafür entschuldigen, dass wir uns an so einem Ort trafen.

Ich habe nicht daran geglaubt, dass wir uns wiedersehen werden, sagte er.

Tja, sagte ich, das Leben ist voller Überraschungen.

Dann schwiegen wir. Doch es war kein bedrückendes Schweigen, keines, das von einem Elektrozaun umgeben war. Eigentlich war es ein gelassenes Schweigen von hoher Qualität; ich hätte nicht erwartet, dass wir beide auf diese Weise miteinander schweigen konnten. Dann sagte der Alte:

Was meinst du, sollen wir uns ein wenig im Park unterhalten, nur wenn du Zeit hast, natürlich.

Kein Problem, sagte ich.

Und es gab wirklich kein Problem. Es war weniger eine Unterhaltung, sondern mehr der Austausch spärlicher Informationen darüber, was wir in den vergangenen Jahren, in denen wir uns nicht gesehen hatten, getan hatten.

Vierzig Jahre, seufzte er sehr flach, was verständlich war angesichts seiner Diagnose.

Sie lautete: Das egoistische, selbstsüchtige Ekelpaket hatte sich eine chronisch obstruktive Lungenerkrankung eingefangen, und durfte sich keinen Meter weit vom Sauerstoffgerät entfernen. Und jetzt keuchte er mir hier die Scherben eines Lebens vor, das sich in Kasinos, Bars, Polizeistationen, Gefängnissen und Hotels mit Gemeinschaftstoiletten und Etagenbädern abgespielt hatte. Er hätte in Hotelzimmern gelebt, wie man sie sich gar nicht vorstellen könnte, kleiner als ein Schlafwagenabteil, aber auch in Fünf-Sterne-Suiten. Er hatte 1000-Dollar-Anzüge gekauft, die er später in Pfandhäusern versilbern musste, um noch ein paar Tage überleben zu können. Nach einer Weile begann er, mir auf die Nerven zu gehen. Ich dachte, wen gehen diese Geschichten überhaupt etwas an? Er hätte wenigstens ein wenig Profit aus seinem verpatzten Leben schlagen können, einen Roman darüber schreiben, wie Tom Waits singen oder so etwas, dann könnte er sich jetzt in einer Villa an der Côte d'Azur vergnügen, anstatt in einem verwaschenen Badmantel hier im Krankenhaus zu sitzen und andere zu behelligen.

Ich bin damals weggegangen, sagte er, weil ich jung war, hungrig nach der Welt, nach dem Leben.

Egal, sagte ich, du brauchst dich nicht zu entschuldigen.

Ich entschuldige mich nicht, ich sage es nur.

Und dann, im Herbst 91, wurde er krank, in Paris. Tuberkulose. Er hatte kein Geld für die Behandlung, deshalb kehrte er nach Zagreb zurück.

Ich war pleite, sagte er. Es reichte kaum für die Fahrkarte. Sie nahmen ihn hier in der Infektionsabteilung auf. Es gab dort eine Unterabteilung, die auch als Unterkunft für Obdachlose fungierte. Und da hatte er eine Frau kennengelernt, die … Um ehrlich zu sein, hatte ich keine Lust, mir auch noch diese Liebesballade anzuhören. Ich merkte, dass der Typ gerade auftaute und dass nun ein wahres Wortfeuerwerk folgen würde. Das sah dem Alten, an den ich mich erinnerte, überhaupt nicht ähnlich. Wahrscheinlich war er es doch nicht, wahrscheinlich lag doch ein Irrtum vor, eine banale Verwechslung, was tatsächlich nicht ausgeschlossen war, oder die Jahre hatten an ihm gezehrt, er wurde senil, so dass er sogar vergaß, wie er einst gewesen war. Und er war ein Arschloch gewesen, das nie viel erzählt hatte, falls ihr das zufällig vergessen haben solltet. Ich hatte mich schon fast von der Bank erhoben, um zu gehen, als er fragte:

Und Marija, wie geht es ihr?

Ich stand auf, stellte mich vor ihn hin und reichte ihm die Hand.

Ich weiß es nicht, sagte ich, ich glaube, sie ist tot.

Er stand auch auf und schüttelte meine Hand und sah mich mit leeren Augen an. Er wollte noch etwas sagen, aber dann überlegte er es sich wohl anders.

Man sieht sich, sagte ich.

36 Im Herbst 1991 waren die Dinge anfangs sonnenklar, aber dann verdunkelte sich die Situation. Es war sonnenklar, dass die Bärtigen und die Jugo-Uniformen die gleiche Sache verfolgten und dass sie die Geschichten von den Grenzen, den Gräbern und den Knochen ernst meinten. Sie rückten mit Panzern und Transportern an, töteten und zerstörten dabei alles um sich herum, und ihre Flugzeuge begannen, über die Städte zu donnern.

Es schien, als hätte der Padre nur darauf gewartet. Er ordnete für das ganze Land Verdunklung an und begann mit kämpferischer Visage, in Tarnuniform mit Schutzweste und umgeben von Typen, die bis zu den Zähnen bewaffnet waren, durch Zagreb zu streifen. Die Typen schnüffelten herum, checkten die Gesichter der Passanten und die Dächer der Gebäude. Aber die Gesichter der Zagreber waren nicht bewaffnet, und auf den Dächern hockten nur Tauben und die Heckenschützen des Padre.

Auch Zagreb wurde verdunkelt. Die Straßenbeleuchtung wurde nicht eingeschaltet, und nachts ließ man die Rollos herab oder verhängte die Fenster mit schweren, schwarzen Decken. Die Dunkelheit verzog sich auch tagsüber nicht. So ernst war die Lage. Die offizielle Erklärung lautete, dass es aus Sicherheitsgründen dunkel sein musste, zur Tarnung, damit die Serben uns nicht aus ihren Flugzeugen erkennen und ihre Heckenschützen uns nicht ins Visier nehmen konnten. Doch du weißt ja selbst, wie es sich mit offiziellen Verlautbarungen verhält. Sie vertuschen gewöhnlich eine noch viel größere Scheiße, zum Beispiel Plünderungen und Raubzüge, Morde, Vertreibungen, Vergewaltigungen, Entlassungen, Wohnungsräumungen und lauter solche Dinge. Nachts huschten Schatten von Autos durch die Stadt, deren Scheinwerfer mit Pappen mit schmalen Schlitzen verhängt waren. Die Menschen hatten auch solche Pappen vor den Augen. Es war ratsam, sich nicht umzudrehen, sich nicht neugierig umzuschauen, die Ohren nicht zu spitzen, nach Hause zu eilen und das Maul zu halten. Es gab viele Dinge, die man besser übersah und über die man anderen gegenüber und ganz allgemein besser schwieg.

Ich verließ Zagreb nicht, obwohl ich es ursprünglich geplant hatte. Das wäre banal und feige gewesen. Eine Lösung, die jedes Risikos und jeder Schönheit entbehrte. Wie wenn ein Boxer aus dem Ring flieht. So etwas tut man einfach nicht. Es wäre unanständig und lächerlich. Die Stadt ist deine Haut, und wie kannst du sie verlassen, wenn es Ärger gibt, verstehst du, wovon ich rede? Mal ganz davon abgesehen, dass ich nirgendwohin hätte fliehen können. Ich hatte keinen Reservestützpunkt, wie man so schön sagt. Dazu kam, dass der Kurs der Fotografen in jenen Tagen enorm stieg. Der Krieg war da, du konntest ihn nicht verhindern, also ... Schau dir seine hässliche Fratze genau an, nimm seine Witterung auf, mach ihn mit deiner Nikon fertig.

Mirko Daničić konnte den Ärger kaum erwarten. Ich wusste damals, dass er vom Fahrer zum Besitzer der Wochenzeitung Starlight avanciert war, aber das war nicht ungewöhnlich. Wenn ihr euch erinnert und wenn die Propaganda euer Gehirn nicht völlig eingenebelt hat, dann wisst ihr, dass so etwas damals die Standardmasche war: In der verdunkelten Stadt wurden diverse Affen plötzlich zu bedeutenden Personen. Ein Lastwagenfahrer zum Beispiel wurde dank der Verdunklung zum Multimillionär. Ein

Wirt wurde in jener Zeit zum General. Und ein Landvermesser fand sich im Dunkeln besonders gut zurecht, er wurde sowohl Multimillionär als auch General.

Auch Daničić ging es also nicht schlecht. Mord, Raub, Geldwäsche, Vergewaltigung, Schmuggel, das alles garantierte hohe Auflagen. Im Krieg gab es davon reichlich. Und was noch besser war – all diese Dinge lagen dicht beieinander. Das Geschäft blühte.

Gehört der Starlight zur Yellow Press?, fragte ihn einmal die Moderatorin der Sendung *Sonntagnachmittag*.

Daničić blickte sie überheblich an.

Mein Liebe, antwortete er, du hättest deine Mutter herbestellen sollen, wenn du über Farben reden willst, gelb, schwarz, rot, grün, das ist mir völlig egal. Mich interessiert nur Geld.

Beim Starlight gab es viele, für die Farben keine Rolle spielten. Auch Mariski arbeitete dort. Er hatte inzwischen der Literatur den Rücken gekehrt und versuchte sein Glück im Journalismus.

Mein Freund, sagte er, wir müssen schließlich etwas zu beißen haben, wir müssen unsere Rechnungen bezahlen.

Das war ja ganz was Neues.

Man kann nicht von Geschichten leben, seine Stimme wurde melancholisch, nicht so sehr, weil er die Literatur verlassen hatte, sondern weil er trank.

Wir tranken viel in jenen Tagen. Es war keine Zeit für große Pläne und für irgendwelche Zukunftsvisionen.

Wir saufen, winselte er, und unsere Lieben schlucken Valium.

Einmal nahm er mich mit in die Starlight-Redaktion.

Ich kenne alle deine Arbeiten, sagte Daničić und bat uns in sein Büro.

Das bezweifele ich, sagte ich.

Das sagt man so, er sah mich mit seinem durchtriebenen Chauffeurblick an.

Sein Büro war puritanisch eingerichtet. Daničić stellte eine Flasche Jack Daniels und Gläser auf den Tisch. Dann ging er zur Tür und sagte zu seiner Sekretärin:

Bring uns Eis, dreitausend Mark und eine Zbrojovka.

Was sollen wir denn mit Eis, Chef?, fragte Mariski und prustete los.

Ein wenig später kam die Sekretärin ins Zimmer, stellte einen Eiskübel auf den Tisch und legte einen Umschlag und die Pistole daneben.

Wie du weißt, habe ich hier eine ziemlich gute Truppe versammelt, sagte Daničić, und ich würde mich freuen, wenn du zu uns stößt. Hier, als Zeichen dafür, dass ich nicht nur so daherrede. Er schob mir den Umschlag zu.

Was soll ich für die Kohle tun?, fragte ich und zeigte auf die Pistole. Jemanden umbringen?

Nein, sagte er und schob die Pistole über den Tisch. Es sind üble Zeiten, es passiert so allerlei nachts auf den Straßen, die kannst du gut gebrauchen.

Ich sah ihn an. Etwas an seinem Gesicht erinnerte mich an ein anderes Gesicht, das ich einst aus meiner Erinnerung gelöscht hatte, und jetzt kehrte es rachsüchtig zurück. Es war das Gesicht meines Vaters. Beide Gesichter waren mit einer eisigen Zockerglasur überzogen.

Die brauche ich nicht, sagte ich und zeigte auf die Pistole. Ich werde über das Angebot nachdenken.

Wie du willst, sagte er, du kannst deine Fotos für ein paar

Kröten verkaufen oder für richtig gutes Geld. Das ist deine Entscheidung.

Ich gebe sie jedem, der sie bezahlen kann, sagte ich.

Das meine ich ja gerade. Ich bezahle besser als andere. Wenn es für dich ein Problem ist, dass ich nicht auf einer feinen Schule war und nicht aus einer angesehenen Familie stamme …

Das ist mir völlig egal, unterbrach ich ihn.

Ich hatte keine Lust auf die Standardgeschichte vom erfolgreichen Typen ohne Stammbaum, der weit unter Null begonnen hatte und in der Präsidentensuite im Sheraton gelandet war.

Ausgezeichnet, sagte er. Die Leute, mit denen du bisher zusammengearbeitet hast, sind keinen Deut besser als ich. Nur dass ich nicht gerne so tue, als wäre ich was Besseres. Prost, er hob das Glas und trank.

Eine Woche später brachte der Starlight mein erstes Titelfoto.

Um Weihnachten herum wurde die Offensive in Westslawonien eröffnet. Es war die größte Militäraktion bisher, und die Redakteure aller Zeitungen und ausländischen Agenturen prügelten sich darum. Ein absoluter Hit, der den Ausverkauf der gesamten Auflage garantierte. Doch es war schwer, an Fotos und an Storys zu kommen. Zu dieser Zeit war die Armee schon besser organisiert, man konnte nicht mehr so wie früher frei durch die Kampfzonen streifen. Die Berichterstattung übernahmen jetzt ausschließlich die Typen vom militärischen Informationsdienst, die Propagandafotos verteilten und frisch rasierte und parfümierte Soldaten in sauberen, gebügelten Uniformen zum Gespräch mitbrachten. Und doch gab es immer noch Schlupflöcher, durch die man in die Kampfzone kam. Unser Land ist klein, und jeder kennt entweder den Richtigen oder jemanden, der den Richtigen kennt. Ich kannte einige Jungs, die Köche in der Brigade kannten, die bei Novska kämpfte, und so schleusten sie mich ein. Aber es war schwieriger als früher.

Scheiße, Kumpel, das ist das letzte Mal, das wir dich mitnehmen, sagte mir der Fahrer des Lieferwagens.

Warum?, fragte ich.

Beim letzten Mal ist der Idiot aus der Informationsabteilung durchgedreht, als er die Fotos von unserer Minenwerferstellung gesehen hat. Er hat gesagt, das sei Verrat, und dass der, der dich eingeschleust hat, vors Militärgericht kommt. Tut mir leid, aber du kannst nicht mehr mitkommen.

Kein Problem, sagte ich.

Wir fuhren über schmale Bergstraßen. Die Bäume waren dick vereist, eine wahre Schneewüste. Man konnte sich leicht vorstellen, dass hier eine Schneekönigin oder ein ähnlich herzloses Biest das Sagen hatte. Nach einer halben Stunde hielt der Lieferwagen im Hof eines einstöckigen Gebäudes, aus dem zwei Soldaten in schmutzigen Uniformen kamen, die Gesichter mit schwarzer Tarnfarbe beschmiert. Sie kümmerten sich nicht darum, dass ich fotografierte, wie sie Lebensmittel ausluden. Ich hatte schon Hunderte solcher Fotos geschossen, deshalb ging ich die Straße entlang auf der Suche nach etwas Interessanterem. Ein Soldat mit einer Trockenration in der Hand kam nicht unbedingt auf die Titelseite. Dann stieß ich auf einen Toten. Er lag auf dem Bauch, am Rande einer in den Berg gesprengten Straße. Sein linker Arm hing im Straßengraben, der rechte lag unter seinem Körper. Aus dem bereiften Mantel lugten Beinstümpfe hervor. Der Kragen des Mantels bedeckte sein Gesicht. Ich stand über ihm und fragte mich, was mit seinen Beinen passiert war, als ich wütendes Rufen hörte.

Ein Soldat rannte auf mich zu, fuchtelte mit seiner Kalaschnikow herum und ratterte Flüche und Beleidigungen herunter. Auch sein Gesicht war geschwärzt, seine Uniform und Stiefel schlammverschmiert.

Was zum Teufel machst du hier?

Seine vor Schlaflosigkeit roten Augen maßen mich wütend.

Immer langsam, sagte ich.

Ich frage, was du hier machst?

Ich mache Fotos, sagte ich und hob langsam meine Kamera.

Du machst Fotos?

Ich nickte.

Wie bist du überhaupt hierhergekommen, wer hat dich durchgelassen?

Die Köche, sagte ich.

Die Köche?

Ja.

Scheißköche, er entspannte sich etwas. Sie vergiften uns, wenn die da drüben uns nicht schon vorher umbringen. Hast du von dem ein Foto gemacht?, er richtete den Lauf seiner Kalaschnikow auf die vereiste Leiche.

Ich nickte.

Bah, sagte er angewidert, wer interessiert sich denn dafür? Guck doch mal, wie der aussieht! Das graue Gefrorene da, das ist sein Gehirn, setzte er fort. Er hatte wohl nicht viel davon, sonst würde er jetzt nicht hier liegen.

Und du?, fragte ich ihn. Was machst du hier?

Was ich hier mache? Ich töte, grinste er. Damit du was zum Fotografieren hast.

Jeder macht seinen Job, sagte ich. Was ist mit ihm passiert? Ich zeigte auf die Beine.

War unvorsichtig, sagte er sarkastisch.

Man kann nie vorsichtig genug sein, sagte ich.

Was mit ihm passiert ist? Seine Stimme wurde rau. Zuerst hat er eine Salve in den Kopf bekommen, und dann ist ein Panzer über ihn gerollt, das ist mit ihm passiert.

Hättet ihr nicht um ihn herumfahren können?

Er sah mich entsetzt an.

Herumfahren?, sagte er. Herumfahren? Die ganze verfluchte Aktion stoppen, den Jungs sagen, sie sollen eine rauchen und Kaffee trinken gehen, bis jemand die Scheiße von der Straße räumt, und was dann? Wem können wir den denn schicken? Dir nach Hause? Willst du ihn haben? Ich kann ihn dir einpacken.

Die ganze Zeit über schüttelte er wütend den Kopf.

Nein danke, sagte ich, ich frage ja nur.

Das war eine dumme Frage, sagte er. Štrohal, er hielt mir die Hand hin.

Bitte?

Soldat Denis Štrohal, genannt Elias, zu Ihren Diensten.

37

Ich weiß nicht, sagte ich niedergeschlagen, aber ich fühle mich wie jemand, dem man die Haut abgezogen hat, und jetzt dringen all diese Dinge von außen nach innen.

Das ist eine ausgezeichnete Nachricht, sagte Tamara.

Ausgerechnet jetzt? Ich war fassungslos. Du weißt nicht, was du da sagst.

Du würdest immer Ausgerechnet jetzt? sagen.

Wie zum Teufel kannst du das behaupten?

Einfach so, sagte Tamara ruhig.

Tamara begriff überhaupt nicht den Ernst der Situation. Sie wusste nicht, was es bedeutete, plötzlich keine Haut mehr zu haben. Auf offenem Feld, auf dem Präsentierteller, der feindlichen Artillerie und Infanterie ausgesetzt zu sein.

Weißt du überhaupt, was mir dieser Mann angetan hat?, fragte ich.

Was denn?

Er hat mich mit mein Sohn angesprochen.

Uuuuh, sagte Tamara, wie schrecklich, wie hast du das denn überlebt.

Ich konnte hier nicht mit Verständnis und Unterstützung rechnen. Ich hätte es mir denken können.

Heute Nacht habe ich geweint. Es floss ganz von alleine. Ich erinnere mich nicht daran, wann es das letzte Mal so aus mir herausgeflossen ist. Ich schmolz. Plötzlich dachte ich, dass ich mich vollständig auflösen würde, und verspürte dabei fast eine gewisse Erleichterung. Es war ein gutes Gefühl zu verschwinden. Endlich. Doch dann begriff ich, dass nur mein Panzer schmolz, und Panik ergriff mich.

Mensch, beklagte ich mich bei Igor, gestern habe ich meinen Vater getroffen.

Den Typen, der deine Mutter aufgepumpt hat, sagte er angewidert.

Ja, sagte ich.

Was will er?

Ich weiß es nicht.

Ist auch egal, was auch immer der Blödmann will, schick ihn zum Teufel.

Ich starrte ihn entmutigt an.

Du hast ihm doch hoffentlich nichts versprochen, er sah mich zweifelnd an.

Ich schüttelte den Kopf.

Was ist denn dann los, warum siehst du mich so an?

Weißt du was, sagte ich, er hat mich mein Sohn genannt.

Oh Gott, stöhnte Igor, dieses verfluchte Schwein. Dieses verfluchte, dreckige Schwein. Wie konnte er dir das antun?

Igor weiß, was man tun muss, bevor man jemanden mein Sohn nennen darf. Wie viele tausend Stunden Arbeit es braucht, wie viel Geld, Nerven, Liebe, Zärtlichkeit und anderer Kram investiert werden müssen. Ich meine, man kann nicht herumlaufen und aus heiterem Himmel Menschen als seine Kinder bezeichnen. Das wäre das Gleiche, als wenn ich David meinen Sohn nennen würde. Das gehört sich nicht, das ist nicht fair, nein.

Ich glaube, dass ich mich mit ihm unterhalten sollte, sagte ich.

Dich mit ihm unterhalten, sagte Igor, worüber?

Weiß nicht, sagte ich, wahrscheinlich über Dinge, über die sich Vater und Sohn unterhalten sollten, die sich lange nicht gesehen haben – vorausgesetzt sie sind wirklich Vater und Sohn, verstehst du?

Nicht unbedingt, sagte Igor.

Dir kann es ja egal sein, sagte ich. Du hast ja Eltern. Du hast immer welche gehabt.

Warum glaubst du, dass das ein Vorteil ist?, fragte er. Sieh mal, was aus mir geworden ist.

Und, wo ist das Problem?

Wie ich schon sagte, begann heute Nacht alles in mich einzudringen. Mein Vater im Bademantel, die dünnen Finger meines Onkels, mit denen er eine Zigarette an seine schwarzen Lippen führt, meine Mutter in ihren abgetretenen Schuhen, wie sie die Treppe in meinem Haus hinunterläuft und sich nicht traut sich umzudrehen, ich sah auch den trüben Glanz der Flaschen mit Schwefelsäure, die um ein Grab im Wald herumlagen, die ganze Vergangenheit wurde aufgewirbelt und begann mich zu erfassen. Ich spürte Übelkeit. Ich rannte auf die Toilette, kniete mich vor die Kloschüssel und steckte mir den Finger in den Hals ... Vergeblich. Man kann das nicht auskotzen. Der menschliche Organismus ist so beschaffen, dass er nur Lappalien auskotzt. Essen, Getränke, solche Sachen. Die verdorbenen Eltern, die verdorbene Kindheit und ganz allgemein die verdorbene Vergangenheit kann man nicht auskotzen.

Ich habe wohl vergessen, euch zu erzählen, dass ich den Wunsch meines Onkels nicht erfüllen konnte. Er hat seine Schwester vor seinem Tod nicht mehr gesehen. Ich wusste nicht, wo sich meine Mutter befand und ob sie überhaupt noch lebte. Ich hatte sie in jenem Dorf gesucht, aber dort herrschte ein ziemliches Chaos, denn einige Tage zuvor hatte das Militär die Bärtigen aus Westslawonien vertrieben. In dem Dorf waren viele Bauern zurückgeblieben, es war alles sehr schnell gegangen, und sie hatten es nicht geschafft, nach Bosnien zu fliehen, aber niemand wusste etwas über meine Mutter.

Wir wissen gar nichts, sie schüttelten den Kopf.

Wo ist das Haus von Pero Leskovac?

Sie sahen mich stumm an.

Wo ist er? Wo ist seine Frau? Hat einer von Ihnen Marija Leskovac gekannt?

Wie verdammte Schafe, berichtete ich später meinem Onkel. Sie wollten mir nichts sagen.

Die Menschen haben Angst, sagte er.

Die Menschen sind Schafe, sagte ich.

Ungefähr zur selben Zeit erschien Majk auf den Titelseiten. Er war aus dem Hinterhalt erschossen worden, so stand es da. Er hatte eine Salve aus einer Skorpion in den Rücken bekommen und einen Schuss in den Kopf. Wieso ausgerechnet eine Skorpion, dachte ich, während ich mir das offizielle Polizeifoto vom Tatort ansah. Auch Majks Biographie war abgedruckt, aber es stand kein Wort darin über seine lila Pelzjacke, die Strossmeyer-Promenade und die Partys mit Optalidon und Wodka. Nur irgendwelche Schweinereien aus seiner Akte. Sie behaupteten, Majk sei all die Jahre ein Staatsspitzel gewesen. Er sei schon in den Achtzigern angeworben worden, als er seine zweijährige Gefängnisstrafe in Lepoglava absaß, dann sei er als Mitarbeiter des jugoslawischen Geheimdienstes nach Deutschland gegangen und habe von 91 an für den kroatischen Geheimdienst gearbeitet. Und dass er nicht aufgrund seiner Beziehungen zur Polizei getötet worden wäre, denn das hätten seine Kumpane natürlich nicht durchschaut, sondern dass er vorhatte, den Boss des Zagreb-Süd-Clans zu liquidieren, um seine Stelle einzunehmen, und das hätte ihn den Kopf gekostet … und so weiter und so weiter, lauter Blödsinn.

Was ich damit sagen will – ich bewegte mich damals wie ein Geist durch all diese Ereignisse, ohne daran teilzuhaben. Jahre mussten vergehen, bis ich meinen Onkel sagen hörte, dass ihn etwas aus seinem Körper herausreiße. Bis mich Majks toter Körper in Jeans und einem zitronengelben T-Shirt von dem Zeitungsfoto berührte. Ober bis ich den Geruch von Viehmist in dem Bergdorf in Westslawonien, aus dem meine Mutter verschwunden war, riechen konnte.

38

Im Frühjahr 1992 wurde in Kroatien ein halbherziger Waffenstillstand vereinbart. Es gab nichts mehr zu tun für Journalisten. Nichts, womit man die Auflagen hätte steigern oder seriöse Anzeigenkunden gewinnen können. Es herrschte eine üble Flaute. Daničić war verzweifelt. Diese beschissenen Friedensvermittler werden uns in den Ruin treiben, raufte er sich in den Redaktionssitzungen die Haare. Eines Morgens kam er auf die Idee, ich solle nach Daruvar fahren, um verminte serbische Häuser zu fotografieren. Ich dachte, er sei verrückt geworden.

Kein Problem, sagte ich, ich fahre, aber wofür brauchst du solche Fotos?

Ich sehe, du bist nicht auf dem Laufenden, sagte Daničić. Ein Kroate als Opfer, das ist keine Nachricht mehr. Hund beißt Mann, verstehst du? Serben als Opfer – das ist jetzt heiße Ware.

Was er sagte, hatte eine gewisse Logik. Sättigung des Marktes und dergleichen. Jetzt musste man neue Themen auftun, der Konkurrenz immer eine Nasenlänge voraus sein.

Wer von den Journalisten geht mit?, fragte ich.

Keiner, sagte Daničić. Ich brauche nur Fotos. Wir machen ein Interview mit dem Innenminister, der behauptet, dass das Erfindungen von Jugonostalgikern und anderen Staatsfeinden seien, dass niemand serbische Häuser vermine und dass er mit seiner Ehre dafür hafte. Das Interview garnieren wir dann mit deinen Fotos.

Am Eingang von Veliki Zdenci stieß ich auf die erste Ruine. Aus einem Haufen Ziegelsteine, Mörtel, Glassplitter und kaputter Möbel ragten Balken und Stahlträger. Ich fuhr weiter und hielt an der nächsten Ruine an. Im Nachbargarten arbeitete ein Mann. Ich fragte ihn, wem das zerstörte Haus gehört hätte. Er hörte auf zu graben, richtete sich auf, fuhr sich mit der Zunge über die Lippen.

Irgendwelchen Leuten, sagte er.

Welchen Leuten?

Er sah mich lange an, es begann, mir unangenehm zu werden.

Dann fing er wieder an zu arbeiten, ohne mir eine Antwort zu geben.

Daruvar war eine wahre Fundgrube für zerstörte Häuser. Es gab da alle möglichen Beispiele. Von meisterhaft zerstörten Ruinen bis hin zu ungeschickten Anfängerversuchen, unter denen die ganze Nachbarschaft zu leiden hatte. Auf der Wiese vor einer solchen Ruine, die nur noch von einigen Stützbalken gehalten wurde, spielten Kinder. Sie unterbrachen ihr Spiel und beobachteten mich beim Fotografieren.

Hier darf man nicht fotografieren, sagte ein Junge zu mir.

Warum nicht?

Einfach so.

Sie lachten.

Wer hat da gewohnt?, fragte ich.

Leute, sagte er.

Was für Leute?

Leute, antwortete er.

Wo sind sie geblieben?

Sie sind fortgegangen, er zeigte mit der Hand zur Straße.

Und wo wohnst du?

Er zeigte auf ein Haus in der Nachbarschaft.

Hast du die nicht gekannt, die hier gewohnt haben?

Doch, aber jetzt kenne ich sie nicht mehr. Warum gehst du nicht da rein?, er zeigte auf die Ruine. Da gibt es alles Mögliche. Video, Fernseher, eine Couch, es ist nicht alles zerstört worden. Wir spielen jeden Tag da drin.

Wann ist das da passiert?

Neulich.

Und wie fandest du's?

Super. Ich war gerade draußen, gleich da vorne, und es hat mich fünf Meter durch die Luft geschleudert.

Sie lachten wieder. Verfluchte dumme und grausame Kinder. Einen ähnlichen Jungen traf ich am selben Nachmittag auf der Terrasse eines Cafés in Pakrac. Er war zehn, elf Jahre alt, mehr nicht. In einem schmutzigen T-Shirt, kurzer Hose, barfuß, mit verschmierten Gesicht und schlechten Zähnen. Er verkaufte Metallplättchen, auf die die Soldaten ihren Namen und ihre Blutgruppe eingravieren konnten. Die Plättchen waren leer. Ich kaufte ein paar und bestellte ihm eine Cola. Eine Zeit lang saßen wir so zusammen, jeder vor seinem Getränk. Dann fragte ich ihn, ob er zur Schule ginge.

Die Schule ist geschlossen, antwortete er.

Was machst du dann?

Ich spiele.

Mit wem spielst du?

Mit den Ustaschas.

Mit den Ustaschas?

Mit den kleinen Ustaschas.

Donnerwetter, der ist aber hart drauf, sagte der Kellner. Du bist hart drauf, was Dejo?

Der Junge antwortete nicht, er nuckelte nur an seiner Cola. Ich fragte ihn, ob seine Eltern noch lebten.

Meine Mutter ja, sagte er, mein Vater weiß ich nicht.

Wo ist er denn?

Da, er zeigte mit seiner Hand in Richtung Süden. Bei der serbischen Armee.

Da irgendwo war auch meine Mutter, in einem Dorf in den Bergen, in dem es keine Diamantminen gab, keine Ölquellen, keine Uranvorkommen, und trotzdem waren die Menschen bereit, dafür zu töten und zu sterben.

Später begleitete mich der Junge zum Auto. Ich fotografierte ihn neben dem Grafitti: NUR EIN TOTER SERBE IST EIN GUTER SERBE. Es war mit schwarzer Farbe auf die graue Fassade eines zerschossenen, halb ausgebrannten fünfstöckigen Gebäudes gesprayt. Ich erinnerte mich an den Satz aus einem Film: Die Welt ist ein schlechter Ort, den niemand lebendig verlässt. Ich dachte, dass auch die Kinder dieser Kinder in Ruinen spielen und die Identifikationsplättchen ihrer Väter verkaufen würden.

Da in Kroatien auch weiterhin eine üble Flaute herrschte und es nicht in Frage kam, dass man der Öffentlichkeit kein Fleisch und Blut anbot, zog der komplette Krieg weiter nach Bosnien. Einmal fuhren Tim Harring und ich nach Mittelbosnien. Dort schlachteten sich die Kroaten und Muslime wegen ein paar Stellungen und Bergweiher gegenseitig ab, während die Serben einige Kilometer entfernt in aller Ruhe weiter Sarajevo zerstörten. Während wir am Pass auf dem Ivan-Berg auf die Kontrolle durch die Uniformen warteten, drehte uns Tim einen Joint. Und so saßen wir im Jeep, rauchten und hörten die Detonationen in Sarajevo.

Das ist komisch, sagte ich, wie mir jetzt Dinge in den Sinn kommen, die mit alldem hier nichts zu tun haben. Ich zeigte auf die schlammige Bergstraße, die von LKW-Reifen aufgewühlt war, und auf den Container, in dem sich die Uniformen aufwärmten.

Was für Dinge?, fragte Tim.

Zum Beispiel erinnere ich mich an ein Mädchen, in das ich vor langer Zeit verliebt war, sagte ich und erzählte ihm die Geschichte mit den de Jongs.

Frau de Jong, endete ich, hatte wirkliche eine Meise. Sind all eure Frauen so?

De Jong, sagte Tim. Interessant. Anfang der Achtziger hat, wenn ich mich recht erinnere, eine Frau namens de Jong ihren Mann getötet und zerstückelt, weil er jahrelang ihre gemeinsame Tochter vergewaltigte, er hatte sie – das machte die Sache noch schlimmer – am Ende sogar geschwängert.

Das hast du dir doch ausgedacht, sagte ich.

Warum sollte ich mir so was ausdenken?, sagte er.

Weiß ich nicht, sagte ich. Vielleicht weil du von solchen Sachen in den Lagern hier gehört hast.

Findest du nicht, dass eine Familie eigentlich ein heimliches Lager ist? Er sah mich an, nahm den letzten Zug und warf den Stummel aus dem Fenster.

Was er sagte, hatte Sinn. Hatte wirklich Sinn. Meinst du, das waren dieselben?, fragte ich ihn.

Gut möglich, sagte er.

In Vitez gab es ein Haus für Journalisten. Eine feine Gesellschaft aus aller Herren Länder hatte sich dort versammelt. Franzosen, Engländer, Deutsche, Amerikaner, Dänen ... die Schmarotzer des Krieges. Die Hunde des Krieges töten für Geld, sahnen ab, die Aasgeier räumen weg, was zurückbleibt – und wir fotografieren das Ganze. Schmarotzer halt.

Das Haus lag an einem Abhang nahe der Straße nach Travnik und bot einen phantastischen Blick auf den Krieg. Weiter unten lag die Basis der britischen Blauhelme. Im Grunde war es ein Lager, in dem die Blauen den Frieden hüteten, und deshalb konnte man dieses Lager tolerieren – im Unterschied zu den serbischen Lagern zum Beispiel, in denen Zivilisten eingesperrt waren. Und die Blauen passten wirklich prima auf den Frieden auf, keine Frage. Sie hatten einen hohen Stacheldrahtzaun errichtet und einen Schlagbaum vor der Zufahrt, sie sparten nicht an Material, das sah man sofort, dann waren da noch die Wachen, die furchterregend aussahen, mit ihren automatischen Gewehren, die der neusten Mode entsprachen, mit undurchdringlichen Schutzwesten und Herzen, weiter gab es gepanzerte Kampffahrzeuge und Jeeps und Videokameras, Sensoren, Minenfelder und Resolutionen, Appelle und Warnungen, die aus dem Hochhaus in New York abgefeuert wurden – und all das, um den Frieden daran zu hindern, aus diesem Lager zu entkommen.

Der Frieden hockte da drin und gab keinen Mucks von sich. Eigentlich war ihm nicht im Entferntesten danach zumute abzuhauen. Es ging ihm super dort, und er war ja nicht dumm.

Aber deshalb stand um das Lager herum alles in Flammen.

Du sitzt da und trinkst einen Schluck aus einer Flasche Jack Daniels, die du dir in der Kantine der Blauhelme zu kaufen pflegst – und draußen ein Mordsspektakel. Es läuft ein Angriff, du weißt nicht genau, wie er begonnen hat, aber das ist auch nicht wichtig. Plötzlich ballern alle wie bescheuert herum. Gewehre, Minenwerfer, Haubitzen, Panzer, Raketenwerfer, Allegro con brio, was das Zeug hält. Und schon im nächsten Moment bist du draußen, im Gelände, fotografierst ein Bein, das von einer Explosion in einen Kirschbaum geschleudert wurde, und nun hängt es da oben wie ein Amulett gegen das Böse. Um dich herum herrscht Chaos, jemand weint, andere jammern, die Blauen laufen hin und her und versuchen, irgendwas zu tun, aber sie wissen selbst nicht was, und du schwebst seelenruhig durch diese Hölle wie ein verrückter Engel und fotografierst eine Frau in Pluderhosen, die an ihrem Hofeingang steht, zum Himmel starrt und schreit. Einen Mann, dem ein Ohr und ein Augen fehlen und der von einer Granate aus einem Graben herausgeschleudert wurde, in den er sich geworfen hatte, als der Angriff begann. Einen Mann, der einen zerstückelten Menschenkörper in einem Einkaufswagen vor sich herschiebt, im Hintergrund sieht man eine unverputzte graue

Mauer und die Metalltür eines Magazins, von Schrapnellsplittern durchlöchert. Einen Turnschuh neben einer Pfütze, die sich im Einschlagkrater eines Haubitzengeschosses gebildet hat, auf einer zugewucherten Rasenfläche zwischen den Häusern. Einen Verwundeten unter Schock, dem gerade eine Kompresse auf seine Bauchwunde gedrückt wird. Ein brennendes Haus, das von einer Phosphorgranate getroffen wurde. Verkohlte Tierkadaver zwischen den Mauerresten eines ausgebrannten Stalls, die im dunkelblauen Spätnachmittagslicht dampfen.

Wie meinen Sie das, ich sei schuld?, fragte mich einmal Doktor Galin. Nicht ich habe von Ihnen verlangt, diese Scheußlichkeiten zu fotografieren.

Natürlich nicht, sagte ich, aber Ihr Bedarf diktierte die Produktion, wenn ich mich mal so ausdrücken darf.

Wie bitte? Er tat beleidigt.

Das erstaunt Sie?, sagte ich. Hätte es Sie nicht gegeben, wäre meine Arbeit doch sinnlos gewesen. Keiner hätte sie gebraucht. Nach dem Mittagessen, bei einem Glas Wein, in aller Ruhe vor sich hinrülpsend, haben Sie sich meine Fotos angeschaut und sich dabei vor Glück in die Hosen gemacht, oder etwa nicht?

Galin verzog das Gesicht. Es gefiel ihm nicht, dass ich das mit dem Rülpsen gesagt hatte.

Die Situation hätte nicht eindeutiger sein können, fuhr ich fort. Hätten Sie die Zeitungen nicht gekauft, hätten die Pleite gemacht, und ich hätte niemandem mehr meine Fotos verkaufen können, so dass ich nicht weiter fotografiert hätte. Ich bin doch kein Perverser, der völlig unmotiviert solche schrecklichen Dinge ablichtet.

Galin winkte ab und stellte mir eine Defensivfrage, nur um Zeit zu gewinnen. Manchmal schaffte ich es wirklich, ihn fertigzumachen.

39 Anfangs spürte ich ihn wie Blähungen im Bauch, sagte Tamara, und blickte zu David, und später drückte er mir ständig auf die Blase.

Wer, ich?, fragte David.

Ja, du, sagte Tamara.

Und das soll das Mysterium der Empfängnis sein, sagte ich, man spürt jemanden wie einen Pups.

David lachte.

Du bist ein Idiot, Kalda, sagte Tamara.

Wir saßen auf der Terrasse hinter dem Gymnasium in der Oberstadt. Die Dächer da unten, Schornsteine, Antennen, Kuppeln, Türme und Kräne sahen aus wie das Inventar einer Mülldeponie, und sie spotteten dem Frieden der Jungfrau mit dem Kind auf der gelbolivfarbenen Fassade der Kirche der Heiligen Maria. David spielte auf improvisierten Feldern ein Spiel, so etwas wie Himmel und Hölle. Die Wolken waren graugelb, voller Saharasand.

Kennst du die *Bläserserenaden* von Mozart?, fragte mich Tamara.

Wer kennt diese Serenaden nicht?, sagte ich. Bei uns in Dubrava waren sie praktisch Megahits, wir haben sie nonstop auf der Straße gepfiffen.

Du bist echt arm, sagte Tamara.

Entschuldigung, sagte ich, aber du vergisst, dass wir nicht alle Prinzessinnen sind.

Du redest Stuss, sagte sie. Außerdem hat das nichts mit Herkunft zu tun, sondern mit Allgemeinbildung.

Okay, sagte ich, ich kenne diese Serenaden nicht, aber was soll das jetzt?

Nichts, sagte Tamara, ich wollte nur sagen, dass ich mich, als ich schwanger war, die ganze Zeit gefühlt habe, als würden in meinem Bauch Oboen und Klarinetten spielen.

Tamara und ich haben uns auf der Insel Murter kennengelernt. Ich wohnte in diesem Sommer in einem Haus oberhalb des Hafens, inmitten von einem Johannesbrotbaumwald. Alles in allem wären es ruhige Tage gewesen, hätte es da nicht diese Katzen gegeben. Irgendwelche verrückten Katzen, die nächtelang jaulten und wie Babys weinten, fauchten und von der Terrasse auf die Stoffmarkise sprangen, die ihnen als Rutsche diente. Sie ließen mich nicht schlafen, diese verfluchten Katzen, aber andererseits war ich nicht hierher gekommen, um zu schlafen. Ich war gekommen, um einiges zu vergessen, was es wert war vergessen zu werden. Auf meiner Haut hatte sich, wie ihr gesehen habt, vieles abgelagert, was abgeworfen, abgekratzt, abgeschält, vergessen werden musste. Aber das ging nicht leicht. Es ging überhaupt nicht, wie sich später zeigte. Tamara machte mit Freunden Urlaub auf einem Boot. Jeden Nachmittag ging ich hinunter in den Hafen, saß an der Mole, starrte auf das sich kräuselnde Meer und hörte, wie die Wanten der Segel an die Masten schlugen. Es tat gut, dort zu sitzen, ich fühlte mich, als wäre ich nach vielen Jahren von einem völlig durchgedrehten Karussell abgestiegen.

Einige Tage zuvor hatte ich noch die hässliche Fratze des Krieges fotografiert, die gebrandschatzten Häuser oberhalb des Flughafens von Udbina. In einem Haus, das aus unerfindlichen Gründen heil geblieben war, entdeckte ich die zurückgelassenen Relikte fremder Leben: Gummistiefel unter einer Leiter im Flur, einen gedeckten Tisch in der Küche, eine Schüssel mit kalt gewordener Suppe und vier saubere Teller. Auf dem Bett im Schlafzimmer lagen ein Präzisionsgewehr und eine Uniformjacke mit dem Abzeichen RSK auf der weißen Bettwäsche. Diese Dinge waren dort fehl am Platz, genauso wie ich, der ich mich wie ein Dieb ins Haus geschlichen hatte. Im Hof eines Hauses am Waldrand fand ich einen toten Soldaten. Ich stand da und beobachtete, wie ihn in der goldenen Augustluft metallgrüne Fliegen umschwirrten. Ich empfand nichts Besonderes, ich fragte mich nur, wie wohl sein Ende ausgesehen hatte: Hatte er die Hände gehoben, um sich zu ergeben, oder hatte er bis zum Schluss gekämpft, oder war er nur nichtsahnend pissen gegangen? Eines war jedoch klar: Er war vollgespickt mit Gewehrkugeln, und der Krieg war für ihn zu Ende. Unten auf der Straße passte mich eine Polizeistreife ab. Einer der Männer regte sich furchtbar auf und befahl mir, ihm den Film zu geben. Du fotografierst serbische Häuser, schrie er, serbische Häuser! Und dann: Du solltest unsere niedergebrannten Häuser fotografieren, unsere niedergebrannten Häuser solltest du fotografieren. Ich nahm den Film aus der Kamera und gab ihn ihm. Es war nichts darauf, wofür es sich gelohnt hätte, sein Leben aufs Spiel zu setzen. Und die beiden sahen aus, als würden sie nicht lange fackeln. Ich setzte mich ins Auto und fuhr weiter. Ich fuhr so lange, bis mir an der Straße ein grob gezimmerter Stand auffiel. Unter dem Sonnenschirm saß ein Mann in Hawaiihemd und Bermudashorts an einem Tisch.

Ich habe kaltes Bier und Sandwiches, sagte er, lächelte freundlich und nahm eine Bierflasche aus einem Fass, und in ein paar Tagen kann man hier auch etwas Warmes bekommen.

Ich nahm das Bier und setzte mich in den Schatten des Schirms. Die Sonne terrorisierte die Erde. Eidechsen huschten im Gebüsch herum. Von irgendwoher tauchte ein flammendroter Hund auf, schnupperte an meinen Schuhen und trottete weiter.

Es soll so heiß bleiben, sagte der Mann.

Ich spürte, dass der Krieg auch für mich vorbei war.

Also: Tamara und ich nickten uns zuerst nur zu. Dann begannen wir uns zu unterhalten, zusammen im Restaurant am Hafen Kaffee zu trinken, und eines Abends gingen wir hoch zum Haus bei den Johannisbrotbäumen. Die Katzen blieben in dieser Nacht stumm. Sie spürten, dass hier etwas geschah und zogen sich diskret zurück, um anderswo zu jaulen und zu fauchen, sich auf eine andere Markise zu stürzen.

Neun Monate später wurde David geboren.

Was für ein Schrotthaufen, sagte ich und zeigte auf die Stadt, die unter uns lag.

Und was sagt der Alte?, fragte Tamara.

Ach der, sagte ich, was sagt der schon, er ist kein Mann der großen Worte.

Du ärgerst dich nicht mehr über ihn?

Nein, sagte ich.

Das ist gut, sagte sie.

Ich weiß nicht recht, sagte ich.

David kam angerannt.

Mir ist langweilig, sagte er, wann gehen wir nach Hause?

Gleich, sagte Tamara.

Lange Zeit habe ich mich gefühlt, als säße ich fest in einer dieser Glaskugeln, in denen es schneit, sagte ich.

Tamara sah mich überrascht an. Ich erwiderte ruhig ihren Blick.

Das ist ein sehr unangenehmes Gefühl, sagte ich. Unempfindlich zu sein und gleichzeitig zu sehen, was um dich herum vorgeht, und den Blicken ausgesetzt zu sein. Ich war in meiner eigenen Haut gefangen.

Sind wir das nicht alle?

Ja, sind wir wohl, aber mit der Zeit wurde das Glas zu meiner zweiten Haut.

Und wie fühlst du dich jetzt?, fragte sie.

Wie ein befreiter Skorpion.

Später liefen wir die Strossmeyer-Allee entlang in Richtung Meteorologisches Institut. Die bröckelnde Mauer, der aufgerissene Asphalt, der alte Eisenzaun zu den Höfen der Ilica, alles war genau wie vor dreißig Jahren. Wetten, dass ich eine Fünf Dinar-Münze finden könnte, die mir damals hier irgendwo aus der Tasche gefallen ist?, ging es mir durch den Kopf. Ich sah zu David hinüber. Er lief vor uns her wie ein Mondsüchtiger, abgetaucht in seiner eigenen Welt, in seiner Schneekugel.

David, was ist das eigentlich, Ligretto?, fragte ich ihn.

Er zuckte zusammen, wer weiß, von wo ich ihn gerade zurückgerufen hatte?

Wie bitte?

Was ist Ligretto?

Ein Kartenspiel, sagte er.

So was wie Schwarzer Peter?

Er dachte ein wenig nach.

Nicht ganz, er schüttelte den Kopf. Das Ziel bei Ligretto ist, die eigenen Karten so schnell wie möglich loszuwerden, weißt du, vor den anderen Spielern.

Ist das ein kompliziertes Spiel?

Nein, überhaupt nicht, aber es ist spannend.

Das heißt, du musst dich so schnell wie möglich von einer überflüssigen Last befreien?

David nickte.

Ich glaube, ich sollte das Spiel mal lernen, sagte ich.

Ich kann dir zeigen, wie es geht, sagte David.

40

Heute früh stürzte sich, während ich Kaffee trank, eine melancholische Melodie durch mein Fenster und auf mich. Jemand quetschte den Titelsong eines Films aus einer Ziehharmonika. Wie auch immer, der Musiker spielte reichlich schräg. Beim Rausgehen traf ich ihn vor dem Eingang des Hauses. Er zog weiterhin an dem Balg herum und sah hinauf zu den Fenstern und Balkonen.

Wie geht's, mein Freund?, fragte ich ihn.

Wie wohl, sagte er. Nicht gut, keiner gibt was.

Sei doch froh, Alter, dass keiner auf dich schießt, sagte ich. Weißt du eigentlich, wie spät es ist?

Blödmann, sagte er.

Vielleicht bekommst du was, wenn du aufhörst, diesen Apparat zu traktieren, und einfach nur die Hand ausstreckst.

Blöder Blödmann.

Ich traf meinen Vater im Krankenhauspark. Er saß in der Sonne und blinzelte wie eine Eidechse. Er war nicht überrascht, mich zu sehen.

Da bist du ja, sagte er.

Wie steht's mit deinem Sauerstoffgerät?, fragte ich ihn.

Wie meinst du das?

Kannst du ohne irgendwohin gehen?

Warum?

Vielleicht erfährst du es, wenn du aufhörst, Gegenfragen zu stellen, sagte ich.

Entschuldigung.

Ich dachte, wir könnten einen Ausflug machen.

Jetzt war er überrascht.

Ich dachte, wenn du ohne das Gerät fahren kannst und wenn sie es dir erlauben …

Wer schert sich um die, es ist Samstag, sagte er. Ich gehe mich umziehen.

Wir fuhren auf der Autobahn ostwärts. Wir waren schon an den Eisenkolossen der Ölpumpen vorbeigekommen, hatten die Ölraffinerie von Kutina hinter uns gelassen und fuhren weiter unter dem klaren Spätfrühlingshimmel, beobachtet vom scharfen Auge eines Bussards, der über den Kleefeldern seine Bahnen zog. Meist schwiegen wir. Der Alte hatte sich hinter seiner Sonnenbrille versteckt und genoss die Sonne, die durch die Windschutzscheibe schien, ich starrte auf den Asphalt, der unter der Kühlerhaube verschwand, und wenn wir etwas sagten, dann nur spärliche Sätze über Krankheiten, die Therapie und die üblen Auswirkungen der Medikamente auf die Leber.

Du sagst, du warst verheiratet.

Ja.

Und du hast einen Sohn?

Ja.

David, nicht wahr?

Ja.

Wie geht es David?

Gut.

Wie läuft es in der Schule?

Super.

Wann werde ich ihn kennenlernen?

Bald.

Was für eine blöde Situation. Ich saß jetzt hier mit meinem Vater, von dem ich nicht geglaubt hätte, dass ich ihn je wiedersehen würde, ich hatte es auch nicht gewollt. Andererseits hatte ich nie erfahren, was mit meiner Mutter passiert war, von der ich verzweifelt gehofft hatte, dass ich sie wiedersehen würde. Lange Zeit klopfte ich an alle möglichen Türen, wählte alle möglichen Telefonnummern, schrieb an alle möglichen Adressen. Die Typen an den Stellen, wo Vermisste gesucht werden, konnten mir nichts über sie sagen. Dann hörte ich auf zu klopfen, zu telefonieren und zu schreiben. Ich begriff, dass es mit meiner Mutter wie mit Tim zu Ende gegangen war. Warum hätte es bei ihr anders sein sollen? Sie war unschuldig genug, um getötet und zusammen mit anderen Unschuldigen in eine Grube geworfen worden zu sein. Viele endeten so in jenen Jahren. Es gibt ein solches Grab in den Bergen in der Nähe von Bihać. Es befindet sich in einem kleinen Tal am Waldrand und ist geschmückt mit verrosteten Patronenhülsen und leeren Schwefelsäureflaschen, und die Zweige der Weißbuche, die über dem Grab hängen, knospen im Frühling nicht – vor Angst und Trauer.

Als ich in jenem Frühling dort stand, hörte ich in meinem Kopf Stimmen, die brüllten, dass alles den Bach runtergegangen sei. Auch heute noch höre ich manchmal diese Stimmen. Wenn du einmal Stimmen in deinem Kopf hörst, die brüllen, dass alles den Bach runtergegangen ist, heißt das nur, dass du endlich etwas spürst.

Wohin fahren wir denn?, fragte mein Vater.

Wir machen den Ausflug, den du uns damals versprochen hast, sagte ich boshaft.

Wann habe ich das versprochen?, fragte er nervös.

Damals, als du beim Kartenspielen das Auto gewonnen hast.

Er sah mich an und lachte.

Daran erinnerst du dich?

Ich erinnere mich, dass du damals alles Mögliche versprochen hast, sage ich, dass du dies und das tun würdest.

Ich habe Durst, wechselte er das Thema und zeigte auf eine Tankstelle vor uns.

Ich fuhr zur Tankstelle und parkte. Der Parkplatz war leer. Nur ein Storch schritt über die Wiese, er beachtete uns nicht.

Willst du ein Bier?, fragte ich ihn.

Ja, sagte er.

Ich kaufte ein paar Dosen kaltes Bier in dem Geschäft, und dann saßen wir auf der Wiese und tranken.

Schau dir mal diesen Storch da an, sagte er.

Ach, lass mal, sagte ich.

Du willst nicht wissen, warum ich weggegangen bin?, fragte er.

Ich schüttelte den Kopf.

Wozu, sagte ich.

Du hast recht, sagte er. Aber nur damit du es weißt, ich habe dich nie vergessen.

Klar, sagte ich. Du hast mich so sehr nicht vergessen, dass du mich sofort gesucht hast, als du nach Zagreb zurückgekommen bist.

Das hat damit nichts zu tun, sagte er. Es tut mir leid, dass ich dir nicht geholfen habe. Und, er hielt inne und fügte dann vorsichtig hinzu, dass du wegen alldem leiden musstest.

Nun sei mal nicht so bescheiden, sagte ich. Du hast mir sehr wohl geholfen.

Warum bist du so boshaft?

Ich bin überhaupt nicht boshaft, sagte ich. Ich habe mir zum Beispiel von dem Verkauf des Hauses in Dubrava eine Wohnung gekauft.

Der Alte nickte.

Und bild dir ja nichts ein. Ich habe gar nicht gelitten.

Ich stand auf und ging zum Auto, um mir meine Zigarillos zu holen.

Nach alldem rauchst du immer noch?, sagte der Alte.

Ich paffte an meiner Savannenblume, trank einen Schluck aus der Dose, und alles wäre bestens in Ordnung gewesen, hätten sich nicht dort im Norden der Kričko und der Psunj dunkel abgezeichnet.

Siehst du, sagte ich und zeigte auf die Berge, dort hat Mama gelebt.

Der Alte zuckte zusammen.

In einem bescheuerten Dorf, das nach Viehmist stinkt, sagte ich und berichtete ihm kurz über die erfolglose Suche nach meiner Mutter.

Der Alte sagte nichts. Er starrte nur vor sich hin. Ich beobachtete ihn. Man sah kein Bedauern auf seinem Gesicht und erst recht keinen Schmerz. Überhaupt keine heftige Gefühlsregung. Hinter dieser von Falten durchfurchten Haut wohnte ein ohnmächtiger alter Mann, der aufgegeben hatte.

Sollen wir hinfahren?, fragte ich ihn.

Das brauchen wir nicht, sagte er.

Sollen wir dann noch ein Bier trinken?, fragte ich.

Ich bin müde, sagte er, ich würde lieber zurückfahren.

Auf der Rückfahrt döste mein Vater die ganze Zeit. Ich dachte darüber nach, dass es nicht schlecht wäre, Ligretto spielen zu lernen. Und dass es höchste Zeit wäre, den alten Krempel und anderen Schrott loszuwerden – aus dem Kopf und auch aus dem Keller. Ich stellte eine Liste der Dinge zusammen, die ich loswerden wollte. Sie war ziemlich lang. Für den Anfang, dachte ich, könnte ich heute Abend David und Tamara endlich ihre elenden Weihnachtsgeschenke bringen.

Ich ließ meinen Vater auf dem Krankenhausparkplatz aussteigen.

Danke dir, sagte er.

Wofür?

Er antwortete nicht. Gebeugt und mit steifen Schritten ging er über den Krankenhausparkplatz. Er lief durch das Husten und ordinäre Kreischen der diensthabenden Schwestern, durch die Geräusche, die aus dem offenen Fenster drangen. Durch den Geruch nach Kieferbäumen, Frittieröl, Benzin und einigen Desinfektionsmitteln. Durch das Nachmittagslicht, das wie Glut auf der maroden Fassade flimmerte.

Als er den Vorbau erreichte und vor der Eingangstür stehen blieb, um einige Menschen, die aus dem Gebäude herauskamen, durchzulassen, sprang ich aus dem Auto und rief hinter ihm her. Er drehte sich um und sah mich verwundert an.

Liegst du immer noch in der Sechs?, fragte ich.

Zuerst verzog er fragend das Gesicht, dann begriff er.

Scheiß auf die Zahlen, sagte er und betrat das Krankenhaus.

Edo Popović
Ausfahrt Zagreb-Süd

Edo Popović erzählt von jener Generation, »die im 20. Jahrhundert gesoffen hat und im 21. nüchtern geworden ist«. Ein Roman über den urbanen Rand, über die Loser einer Generation – zu alt für Rock 'n' Roll, zu jung für den Tod.

»Popović bedient sich einer kraftvollen Sprache, die einem Leser Lust zu lesen und einem Schriftsteller Lust zu schreiben macht.«
Juli Zeh

»Ein Gruppenportrait voller Melancholie und Komik.«
Deutschlandfunk

»So lesenswert, witzig wie intelligent.«
Netzeitung

Buch und Audio-CD
gebunden, 192 Seiten
Audio-CD 60 min. Spielzeit
ISBN 978-3-938424-15-5
17,90 EUR

Auf CD

Holger Hübner liest:

- ❶ Kapitel 1 12.33 min
- ❷ Kapitel 2 22.37 min
- ❸ Kapitel 3 11.41 min